Re:ゼロから始める異世界生活
Re: Life in a different world from zero

「三百年近くも間を空けた逢瀬だ。
誰にも余とそなたの邪魔はさせん」
「あ……」

「よく顔を見せろ。姿かたちが変わろうと、
そなたの瞬きを近くで見たい」
「――ユーガルド・ヴォラキア閣下」

「わあ、すごいすごい！　最後に飛び込んでった単眼族の方はアルさんじゃ絶対に勝てない相手だと思ったのにやるもんですねえ」

「超クソ野郎……」
おびただしい傷を全身に負い、
肩で息をしながら建物を出たところを迎えられ、
アルはずるずると壁に体を預けてその場にへたり込む。

「──私の名前はスピンクス、
ルグニカ王国では『魔女』とも呼ばれていました」

『――貴様が無為の死を超克し、
屍人となる生の芽生えを得たのは、妾が理由じゃな」
それは、スピンクスが『大災』となった理由が
プリシラにあるという宣戦布告だった。

Re: Life in a different world from zero

The only ability I got in a different world "Returns by Death"
I die again and again to save her.

CONTENTS

Re：ゼロから始める異世界生活36

長月達平

MF文庫J

口絵・本文イラスト●大塚真一郎

プロローグ　『愛たくなかった』

1

——丘の上に佇《たたず》んで、その男は遠くの地平を眺めていた。

すでに日が暮れてから時間が過ぎて、光源の乏しい寒村は夜闇に勝てない。ましてや、男手の多くが傷付いて、かがり火を付けて回る人手にも事欠くとなればなおさらで、そんな濃い暗闇の中に立つ男の姿は少女の目にとても奇異に映った。

——激しい戦いの末に討伐された野盗は、近隣の村々を荒らし回った札付きだった。

彼らに狙われ、家畜や食料を奪われて滅んだ村は片手の指より多い。少女の故郷も、その野盗の被害に名を連ねるところだった。事実、野盗相手に抵抗した男たちは死傷し、女子供は次々と捕まった。少女も、売られるか乱暴されるかの瀬戸際だった。

そこへ現れたのだ。——丘の上の男が率いる、都から派遣された兵士の一団が。

兵士たちはあっという間に野盗を取り囲んで全滅させ、その後は復興を手伝うと村の傍《そば》に駐屯。結果、村は野盗に襲われる前よりも堅牢《けんろう》な囲いを手に入れることになった。

男たちの怪我《けが》が癒えれば、村はひとまず安泰だろう。

それまでは自分も村を守る一人だと、少女は怪我人の手当てや村の子どもたちの面倒を見たり、兵士たちへ料理の差し入れをしたりと忙しく駆け回っていた。

丘の上に男を見つけたのは、今日一日の仕事がひと段落した家路の途中だった。

「――――」

黙って、夜闇に目を凝らしている男の様子は滑稽《こっけい》と言うこともできた。

何にも見えないだろう闇を覗《のぞ》き込《こ》むなんて、何の意味もない行いだった。結果の得られない行いは無意味だと、そう考えるのが辺境にも染み渡った帝国の流儀である。

しかし、少女の目にはそれが滑稽にも、無意味な行いにも何故《なぜ》か思えなかった。

彼が一心不乱に確かめようとしているのは、決して存在しないものではない。だとしたら、問題は彼ではなく、彼の見ようとするものがわからない周りの方にある。

そして、自分も彼の見たがるものがわからない一人であることが無性に切なくて。

「真っ暗闇を眺めるより、空の星を数えた方が心が安らぎませんか？」

気付いたら、彼を振り向かせたくて背中にそう声をかけていた。

男が振り向く。その表情に微《かす》かな驚きと、双眸《そうぼう》に映り込む自分の姿があって、それがなんだか誇らしく思えたから、直前の切なさはすっかり掻《か》き消えて。

――それがのちの世に長く長く語られる、おとぎ話の少女と王の出会いだった。

2

――その再会は予期できないものだった。

運命の悪戯《いたずら》というには、あまりにも可愛《かわい》げと思いやりのなさすぎる計らいだった。

未曽有の危難に晒《さら》されたヴォラキア帝国において、誰もがほとんど同時に知ることになった『大災』の全貌《ぜんぼう》――蘇《よみがえ》った死者たちの容赦のない横行は、あらゆる生者たちを混乱の内へと叩《たた》き落《お》とした。

しかし、その混乱の最中《さなか》、なおも這《は》い上《あ》がるものたちがいる。

肉体の強さではなく、その精神の強さで立ち上がる彼らは、凡庸《ぼんよう》なる只人《ただびと》の目には正しく英雄・傑物《けつぶつ》と映るものたちだ。そのものたちは絶望の淵《ふち》にあっても絶望せず、混乱の内から混乱を打ち破り、沈むだけだった人々の命運を大きく左右した。

事実、生者たちへの最悪の奇襲となった『大災』は、その被害の単純な想定を大幅に下回る結果に留《とど》まったのだ。

だが、そうした生者たちの健闘を差し引いても、事態は最悪を免れたに過ぎない。

引き続き、ヴォラキア帝国は滅亡の危機に瀕《ひん》している。

そして、その滅亡を阻止するために必要となるピースも、盤面を打開しようとするものたちの手元から引き離され、相手の手の内に握られたままにあったのだ。

「――ん」

微《かす》かな吐息が唇から漏れ、意識は緩やかに覚醒へ向かう。

長い睫毛《まつげ》に縁取られた瞼《まぶた》が震え、夜明けを恐れる太陽のようにゆっくりと瞳《ひとみ》が世界を映し出すと、一度、二度と、青い瞳の瞬《まばた》きが行われ――、

「――っ」

刹那《せつな》、泡沫《うたかた》の夢がパチンと弾《はじ》け、意識がはっきりと現実に定着する。

跳ねるようにその場に体を起こせば、視界に飛び込んでくるのは見知らぬ場所だった。

天井の造りが高い部屋は、壁や床の材質と職人の腕も一級品の出来だ。上等な部屋にはそれに相応《ふさわ》しい調度品が置かれ、高貴な佇《たたず》まいの場と一目で知らしめる。

広々とした部屋の中、自分が大きく柔らかな寝台を独り占めにしている事実も、その理解に拍車をかける。だが、認識した事実があまりにも異質だ。

それは直前の記憶と照らし合わせて、不自然極まりない状況なのだから。

「わっちは、帝都の戦いにプリスカと……」

参じていたはず、と自らをそう振り返る。

途端、蘇《よみがえ》るのは天地のどちらも赤々と染まった世界で、奇跡的な再会を果たした娘と共に、泣《な》き喚《わめ》く童をあやすために奔走した記憶だ。

文字通り、手を焼かされる戦いだったが、その試み自体は成功を収めたはず。

しかし、自分はこんな場所にいた。それがあまりに不可解で――、

「――キモノが」

そこまで考えたところで、己の胸に当てた手の感触の不慣れさに遅れて気付く。

寝台に入った自分の体を見下ろせば、その肢体が纏《まと》っているのは着慣れたキモノではなく、これも良質な布で高級感をしつらえた美しい青いドレスだった。

まとめていた髪も解かれ、髪飾りや耳飾りもどうやら外されてしまっている。

とっさに強く胸が跳ねた。キモノも装飾品も、手放すことなど考えられない。

あれらは全《すべ》て、自分にとってかけがえのないもので、大切な想《おも》いが込められたこの世に二つとない代物だから――、

「――目を覚ましたか、我が星」

「――ぁ」


手元にないそれらを探そうと、寝台から出ようとした矢先、その声が聞こえた。

その、不意を打った声に、誇張なしに脳の活動の全てが奪われる。

声が発されたのは部屋の入口で、そこに至るまでには視線を奪うような典雅《てんが》で煌《きら》びやかな絵画も調度品もあった。だが、それら一切は意識の端にもかからない。

耳を奪われたように、心を奪われたように、意識ごと目がそちらへ奪われる。

それは自分にとって――ヨルナ・ミシグレにとって、避けられないことだった。

「――――」

呆然《ぼうぜん》と、目を丸く見開いて、寝台のヨルナは入口に立つ人影を凝視する。

そこに佇《たたず》むのは細い人影だ。女性としては長身なヨルナと背丈も、手足の細さもほとんど変わらない華奢《きゃしゃ》な雰囲気があるが、その顔立ちは刺々《とげとげ》しく整った男性のものだ。

肩に届くぐらいの黒に近い緑髪と、不機嫌そうな印象を助長する不健康な目の隈《くま》、血のように赤く仕立てた長衣の上にローブを羽織った出《い》で立《た》ちは空気さえ尖《とが》らせ、人を寄せ付けない彼の性格をありありと視覚的にも訴えかけてくる。

しかし、実際には人が彼を恐れるだけで、彼が人を遠ざけているわけではないとヨルナは知っている。――事実、彼は自分を遠ざけようとはしなかった。

その最期の瞬間を目の前にしても、遠ざけることを心から拒んだ。

だから、今、自分がここにいるのだと、ヨルナの魂がそう知っている。

知っているから――、

「……閣下、でありんすか？」

「妙な喋《しゃべ》り方《かた》をする。だが許そう。そなたの魂が関わる全《すべ》てを」

事実を事実と受け止め切れず、そう問うたヨルナに男の声が応じる。

ひどくぶっきらぼうで無愛想、陰気な重みを孕《はら》んで聞こえる声音には、その聞こえ方とは裏腹にはち切れそうな感情が詰め込まれていた。

それは人の身には余るほどの執着であり、その執着の起源は愛にある。

——目の前の男は、ヨルナ・ミシグレを愛している。

それはヨルナが『愛』されることに特化した能の持ち主だからわかるのではなく、この場に他の誰がいたとしても一目瞭然であるぐらい明々瞭々な強い感情だった。

もっとも、この場に他の人間が居合わせることなど絶対にありえないだろう。

なにせこれは——、

「三百年近くも間を空けた逢瀬《おうせ》だ。誰にも余とそなたの邪魔はさせん」

「ぁ……」

「よく顔を見せろ。姿かたちが変わろうと、そなたの瞬《まばた》きを近くで見たい」

ゆっくりと歩み寄り、そう告げてくる男の言葉にヨルナの心の臓が震える。

それが如何《いか》なる感情にもたらされたものか、自分でもはっきりとわからない。ありえない再会を喜び、その胸に飛び込みたい衝動はもちろんあった。

しかし同時に、それをしてはならない理由も三百年分ある。

差し当たっては直近の数十年が、ヨルナを衝動的にさせなかった最大の理由だ。

故《ゆえ》に、ヨルナは相反する感情に胸を苛《さいな》まれたまま——、

「——ユーガルド・ヴォラキア閣下」

呼びかけに相手の足が止まり、ヨルナは己の唇をきゅっと結んだ。

そう呼ばれ、足を止めたなら見間違いではない。そもそも見間違うはずがない。彼を知らない今の世の誰が彼を見誤ろうと、ヨルナだけは彼を見間違うことなどありえない。

ヨルナだけは――否《いな》、『アイリス』という少女から始まったこの魂だけは、『茨《いばら》の王』と呼ばれたユーガルドのことを間違えるはずがなかった。

――アイリスと茨の王。


それはこの世界で古くから語られるおとぎ話であり、同時に史実でもある昔話だ。

アイリスという一人の少女と、『茨の王』と呼ばれたヴォラキア皇帝との出会いと別れ、そして悲劇的な結末を描いたことで知られた物語。

裏切りに遭い、『茨の王』の腕の中で命を落としたアイリス。

その物語の結末は多くのものが知るところだが、結末の向こう側――死したアイリスの魂が天へ昇らず、幾度もの転生を繰り返している事実は知られていない。

裏切ったものたちの血と命を用いて帝国の大地に縛られ、今もなお、オド・ラグナへ魂の返還を為《な》さずにいる存在、それがヨルナ・ミシグレ。

そして、アイリスの魂を帝国の大地に縛るため、二つの亜人族と数万の命を惜しげもなく使ったのが、他ならぬ『茨の王』ユーガルド・ヴォラキアだった。

つまりこれは、描かれなかった『アイリスと茨の王』の再会の物語――。


「――なんて、そんな美しい話では到底ありんせん」

ゆるゆると首を横に振り、ヨルナは自分の胸の内の衝動を押さえつける。

望まぬ別離を迎えたユーガルドとの再会は、ヨルナにとって悲願だった。故《ゆえ》にこれは、数百年越しに悲願の叶《かな》った瞬間とも言えただろう。

しかし、違う。違うのだ。ヨルナの思い描いた再会は、こんな形ではなかった。

「そのような御顔《おかお》をした閣下を、目にしたくはのうありんした」

嘲笑《あざわら》うような運命の悪辣《あくらつ》さに、ヨルナは悲しい怒りを携えてユーガルドを見る。

足を止めて、ヨルナの眼差《まなざ》しを受け止める愛《いと》おしい皇帝――青白い肌に金色の双眸《そうぼう》を宿した彼は、ヨルナの知る姿からあまりにも変わり果ててしまっていた。

具体的に、彼に何があったのかはわからない。

ただ、ユーガルドの姿が尋常のものでないことと、それをもたらしたものが、自分や自分の愛し子《いとご》たちに味方するものでないことは確信ができた。

変わり果てた姿で、ありえない蘇《よみがえ》りを果たしたユーガルド――自分の目覚めた見慣れぬ場所がもしも水晶宮の一室だとしたら、最悪の可能性さえ頭を過《よぎ》る。

ヨルナの想像を絶する何かが起こり、帝国の在り方が変わってしまった可能性が。

「閣下、主様《あるじ》に何があったでありんす？　どうしてこうして……」

交わしたい言葉は涸《か》れない涙のように、尽きない愛のようにある。

だが、ヨルナはそれを振り切って、知るべきことを問い質《ただ》そうとした。

しかし――、

「――我が星」

そのヨルナの問いかけは、指を一つ立てたユーガルドの仕草に封じられた。

その仕草にヨルナの口を封じる力があったわけではない。その仕草に付随して、ヨルナの心の臓を締め付ける鋭い痛みがそれを封じさせたのだ。

「か、ぅ……」

鋭い痛みに心臓を貫かれ、ヨルナの喉から問いの代わりに呻《うめ》き声《ごえ》がこぼれる。

反射的に押さえたヨルナの胸元、そのドレスを押し上げる豊かな胸の膨らみに、先ほどはなかったはずの意匠――灰色の茨《いばら》が加えられている。

茨はヨルナの胸の中心で渦を巻き、ドレスの生地も白い肌もすり抜け、内側に届く。

その茨の棘《とげ》がヨルナの心臓に突き刺さり、凄《すさ》まじい痛みが全身を支配していた。それを取り除こうにも、茨はヨルナの指をすり抜け、触れられもしない。

「――――」

痛みに思考を白く染めるヨルナは、ユーガルドの異名を思い出す。

代々、ヴォラキア皇帝はその統治のやり方や在位中の覇業の内容を理由に様々な異名で呼ばれるが、ユーガルドを示すそれは『荊棘帝《けいきょくてい》』だ。

文字通り、ユーガルドは他者を茨の痛みで縛り、従える。

植え付けられた不可触の茨、それで以《もっ》てユーガルドは民や兵を従え、痛みと恐怖を用いて帝国の領土を現在の形に広げた大帝であったのだ。

そして思い出した。――あの帝都決戦の最中《さなか》、泣いて暴れるアラキアをプリシラと共に下したあとで、自分が如何《いか》なる不覚を取ったのか。

何のことはない。その場に現れたユーガルドにヨルナが気を奪われ、茨の縛《いまし》めを避けられなかった。そうして縛られたヨルナと意識のないアラキアを抱え、プリシラはユーガルドと、その後ろに続く金色の目をした軍勢と相対することになり――、

「――プリスカは、無事でありんすか？」

問いかけは、激しく鋭い痛みの中で発された。

痛みが和らいだわけではない。ただ、気持ちが痛みを上回った、それだけだ。

ユーガルドは茨の縛めを緩めない。それは相手がヨルナであろうと、アイリスであろうと同じことだ。そもそも、ユーガルドの茨は怒りの発散や折檻《せっかん》のためのものではない。

茨を植えるのも縛るのも、ユーガルドにとっては呼吸と同じだ。

人が二本の足で歩くように、ユーガルドは茨で他者を縛る。その茨の鋭い棘で流れる血も涙も、彼が他者と触れ合うための手段でしかない。

だから、彼とあるということは、この痛みと共にあるということなのだ。

それを身を以て思い出せば、ヨルナは微笑さえ浮かべて、顔を上げられた。

「あの場にわっちと一緒にいた二人、あの子たちは無事でありんすか？」

「そなたといたというなら、余の眼《め》には入っておらぬ。余の眼には我が星、そなたのことしか映っておらなんだ」

「そう、でありんすか……」

返された答えは嬉《うれ》しいものではあっても、望んだものではなかった。

その事実に眉尻《まゆじり》を下げるヨルナに、ユーガルドは片目をつむって思案げにすると、

「……だが、『魔女』が幾人かの生者を城に入れた。その中に探し人もいるやもしれん」

「――――」

そう付け足された言葉にヨルナが目を見張ると、ユーガルドがつむった目を開けて、ほんのわずかに表情の硬さを緩める。この人は、いつもそうだ。

いつも、どうすればアイリスが喜ぶのかと、こうしておっかなびっくり窺《うかが》うように試しては、失敗すれば落ち込み、うまくいけば控えめに喜ぶ。

思い出の中の藍色の瞳《ひとみ》と違い、黒い眼《め》に金色の光を宿しているユーガルドでも、ヨルナを見つめる眼差《まなざ》しの柔らかさと、不器用な気遣いに違いはなかった。

それが強く、茨《いばら》とは違った痛みで胸を締め付けてくるのを感じながら、

「でしたら、閣下にお願いがありんす」

「願い？」

「――。その、『魔女』でありんしたか？ 『魔女』が城に入れたというのが、わっちの連れだったか確かめていただきたくありんす」

プリシラとアラキア、二人の無事を確かめたい。

愛《いと》おしい男との数百年ぶりの逢瀬《おうせ》の最中《さなか》にも、ヨルナの心は娘たちのことを優先する。

二人の安否を知りたい。それが叶《かな》うなら――、

「──そなたは死を諦めるか、我が星」

ユーガルドの発した言葉、それがまたしてもヨルナの胸を別の痛みで貫いた。

「──」

金色の双眸《そうぼう》、ユーガルドの眼差しに射貫《いぬ》かれ、ヨルナはとっさに口を開けなかった。

何を馬鹿なと、誤魔化《ごまか》せない。それは紛れもなく、ヨルナの真意を突いている。

魂を帝国の大地に縛られ、死するたびに別の体で新たな名前を得て蘇《よみがえ》る。──それを繰り返したヨルナの、アイリスの抱く願い。

それが真の『死』であると、ユーガルド・ヴォラキアは正しく看破している。

「……血は、争えぬものでありんす」

そして、それと同じことをヴィンセント・ヴォラキアもまた看破していた。

それ故《ゆえ》にヨルナはヴィンセントと手を組み、謀反者《むほんしゃ》から帝国を奪還する戦いに協力することを選んだ。無論、崩壊した魔都のことも多分を占めるが、自分の本音がどちらにあるのか、それに迷う時点で不誠実だとヨルナは考える。

だから──、

「──あの子らの命が助かるなら、わっちの死など些少《さしょう》のことでありんしょう」

自分の、何百年分の願いなど比べるべくもないと、娘たちを選べた。

「いいだろう。そなたの願いを聞こう、我が星」

棘《とげ》と、愛と、願いと、その痛みに耐えて微笑したヨルナに、ユーガルドは頷《うなず》いた。

そして、彼はヨルナの前へ進み出ると、その伸ばした手でこちらの頬《ほお》に触れた。愛《いと》おしげで優しい手つきと裏腹に指は冷たく、縮まった距離の分だけ茨《いばら》は深く刺さる。

それでも、愛おしさがヨルナの顔から微笑を奪わせなくて。

「しばし待て」

心と体、どちらにも突き刺さる痛みを味わうヨルナから手を放し、ユーガルドが動く。

相変わらず、やると決めた行動の早い皇帝。そんな懐かしい感慨に浸りながら、ヨルナはその背を「閣下」と呼び止めた。

「着替えさせる前の、わっちのキモノと髪や耳の飾りはどうなりんした?」

「余の好む趣ではない。だが、そなたを飾った品々だ。取ってある」

そう言って、ユーガルドは寝台の脇にある棚を手で示し、それ以上の言葉は費やさずにヨルナへの返答を終えて、部屋を出ていってしまう。

まるで生き急ぐようなその在り方は、まさしくヨルナの知る彼そのものだ。生前から彼はいつも、時間に追われるみたいに忙しく働いていた。

最初、ヨルナ――アイリスが彼に声をかけたのも、それを止めたかったからだ。

急がなくてもいいのだと、そう言ってあげたくて、アイリスは彼の隣に――。

「……か弱い小娘のようなことを」

ゆるゆると首を横に振って、ヨルナは寝台から抜け出し、棚に手を伸ばした。

引き出しを開けると、そこにはヨルナのキモノと帯が丁寧に畳まれ、髪飾りと耳飾りを入れた巾着も一緒に仕舞《しま》われていた。思わず、安堵《あんど》の息が漏れる。

その安堵があまりにも大きかったからか――、

「――ぁ」

らしくない、か細い音が喉から漏れたのと、頬を熱が伝ったのは同時だった。

「く」

体を前に折り、ヨルナはぎゅっと歯を噛《か》んで嗚咽《おえつ》を堪《こら》えた。

涙なんて流してはいけない。それは強固に作り上げられた『極彩色《ごくさいしき》』を、ヨルナ・ミシグレという魔都の女主人を、ただの村娘のアイリスへ引き戻す呪いだ。

アイリスに戻るということは、愛するものをただ一つへ絞るということ。

これまでの三百年間、誰かの子であり、誰かの親であり、誰かの妻であり、そうして過ごした日々の全部をなかったことにしてしまうということ。

「何故《なぜ》でありんす、閣下……どうして、今なの？」

プリスカを、魔都の住人たちを、この帝国に生きる多くのものたちを、愛せるという自分のままでいたい。

それを、胸の内で棘《とげ》を主張する茨の痛みが忘れさせようとする。

その、狂えるほど懐かしい甘い痛みが、ヨルナは恐ろしくてたまらなかった。


――たまらなかった。

第一章　『石塊《いしくれ》』

1

――『城塞都市』ガークラは、ヴォラキア帝国でも五指に入る大都市として知られる。

隣国であるルグニカ王国とカララギ都市国家、実質この二国との国境沿いに存在しているガークラは、都市の背後に大山を背負い、防壁の内側に堅固な要塞をいくつも擁《よう》する強大な防衛の要所となっている。

ただし、その堅固さで謳《うた》われた都市の伝説は、十数年前に単独でガークラを襲った魔女教の『強欲』の大罪司教の手によって崩壊させられた。

被害は城塞都市の数千名の常備兵と、ヴォラキア帝国最強の武人と呼ばれた『八つ腕』のクルガンの死、そして複数の要塞が壊滅した帝国史に残る最悪のものだ。

以来、城塞都市には深い傷跡が刻み込まれ、現在に至るまで都市全体の復興と機能の回復は完全とは言えず、三国の国境は高い緊張状態で維持されている――。

「――と、それが王国の把握している城塞都市の状況だったのですがねーぇ」

都市の最奥、隣接するギルドドレイ山の中腹を切り出す形で作られた大要塞の中、その会議用の大部屋の窓辺に立つロズワールが、街並みを一望しながら笑みを浮かべる。

帝都ルプガナからの避難民が続々と流入する城塞都市は、一時的にその収容人数を平常時の数倍する状況だ。当然だが、それだけの人数を市内に受け入れれば、各所で人命に関わるようなトラブルが頻発する。

しかし、現状の都市からはそうした混沌《こんとん》とした被害報告は上がってこない。

都市は大人数を受け入れるための潤沢な備蓄が整えられており、命からがら逃げ延びた避難民や兵たちが複数の要塞に手際よく振り分けられている。そして、そうしたものたちを受け入れる要塞の中に、作りかけのものは一つも見当たらなかった。

「聞いていた話とはずいぶんと違う……城塞都市は再建の真っ最中で、帝国の綻びがあるとすればこの街だともっぱらの噂《うわさ》だーぁったんですが」

知識と現物とのあまりの違いに、ロズワールの笑みは感嘆の色に染まった。

他国の人間はいざ知らず、帝国民にすら城塞都市の内実は知らされていない。仮に他国が城塞都市が穴だという情報を鵜呑《うの》みに動けば、手痛いしっぺ返しを喰《く》らう仕組みだ。

さすが、帝国は己の醜聞すらも戦争に利用する。その合理性には感心しかない。

と、そこへ――、

「名にし負う、王国第一位の魔法使いがその認識でしたなら、こちらの情報統制はうまく機能していたようですな」

「見える聞こえる弱点をこれ見よがしに残しておくはずがない、ですか。やーぁれやれ、帝国の周到さには頭が下がりますよーぉ」

感心に応じた声に肩をすくめ、ロズワールが振り返る。正面、そこに立つのは白髪の老《ろう》爺《や》――帝国宰相、ベルステツ・フォンダルフォンだった。

先の連環竜車への襲撃の際、その奮戦で状況打開の一助となった人物だ。

一度は竜車から転落して生存を危ぶまれていたが、間一髪、竜車を追走していたフレデリカの救助が間に合い、こうして城塞都市での合流が果たされた。

とはいえ、さすがに無傷の帰還とはいかなかったようで。

「お加減はいかがです？　火傷《やけど》の範囲もかーぁなり広かったようでしたが」

「お気遣い痛み入ります。幸い、癒者《いしゃ》の能がある彼女のおかげで命を拾いました。多少手足は不自由しますが……私奴《わたくしめ》には過ぎた幸運というものでしょう」

「――。そうですか」

告げるベルステツは片手で杖《つえ》を突いており、その右足を引きずるようにしている。

いかに治癒魔法の効果が絶大だろうと、当人の回復力の上限を大幅に超えた結果をもたらすにはそれこそ奇跡が必要となる。

残念ながら、ベルステツの奇跡は命を拾ったところで打ち止めになったようだ。もっとも、この老人はそれすら過大な奇跡と受け止めている様子だが。

ともあれ――、

「人的被害は最小限、めぼしい戦力を失わずに城塞都市へ入れたのは僥倖《ぎょうこう》だ。足の不自由になった宰相殿は気の毒だが、これ以上の結果は望めまいよ」

そう述べるのは、ロズワールと共に会議室に入っていたセリーナだ。

彼女は部屋の中央に置かれた円卓の一席に座り、自らの顔の傷を指でなぞりながら、自分の隣席の椅子をベルステッツのために引いてやる。

その彼女らしからぬ配慮に、ベルステッツは毛量の多い眉《まゆ》を顰《ひそ》めた。

「椅子を引く配慮はあれど、物言いは無遠慮そのもの……ドラクロイ伯、あなたをどう思えばいいのか判断に迷いますな」

「さほど難しく考えるな。どちらも私だ。仮にこの要塞が崩れるなら、枯れ木のような宰相殿を抱いて走りながら、その労力について忌憚《きたん》なく意見を述べるさ」

「なるほど。理解に苦しみます」

その率直さがかえってセリーナの魅力を複雑なものにしているが、それに応対するベルステッツの態度もどこか一皮剥《ひとかわむ》けた印象を受ける。

――屍飛竜《しひりゅう》の群れと『剪定《せんてい》部隊』を率いた『毒姫』、そこに『三つ首』バルグレンという死した邪龍《じゃりゅう》まで加えた襲撃は、考え得る限り最悪に近いものだった。

その戦いはベルステッツの生還も含め、陣容としては奇跡的に軽微な被害で決着したと言える。

問題は、その結果に至るための奇跡の起こし方の方にあった。それ自体はスバルを知るロズワールにとっては意外な結果でもない。

「――時に、間違いないのですか？　ラミア閣下が、もう蘇《よみがえ》られないというのは」

ちょうど、その起こされた奇跡についての話題が持ち上がる。

円卓についたベルステッツの問い、そこに押し殺し切れなかった熱をロズワールは感じたが、セリーナと違って無粋な指摘は我慢した。

代わりに、ロズワールは顎《あご》を引くと「そうらしい」と前置きし、

「どうやら、相手方が『不死王の秘蹟《ひせき》』と復元魔法を混成させた術式、それを解く方法が見つかったようでしてねーぇ。ラミア・ゴドウィン姫は、その方法によって蘇りの手段を断たれた。……いえ、この場合は」

「救われた、という表現はいささか傲慢《ごうまん》かもしれんな」

あえて、ロズワールが口にするのを躊躇《ためら》った部分をセリーナが口にする。

その点に関して、ロズワールも明瞭な答えを持たない。屍人《しびと》として蘇った命が、それ自体を歓迎するのかロズワールには測りかねるからだ。

個人的な意見を言うなら、命の蘇生《そせい》自体を悪とは断じない。

しかし、あの屍人として蘇るという状態は――、

「――救われた。あるいは解放されたと、そう述べてよいでしょう」

「ほう？　あなたがそれを言うのは意外だな、宰相殿」

ベルステッツの言葉に、セリーナが眉《まゆ》を上げて興味深げに呟《つぶや》く。その眼差《まなざ》しに、杖《つえ》の持ち手に両手を置いたベルステッツは長く息を吐くと、

「あのような状態を、ラミア閣下が良しとされたとは思いません。閣下も、自らが敗れた御自覚《ごじかく》はあったはず。……あれは、望まれぬ御機会《ごきかい》でした」

「であれば、討たれたのも本望であったと？　そのわりには、ああして増えてまで襲ってこられたのはいささか辻褄《つじつま》が合わなく感じるがな」

「……それでも、閣下の本意は別にあったと私奴《わたくしめ》は考えます」

糸目を伏せたベルステッツ、彼の重たい呟きには隠しようのない祈りがあった。

そのベルステッツの心情――信を置いた相手の理解者でありたいと、そうした彼の考えがロズワールにはわかる気がした。生憎《あいにく》と、頬杖《ほおづえ》をついたセリーナにはちっとも伝わっていない様子だが、彼女に繊細な情を説いても無駄だろう。

いずれにせよ、その『奇跡』に関しては当事者を交えなければ進展のない議題だ。

それ故《ゆえ》に――、

「敵は強大で、事態は混迷の只中《ただなか》にある。一丸とならなければならない状況で、我々が内《うち》輪揉《わも》めなどしている場合ではないだろう。――ねーぇ、スバルくん」

「……言われなくてもわかってるよ」

小気味よく笑ったロズワールが、大部屋の入口にそう声をかける。

その揶揄《やゆ》するようなロズワールの呼びかけに、ちょうど部屋に入ってきたところだった幼い見た目の少年――ナツキ・スバルは苦々しい顔でそう答えたのだった。

2

「緊急事態だったせいで話せてなかったけど、改めて情報を共有する。——この、ルイ改めスピカは元々魔女教の大罪司教だった子だ」

「あーう！」

大部屋の円卓を囲んで始まった話し合い、その最初の最初でスバルは、傍《かたわ》らに立たせたスピカの正体を包み隠さず打ち明けた。

元々、連環竜車ですでに事情を把握していたものたちは、その告白をもちろん静かに受け止める。一方、知らなかったものたちの反応は予想通りのものだった。

唖然《あぜん》と驚愕《きょうがく》が最初に訪れ、次いでやってくるのは告白が事実でも冗談でも、その本質は変わらない反応——すなわち、激昂《げきこう》である。

「何を、何を言い出す！　大罪司教だと⁉　ありえん！　ここが城塞都市だと知っての暴言か⁉　一度は大罪司教に落とされた都市なのだぞ‼」

そう、普段から大きな声をさらに大にして怒鳴ったのはゴズ・ラルフォンだ。

連環竜車の防衛に大きく貢献し、負わされた傷の治療もそこそこに会議に合流したゴズの叫びは、初めて今の話を聞かされたものたちの総意だっただろう。

しかし、今の話は冗談でも遊びでもない。

「この街でレグルスのクソ野郎が暴れたって話は俺も聞いてるよ。慰めになるかわかんないけど、あの野郎は俺たちでとっちめといたからいったん忘れてくれ」

「唾棄すべき凶人のことなどどうでもいい！　重要なのは、大罪司教という呪われた肩書きが持っている罪咎《ざいきゅう》だ！　貴公、わかっているのか!?」

「――わかってる」

その声の大きさで吹き飛ばされそうな錯覚を味わわせてくるゴズ。だが、スバルはそのゴズの怒声に一歩も引かず、正面からそう即答した。

さしものゴズも、子どものスバルに真っ向から答えられ、「む」と目を見開く。

「よろしいですか？」

そうしてゴズの勢いがつんのめると、代わりに手を上げたのはベルステッツだった。帝国宰相は糸のように細い目でスバルと、その傍らのスピカを見やり、

「わざわざそれを打ち明けたということは、彼女の存在と技能が今後の話し合いに必要と考えられた証《あかし》でしょう。それはすなわち、ラミア閣下を屍人《しびと》の頚木《くびき》から解き放たれたことと関係があると考えても？」

「ああ、そうだ。話が早くて助かるよ。やっぱり、勝手にベルステッツさんに死なれちゃ困るところだった」

流れから話の核心を推察したベルステッツ、彼の洞察力を頷《うなず》いて肯定しながら、ついついスバルはそんな嫌味のようなことを言ってしまう。

――連環竜車の戦いの最中《さなか》、ベルステッツは単身でラミアと対峙《たいじ》し、命懸けで彼女とその

分け身をまとめて『風除《かぜよ》けの加護』から除外させた。

それ自体は紛れもなくファインプレーだったが、ベルステッが助かったのはほとんど運であり、自分の命を顧みない作戦をスバルは手放しに称賛できない。

「頼むから、頭のいい人まで帝国流なんかに染まらないでくれよ。命と引き換えで何かをやり遂げたって偉くも何ともない」

「それに関しては意見は様々ありそうですが……少なくとも、私奴《わたくしめ》の命と引き換えに得られる費用対効果はたかが知れていることでしょうな」

「って言いつつ、全然納得してない言い方……」

話せるようで、意外と我の強いところを押し出してくるベルステッ。

譲れるところは譲っても、そうでないところでは自我を通すと言いたげな態度だが、命の価値観に対する頑固さではスバルも負けてはいない。

そっちがその気なら、スバルだって格好いい殉職なんて絶対にさせてやるものか。

「それで？　今の宰相殿への答えが事実なら、その大罪司教たる娘が屍人《しびと》相手に覿面《てきめん》の効果を発揮するというのは興味深い。いったい、何をした？」

「それについては言葉で説明するのが難しいんだけど……」

円卓に両肘をついて、スピカへの敵愾心《てきがいしん》より好奇心を優先してくれるセリーナ。彼女の視線に縮こまるスピカ、その隣に並んでスバルは室内を見回し、

「スピカの『暴食』の権能で、名前のわかる相手の特別な力を喰《く》える……とかだと思う。

それで、無制限に復活するゾンビの能力を無効化できる的な感じだ」

「なんや、ふわーっとした説明やねえ。そんなんやととてもウチは安心でけんかなぁ」

「俺だって、もっと説得力とか具体性のある説明がしてぇけども！」

スバルの曖昧な力説に、味方のはずのアナスタシアが容赦なく背中を撃ってきた。が、撃たれて当然の説明不足だ。自分の中の確信を、うまく言語化できなくて。

「なんであれ、スバルの狙いは的中したのよ。その娘の権能で、あの厄介なゾンビ姫は逃げ帰ったかしら。あの逃げっぷりは嘘《うそ》やハッタリとは違ったのよ」

「私も、ベアトリス様の意見に同感です。あの場に踏みとどまり、主《あるじ》の撤退時間を稼ぐのに尽力した『剪定部隊《せんていぶたい》』……彼らの奮戦が妥協の産物とは考えにくい」

「ユリウスもベアトリスさんも、二人して感傷的な答えやこと。今のは全部状況証拠……効果の確信が持てん劇薬なんて、売り物として手元に置くの怖いと思わん？」

「それは……もちろん、わかってるつもりだ」

ベアトリスたちの援護があっても、アナスタシアの正論を押し返せない。

襲撃の最中《さなか》はその緊急性が皆の目をつむらせたが、これが本来、大罪司教に向けられる疑いと警戒の眼差《まなざ》しなのだ。魔女教に対する人々の嫌悪と抵抗感は根深い。彼らを利用しようなんて考え、リスクとリターンが釣り合わないと考えるのが当然だ。

「でも、今回のリターンは帝国の存亡……十分、賭ける価値があるはずだ。そりゃ、根拠はぶっつけ本番でうまくいった一回と、『星詠み』のウビルクさんの予言だけだけど」

「もう一つ、『暴食』の権能は魂に干渉するモノってスバルの実体験かしら」

「そうだ、それもある。伊達《だて》に『名前』喰《く》われて魂めちゃめちゃにされてねぇぜ！」

「だからって、調子に乗るのは違うのよ！」

援護射撃に悪ノリしすぎ、ぷんすかと怒ったベアトリスにも背中を撃たれた。

ともあれ、スピカの権能――『星食』と呼んでいる力の可能性に気付けたのは、ベアトリスたちがゾンビに仕掛けた魔法的アプローチの分析結果が大きい。

『不死王の秘蹟《ひせき》』と復元魔法の合わせ技による魂の冒瀆《ぼうとく》、それへのカウンターだ。

――実際、連環竜車を襲ったラミア・ゴドウィンとの決着にはそれが効果を発揮した。

スバルがラミアの名前を呼び、それを意識したスピカが彼女から権能で剥《は》ぎ取った何かを喰らった。しかし、ラミアの『名前』をスバルたちの誰も忘れていないし、去り際のラミアも自分の『記憶』をなくした素振りは見られなかった。

「つまり、『星食』はそれ以外の何かを喰ってる。『運命』とか『因果』とか、『役割』か『状態異常』って言い換えても……」

「だーかーら、結局それは何なんってのがウチらみんなが首傾《かし》げとる理由やん？」

言葉を尽くしても、尽くした言葉の説得力不足でアナスタシアには引《ひ》っ叩《ぱた》かれる。その無力感に、スバルは「うぐぅ」と情けなく唸《うな》るしかできなかった。

「でも、この子なら他の『ぞんび』たちも止められるかもしれないのよね？　それって、すごーく大事なことだと思うの」

と、そこでスバルと選手交代、そう発言したのは円卓の一席に座るエミリアだった。唇に指を当てた彼女の意見に、アナスタシアは浅葱色《あさぎいろ》の瞳《ひとみ》を細めると、

「エミリアさんの気持ちがわからんとは言わんよ？　ウチも、この『大災』なんて大騒ぎにうんざりしてる気分やし、勝てるかもって方策に飛びつきたくなる気持ちは一緒や。せやけど、大罪司教の力は徒《いたずら》に……」

「ううん、そうじゃなくて。それももちろんそうなんだけど……私は、死んじゃった人が『ぞんび』になってることの方を何とかしてあげたくて」

「ゾンビを、何とかしたい？」

「私の気持ちの問題かもしれない。でも、もういない人たちがああやって、『ぞんび』にされて動かされてるのはすごーく嫌。アベルだって、あんな風に妹さんと会いたくなかったはずよ。それに、ミディアムちゃんも……」

　そう言って目を伏せたエミリアに、スバルは「あ」と息を呑《の》んだ。

　エミリアが気にしたミディアムは、この話し合いに参加していない。それどころか、城塞都市に避難してきてから、彼女は部屋にこもりっきりになっていた。

　その理由は、連環竜車の最後の攻防――スピカの『星食』を受け、復活と分け身の力を失ったラミアを連れ去った、飛竜乗りの屍人《しびと》を目撃したことにある。

　フロップとミディアムは、どうやら生前にその屍人と関係があったらしい。それも、単なる顔見知りレベルでなかったのは、ミディアムの落ち込みようからも明らかだ。

そのことで胸を痛めていたはずなのに、ゾンビの脅威にばかり目がいき、エミリアに言われるまでそれを思いやれなかった自分に、スバルはひどく落胆させられた。

「……エミリア様のお考えとは少し違いますが、あのゾンビたちが厄介なモノってことは間違いないでしょう。そもそもが不自然な形で蘇《よみがえ》らされているんです。不具合がまるでないなんて、その方が都合が良すぎるというものでしょうし」

そのエミリアの意見に恥じ入るスバルを余所《よそ》に、そう口を挟んだのはオットーだ。

しばらく状況を静観していた彼は、要塞の壁に背を預けながら天井を仰ぎ、

「ゾンビは、ただ蘇らされただけの存在ではないでしょう。ここまで大勢の……一部は一人の女性がたくさん現れた状況ですが、それを無視しても多くのゾンビを見てきました。その全員が、生前から皇帝閣下を恨んでいたとは思いません。さすがに」

「そうだな、さすがにそうだ」

「いくら何でもさすがにありえないかしら」

オットーの差し込んだ疑問と擁護に、ギリギリの信頼感がスバルたちを頷《うなず》かせる。

いかにアベルが他者から傍若無人で冷血極まりない皇帝に見えていようと、恨まれるだけでなく、尊敬される皇帝であったことは間違いない。

これまで帝国を歩いてくる中で、その信じ難《がた》い事実に関してはスバルも実際に見聞きしていることだ。

つまり――、

「ヴィンセント閣下、並びにヴォラキア帝国に対する攻撃的な意識は、ゾンビとして蘇らされる過程で植え付けられたものか、増幅させられているものと考えるべきです」

「洗脳ってことか。……妥当な意見だと思う」

「……後ろで戦ってる兵士たちから聞いたのよ。一緒に戦ってた兵士がやられたとき、その兵士がすぐにゾンビになって襲ってくるなんてこともあったそうかしら」

「直前まで味方として轡《くつわ》を並べていたものが、ゾンビと化した途端に襲ってくる、か。オットー殿の見立ては間違いなさそうだ」

「――。ええ」

ゾンビに関する私見を述べたオットーが、肯定的に意見したユリウスに素っ気なく応じる。その壁を感じる対応にスバルは眉《まゆ》を寄せたが、ユリウスやアナスタシアは気にした風もなく、それを自然に受け入れていた。

ともあれ――、

「オットーくんの意見だが、ちょうど君たちがくる前に宰相殿やセリーナとも話していたものでね。それによれば……オットーくん、そう嫌な顔をせずに」

「ロズワールと内政官との関係性の掘り下げは後日するとして、宰相殿も同様の意見をお持ちだった。だろう？」

ロズワールとセリーナ、二人から話題の水を向けられ、ベルステツが頷く。彼は両手を杖《つえ》に置いたまま、視線の読みづらい糸目で会議の参加者を見渡すと、

「ラミア閣下の御人柄《おひとがら》を思えば、二度目の生など望まれない。ましてや、それで一度目の生の死を覆そうなどと目論《もくろ》まれるはずがない」

「じゃあやっぱり、めちゃくちゃノリノリで襲ってくるように洗脳されてたってこと？」

「そう考えるべきかと。……無論、蘇《よみがえ》らされて逆らえぬ身ならばと、あえて今の帝国が残るに値するか試そうと手は抜かれなかった可能性はありますが」

「だとしたらヴォラキア皇族……！」

「今はやめてほしい意気込みなのよ……」

正常であればしなかった判断と前置きしつつ、正常の成分が残っていても異常な判断を下した可能性が否定できないと、何故《なぜ》かベルステッツは誇らしげだった。

いずれにせよ、ゾンビの思考が正常でないという意見は共有できているようだ。

「生き返ったゾンビは例外なく俺たちと敵対する。そういう意味でも、エミリアたんの言う通り、敵のゾンビアタックは一秒でも早く止めたい。そのために、スピカの力は必須だ。現実問題、これは譲れないと思う」

「あの数のゾンビですよ？　それを一人一人、食べ尽くすまで手間をかけると？　現実問題というなら、それも無視できないと思いますが」

「必要ならそれをやる。おいしいところだけ齧《かじ》ってあとはポイ捨てなんて覚悟で、俺はこいつの手を掴《つか》んだわけじゃねぇ」

ぎゅっと、比喩《ひゆ》的な意味だけでなくスピカの手を握り、スバルはオットーに宣言する。

そのスバルの眼差《まなざ》しを受け、オットーが心中を覗《のぞ》くような目をスピカへ向けた。容赦のない疑惑の眼《め》、それをスピカはスバルの手を握り返して向き合い、

「あうあーう！」

そう力強く、自分が茨《いばら》の道を往《ゆ》く決心をしたのだと訴えるように唸《うな》った。

そのスピカの返事を聞いて、オットーは鼻から息を抜くと、

「言っておきますけど、僕を説得しても仕方ありませんよ。実際に彼女を作戦に組み込むかどうか、そこまでの発言力は僕にはないんですから」

「会議での発言力はなくても、お前の存在感は俺たちの中ででかいんだよ。少なくとも、身内を説得し切れねぇで他の誰かの説得なんてできるか」

「そうですか。なら、もう少し厳しく採点すべきでしたかね」

やれやれと肩をすくめ、そう答えるオットーはしかし前言を撤回する気はないらしい。

おそらく、彼からすれば連環竜車の戦いで、ラミア相手にスピカの『星食』を使わせた時点で、同じ綱を引く覚悟はしてくれていたのだろう。

それを確かめず、なあなあにしておくのをスバルが嫌がっただけだ。

「な～んて、オットーくんを絆《ほだ》せても、まだウチがちゃんと説得されてへんよ？」

「うぐ……逆に、アナスタシアさんはどうしたら絆されてくれる？」

「そんなんウチに聞かんと、自分で考えんとダメやないの、もう」

唇を尖《とが》らせ、アナスタシアがスバルの問いかけをじと目で叱咤《しった》する。

オットーを降《くだ》して身内のコンセンサスは取れても、半身内判定のアナスタシアの検定はまだ通っていない。プレアデス監視塔から引き続き、帝国でも一蓮托生《いちれんたくしょう》の立場に立ってくれているアナスタシアは、口をへの字に曲げたスバルに嘆息し、

「まぁ、うんうん唸《うな》って時間無駄にするよりはマシかなぁ。――正直、ウチの一番の懸念が解消されんと、迂闊《うかつ》にナツキくんらの話には乗れへんよ」

「一番の懸念って……」

「早い話、その子、ポンポンと誰かの何かを食べ続けて、元に戻ったりせえへんの？」

目を細め、そう声の調子を落としたアナスタシアの言葉にスバルは目を見張る。

「――」

アナスタシアの指摘、それが室内に緊張感の高まりとスピカへの注目を集めさせた。目を背けていたわけではないが、それは当然の指摘と懸念だ。

――『暴食』の権能の恐ろしさは、他ならぬスバルたちが一番よくわかっている。

この部屋だけでもスバルとエミリア、ユリウスが一度は被害に遭い、要塞の中にはレムもいるのだ。――否《いな》、『名前』を喰《く》われれば周囲も被害者を忘れるという影響を受ける。

そう考えれば、誰もが『暴食』の被害者とも言えるだろう。

およそ、スバルの知る大罪司教の中で最も広範囲に被害をもたらすのが『暴食』だ。

「ナツキくんもえらい疑ってたらしいやないの。ウチもそれ、同意見やよ？」

アナスタシアの容赦ない追及、それにスバルは口を噤《つぐ》むしかない。

説得力のなさを責められたばかりだ。舌の根も乾かぬうちに、根拠のない信じるという感情論がスピカを隣に置いている理由だとは言い出せなかった。

そう、スバルはただ信じているだけだ。

彼女がルイ・アルネブではなく、スピカという新たな名前で違う生き方をすることを。『記憶』をなくしたことで、ある意味、この子が生まれ持ってしまったと言えるこの権能を、正しく使えたと肯定してくれる人間が多い方へ導けることを。

「価値も怖さもわからんお宝を商談に持っていく商人はおらん。せめて、それの流暢《りゅうちょう》な売り文句が言えるぐらいはお宝のことは知っとかんとね」

「頭からお尻までごもっとも」

両手を上げて、スバルはアナスタシアの正論を真っ向から認める。

ラミアとの戦いでは手応えがあった。その後の襲撃もなく、スピカの『星食』でラミアを撃破できたことはおそらく間違いない。

しかし、それも結局はスバルの感覚の話で、アナスタシアの求める答えではないのだ。

むしろ、説得の余地を示している分、アナスタシアは譲歩してくれている。

現状、大きな問題点は二つ。――スピカの『星食』がゾンビ特効である確信の不足と、それをし続けたことでスピカにどんな影響が現れるかの懸念だ。

せめて、前者だけでも確定すれば皆の視線の険しさも少しはほぐれるはずだが――、

「――生憎《あいにく》、検証のために時間を割いている余裕はない」

そこへ割り込んでくる低い声が、スバル劣勢の空気を無遠慮に掻《か》き回《まわ》した。

声の主は悠然と靴音を鳴らし、大部屋を横切って円卓の空席へ。あまりにも堂々とした
その振る舞いに、相手が中心人物のくせに遅刻した事実を忘れそうになる。

もちろん、相手がヴォラキア皇帝——アベルであろうと、遅刻は遅刻だが。

しかし、彼は自分に注目が集まったのに気付くと、スバルを見返して眉《まゆ》を顰《ひそ》め、

「なんだ、呆《ほう》けた面をしおって」

「あんまり悪びれずに堂々と遅刻してくるもんだから驚いたんだよ。先に始めろって話だったけど、お前は何してたんだ」

「早急に確かめることがあった。城塞都市へ竜車を急がせたのもそれが理由だ。——大たわけが残した言の葉の真意、それを見極めねばならなかった」

悪びれもせずに答えるアベルに、スバルはその先の追及を躊躇《ためら》った。

彼が口にした『大たわけ』というのが、おそらくは騙《だま》し合いでアベルを下し、死ぬつもりだった彼を生かした臣下のことなのだと想像がついたからだ。

ただ、それを差し引いても、アベルが城塞都市へ急いだ理由は気になった。

「それと、何故《なぜ》か連れ歩かれてた風なフロップさんとジャマルもな」

そう言って、スバルは入室したアベルの後ろにそれぞれ控えたフロップとジャマルの二人を気にする。フロップは怪我人《けがにん》で、ジャマルは問題兵士。アベルが連れ歩くにしても、共通点も常識もないように感じられる組み合わせだった。

「ああ、僕はともかく、護衛くんの仕事は皇帝閣下くんの護衛だよ。大人数が出入りしている砦《とりで》だし、十分注意してもらわないとだからね！」

「そうだね。でも、なおさらフロップさんの役回りが謎……！」

「それについては僕がペラペラと自分で喋《しゃべ》ると、皇帝閣下くんが嫌がりそうだ」

苦笑し、肩をすくめたフロップにもったいぶられ、ひとまずスバルは頷《うなず》いておく。と、その間にエミリアが遅刻した罪悪感のまるでない顔のアベルに声をかけ、

「大たわけ……そのうっかりさんに何か言われたから、アベルは急いでこの街に？」

「うっかりなどと気の抜ける。そも、あれに滅多《めった》な評価を下すな」

「ご、ごめんなさい。でも、アベルが自分で言ってたのに……」

理不尽な難癖を付けられ、エミリアが愛らしい顔をしょんぼりとさせる。しかし、アベルは彼女の表情も何ら意に介さない様子で、

「無論、避難民の収容に最も適した位置と規模がこのガークラだったのも事実だ。奴《やつ》もそれを予期していたからこそ、この人数の受け入れに耐え得る備えを都市にさせていた」

「大たわけさんなのに、すご～く頑張ってくれたのね……」

「この際、大たわけでもうっかりさんでもええけど……まどろっこしい話はなしに聞かせてほしいわ。さっきの、時間がないってどういう意味やったん？」

アベルとエミリアの会話に介入し、アナスタシアがズバッと本題へ切り込んだ。

そのアナスタシアが投げかけたのは、スバルたち全員の抱いている疑問だ。発言の真意

を問われたアベルは片目をつむり、その手指で円卓を叩《たた》いた。

「端的に述べる。俺がこの城塞都市で確かめようとしたのは、ただそこにある神域……理外の四大に連なる大精霊、『石塊《いしくれ》』の所在と状態だ」

「四大に大精霊って……それ、四大精霊ってやつか？」

「そうだ」

突然、思いがけない単語が飛び出して、スバルは目を何度も瞬かせる。

四大精霊に関しては、この異世界にやってきた当初もそうだし、ベアトリスと契約を結んで精霊術師になったときにも改めて教わった存在だ。

この世界で、最も強い力を持った精霊の中の精霊——とは、その一角にあのとぼけた鼠《ねずみ》色《いろ》の猫が交ざっている時点で、信憑性《しんぴょうせい》が怪しく思われるものの。

などと、スバルが思う傍《かたわ》ら、大きな反応を見せたものがいた。——ユリウスだ。精霊騎士である彼は目を見張り、前のめりになると、

「では、帝国では四大の一角、『石塊』ムスペルの所在を掴《つか》んでいたのですか！」

「そ、それってそんな驚くようなことなのか？」

「当然だ。都市国家の『通り魔』、聖王国の『霊獣《れいじゅう》』はいずれも各国で揺るぎない信仰と畏敬を集めている。『石塊』も、同様の力を秘めた存在だよ」

「四大の大精霊と協力関係でも結べたら、それこそ国家の一大事……それこそ、城塞都市が再建中なんて嘘《うそ》より、よっぽどなことやよ」

ユリウスとアナスタシアから立て続けに話され、スバルはその熱量に呆気《あっけ》に取られる。

だが、誰も二人の説明に口を挟まないのと、エミリアとベアトリスが何やら自慢げにしていて可愛《かわい》いので、その認識で正しいということらしい。

「しかし、それでは大精霊……『石塊』がこの街にいるということですか？　確かに、その力が借りられれば戦いにおいて大きな援護になるでしょうが……」

「……そんなすげぇ精霊がいるにしては、何も感じねぇな」

歯切れの悪いユリウスの言葉を、感じている違和を理由にスバルが引き継いだ。

そのスバルの発言に、ユリウスも「同感だ」と頷《うなず》く。

「エミリアたんはどう？　大精霊、いそう？」

「ううん、パックなら私の魔水晶の中でねんねんころりだけど……。でも、やっぱりそうだよね」

「ねんねんころりってきょうび聞かねぇな……」

スバルとユリウスと同じく、エミリアも心当たりのない顔で首を横に振る。すると、アベルの発言が嘘だった可能性を勘繰りたくなるが。

「いやいや、皇帝閣下くんは嘘つきじゃないよ。それに、事はそう単純ではなくてね」

「フロップさん？」

「皇帝閣下くんは時間がないと言ったろう？」

話が本題から逸《そ》れるのを嫌うように、そう促したフロップにスバルは驚いた。

無駄話も与太話も大好きなフロップが回り道を避け、ミディアムと同じで常に明るい彼が真剣味を帯びた表情でそう言ったからだ。

その態度からして、彼はスバルたちより一足先にアベルの真意を知ったのだ。そして、フロップの舗装した道を進むように、アベルが重たい口を開いて、

「貴様たちが期待する『石塊《いしくれ》』の助力は望めぬ。それどころか、『石塊』の存在はそのまま相手の……『大災』の利するところとなった」

「どういう、ことだ？　大精霊は――」

「敵の手中にある。おそらく、『大災』が無尽蔵に屍人《しびと》を墓から起こすのに、その規格外のマナが利用されていよう。それ故《ゆえ》に、奴《やつ》らは際限なく湧《わ》き続《つづ》ける」

「――」

「そして――」

最悪の報告に目を見張るスバルたちに、なおもアベルはその先を続ける。

この程度で最悪の報《しら》せなどと甘いと嘲笑《あざわら》うように――。

「際限なくと表現したが、それは正確ではない。いかに『石塊』の持つマナが規格外であろうと、いずれは尽きる。それが尽きたとき、帝国の大地は終焉《しゅうえん》を迎える。――『石塊』の守護する神域、ヴォラキアの大地を支える力が喪失し、崩落を免れ得ぬからだ」

――真に帝国を滅ぼす『大災』の正体を告げる、凶報そのものだった。

3

──『石塊』ムスペル。

四大精霊の一角に名を連ね、ヴォラキア帝国の大地に根付いた古き大精霊。

他国の『霊獣《れいじゅう》』や『通り魔』、『調停者』と異なり、自発的な行動や主張を歴史に残すことのない存在。ヴォラキアにいるとは知られていても、それ以上の情報も目撃例も浮上してこない、最も精霊らしい精霊と言えるかもしれないモノ。

それが、ただそこにある神域とされる『石塊』ムスペルの在り方であった。

「って、ベア子が可愛《かわい》く説明してくれたわけだが、話が違うんじゃねぇか？」

四大精霊の知識に乏しいスバルのため、ベアトリスが語ってくれたムスペルの逸話。それを非常に興味深く拝聴したわけだが、その内容は実状と大きく食い違う。

その居所も、何なら正体も不明の大精霊、それがムスペルという話なのに──、

「それが相手に奪われたって確信があるのは、居所がわかってたってことの裏返し……ってことはやっぱり！　ムスペルはこの街にいたんだな⁉」

「────」

「どうなんだ⁉　シャキッと答え──」

「オイ、皇帝閣下に舐《な》めた口利いてんじゃねぇ」

前のめりになり、ビシッとアベルの仏頂面に人差し指を突き付けたスバル。

そのスバルの指先、爪の白い部分がいきなり削られ、風が吹いた。ヒュンと、風と爪を切った白刃、それは目にも留まらぬ速さで抜かれた長剣の一閃《いっせん》——、

「どぅおわぁ⁉　深爪ぇ！」

「ガキが！　立場弁《わきま》えろ、立場をよ！」

「そりゃこっちの台詞《せりふ》だ！　いきなり子どもの指先を剣で深爪させんな！」

突然の暴挙に声を裏返らせ、スバルは凶行の下手人——ジャマルに唾を飛ばした。

先ほどのフロップの説明だと、どうやら彼はアベルの護衛役に任命されたらしいが、子ども相手に白刃を抜くのは勤務初日にしても悪い意味で張り切りすぎだ。

「ちょっとマシになったと思ったけど……やっぱり、俺、お前、嫌い！」

「ああん？　オレもガキに好かれてえとは思わねえよ！」

トッドの訃報《ふほう》をカチュアに伝えたとき、理性的に話せたと思ったのが甘かった。

その変わらない暴力性に舌を出すスバルに、ジャマルは年齢差を無視して睨《にら》みつけてきたが、そんな彼を「やめよ」と円卓のアベルが挙手して引き止め、

「余計な諍《いさか》いを起こすな。比較的扱いやすい駒であることが、俺の認めた貴様の価値であることを自覚せよ。今、王国と争う時間はない」

「王国と争うって……あ」

そのアベルの言いように首をひねりかけ、スバルは背後の気配に振り向き——今のジャ

マルの暴挙に、眉《まゆ》を立てたエミリアやベアトリス、スピカがいるのを見た。

確かにこのままいがみ合いが続けば、アベルの発言も大げさではなくなるかもだ。

「ち、命拾いしたな、ガキ」

「ここでまだそれが言える根性がすげぇよ……。今、同盟が破談になって帝国が滅びかける瀬戸際だったかもしれなかったぜ」

自分以上に空気の読めないジャマルの存在におののき、スバルはアベルを見る。彼はジャマルを扱いやすいと評したが、とてもそうは思えなかった。

「お前、部下の扱い方とか腹心選び間違えてうっかり暗殺とかされないよね？」

「実際、俺の首を抱いて降《くだ》れば、悪いようにはされぬだろうがな。これの姿勢は帝国の兵として極々平常……やや短慮に過ぎるが、セシルスほどではない」

「比較対象にセッシー出すのはズルいだろ……！」

笑えない冗談と、有無を言わせない事例を出したアベルにスバルが憤慨する。それを余《よ》所《そ》にアベルは手振りでジャマルを下がらせ、改めてスバルを見た。

「先ほど貴様が鼻息を荒くした疑問だが、肯定だ。『石塊《いしくれ》』はこの城塞都市にいた。留め置くための手段を用い、この都市を神域としていたのだ」

「……信じられないかしら」

再び円卓を指で叩《たた》き、硬い音を立てながらアベルが事実を語る。と、そのアベルの答えに、思わず喉を鳴らしたのはベアトリスだった。

彼女はその可愛《かわい》い横顔で、唇をきゅっと結びながら、

「とんでもない話なのよ。四大で一番、意思疎通が難しいのが『石塊《いしくれ》』、母様からはそんな風に聞かされていたかしら」

「四大精霊で、一番……」

「ちなみに、四大で一番ちゃんと話を聞いてくれないのが『霊獣《れいじゅう》』で、一番お話にならないのが『通り魔』。一番話しても無駄なのが『調停者』らしいのよ」

「どれも大概じゃねぇか！　パック、帰ってきてくれ！」

怒涛《どとう》の情報開示でパックが恋しくなり、驚天動地のスバルは思わず叫んだ。

『通り魔』やら『調停者』やら物騒そうな名前と比べて、『石塊』やら『霊獣』やらの方が印象的には柔らかく聞こえるのもどうかしている。

「『石塊』が話せないなら、まだ『霊獣』の方がマシに聞こえるけども……」

「母様は、『霊獣』は善意のお化けって言ってたかしら」

「おいおい、この世界のランドマークは全部見てみたい気持ちはあるけど、会いたい著名人は一人もいないぜ……逆にすごくねぇか？」

スバルもこの世界で一年以上過ごしているので、時々著名人の名前が耳に入ることもあるのだが、いずれも物騒な肩書きのものが多くて食傷気味だ。

王選候補者や『剣聖』など、ポジティブな著名人とはすでに知り合っているという事実も大きいかもしれないが。

ともあれ――、

「『石塊《いしくれ》』を留め置くことと、神域という表現は初耳ですね。おそらく、ヴォラキア独自の言い回しかと思いますが、どういう意味があるんです？」

「端的に述べれば、『石塊』は地の属性を司《つかさど》る大精霊だ。故《ゆえ》にあれが寝床とした地は、自然とその特性の庇護《ひご》を受ける。実りの豊かな土が作られるのに加え、その土地で暮らすものの養生にも効果を発する」

「……なるほど。思ったよりもずっと重大な役目ですね」

疑問を差し挟んだオットーが、アベルの回答に口元に手を当てて感嘆する。

つまるところ、ムスペルの影響が届く範囲では農業も盛んになるし、病人や怪我人《けがにん》も治りが早くなると、いいこと尽《ず》くめの温泉みたいな効能があるらしい。

もしも、そのムスペルの配置を自由にできたのだとしたらそれは――、

「――帝国の国力を支える柱の一本。そらさすがに余所《よそ》様にポンとは話せん秘密やねえ」

「それを我々に開示した。――皇帝閣下の覚悟の程と、そう私は受け止めます」

「あんまり胸襟《きょうきん》を開かれすぎると、かえってそれが危うく感じんでもないけど……内輪揉《うちわも》めが嫌やって話は、ウチも同感やしね」

アナスタシアとユリウス、二人の態度は国外勢力として自然なものだ。

無論、アナスタシアが最後に付け加えたように、帝国にとって不利な情報を明かしすぎという見込みもないではないが。

「それが本当に隠しておきたいことなら、アベルはもっと色んな言い方で誤魔化《ごまか》せたはずでしょう？　それをしなかったってことは、そうじゃないってことだと思う」

「エミリアたんの言う通りだ。こいつは性格が悪いし悪知恵も働く。ロズワールとかアナスタシアさんだって騙《だま》そうと思えば騙せたさ。らしくなく見えても、これがアベルの精一杯の誠意ってやつなんだよ」

「まだハーフエルフの娘の方が無礼さを感じさせぬとは驚きだ。貴様、今の世でこのような評価は滅多《めった》にされるものではないぞ」

せっかくフォローしたのに、フォローし甲斐《がい》のない返事にスバルは唇を尖《とが》らせた。

そのスバルの訴えを無視し、アベルは他の有識者たちの顔を見渡すと、

「此奴《こやつ》らの放言は無視せよ。当然、開示すべき情報とそうでない情報とは弁《わきま》えている。今の話は、伏せる方がこちらの痛手になると判断して明かしたに過ぎん」

「そうである方がこちらも助かりますよ。アナスタシア様の言う通り、全面的な味方とすり寄られてもお応えできませんからね」

「む。オットーくん、今のってよくない言い方よ」

「――。そうですね。失礼しました」

キリッとした顔のエミリアにそう叱られ、オットーは素直に謝罪する。それから彼は、改めて「皇帝閣下」とアベルのことを呼ぶと、

「明かせる範囲で詳しく聞かせてください。先ほどの、帝国の大地が崩壊を免れないとい

うのは……」

「比喩《ひゆ》ではなく、純然たる事実だ。帝国でも、一部のものしか知らぬことだがな」

「帝国の一部って、どのぐらいの……あ、ゴズさん、知らなかった感じの顔……」

「ぐぐぐぐ……！」

オットーの問いに答え、添えられた情報の深さを聞こうとしたスバルは、驚愕《きょうがく》の表情をしているゴズの様子に、『九神将』にすら伏せられていたのだと察する。

実際、ゴズを除けば、合流できていないヨルナ以外の『九神将』はいずれも人格的に問題があるので、そんな重大な事実は話さないのが正解だろう。オルバルトなど、歴史に名を残すために大精霊の暗殺を試みかねないのでは、とスバルは思ってしまう。

「カオスフレームであれだけやらかした動機が動機だからな……」

そうこぼし、スバルはそう言えばと『魔都』カオスフレームの崩壊の話を思い出す。

スバルがタンザと共に『剣奴《けんど》孤島』へと飛ばされた前後で、都市が崩壊する憂き目に遭ったと聞いているカオスフレーム。状況が状況なので優先順位は後ろ倒しせざるを得ないが、何があったか知りたがるタンザのためにもどこかで聞いておきたい。

ともあれ——、

「あれ？　でも、そんな秘密の話、フロップさんに先に話してたのはなんでだ？　まさか十人目の『九神将』とかじゃないよね？」

「ほほう？　なかなか面白い称号を与えてくれるじゃないか、旦那《だんな》くん！　だけど、残念ながら間違いだ。実は、皇帝閣下くんに神域……大精霊の話だね。この情報を伝えるように、偽皇帝くんから託されたのが僕だったんだよ」

「じゃあ、フロップさんはアベルの偽物と直接顔を合わせてたのか」

「そうなんだ。彼が何故《なぜ》、偽の皇帝を装っていたのか僕は知らないし、意見する資格も持たないが……頼まれ事は頼まれ事、約束は守りたい性分でね」

柔らかい微笑の中にほんのりと切なげな色を交え、フロップがそう答える。

一瞬、約束は守りたいとフロップが言った途端、エミリアが「スバルもそうしてくれたらいいのに」と言いたげな目をしたように感じた。

「ねえ、聞いた？　スバルもフロップさんを見習ってそうしてくれたらいいのに」

「本当に言われた！　鋭意、努力はしてます……！」

開き直るつもりはないのだが、スバルの答えにエミリアは頬《ほお》を膨らませて不満げだ。

その可愛《かわい》い抗議を受けながら、スバルはフロップにアベルへの伝言を託した偽皇帝の行動——敵が仕組んだ、『石塊《いしくれ》』を利用した帝国滅亡の仕組みを暴いた事実に舌を巻く。

メッセンジャーにフロップを選んだことさえ、完璧な人選ではないか。

アベルを玉座から追いやり、代わりに命を落とした男の真意は推察するしかなく、その答えを聞くことは永遠にできない。

だが、腹を割って話すことができなかったのが惜しいと、スバルは心から思った。

「それで、今の話だと、帝国とムスペルは契約関係にあったってことでいいのかしら」

「貴様の考える契約が、精霊と術師との間に結ばれるものを指すなら否定だ。『石塊《いしくれ》』にそうした自意識はない。こちら優位、あるいは対等な契約など持ちかけようもない」

「精霊との契約で有利不利の話を持ち出すのがヴォラキアだよな。見ろよ、俺とベア子の清く正しく微笑《ほほえ》ましい関係を」

「この通りなのよ」

「童子が戯《たわむ》れているようにしか見えん」

ベアトリスと二人、軽くステップを踏んでみせたところへアベルの感想。揃《そろ》っていじけるスバルたちを無視し、アベルは「よいか」と話を続ける。

「『石塊』との間に約束事はない。だが、あれは帝国の領土内に留《とど》まり続けた。それ故《ゆえ》に利用する間柄だったが……同時にあれは、帝国の地底を移動し続け、根を張った」

「根を？」

「木の根と同じと思え。樹木の太く長い根が張った大地は強固だが、翻《ひるがえ》ってその樹木が引き抜かれたあと、その土はどうなる？」

「……穴ぼこだらけで脆《もろ》くなって、つついただけで崩れてまうやろね」

アベルの回りくどい説明を、アナスタシアが端的にまとめた。

ヴォラキアの大地を豊かにし続けたムスペルは、それと引き換えに自分の命運と帝国そのものを紐《ひも》づけてしまった。

そして――、

「……って、じゃあ、ムスペルが死んだらヴォラキアは一巻の終わりって、文字通りの意味で終わりなのかよ！　とんでもなくヤバい話じゃねぇか！」

言うなれば、帝国自体を粉々に吹き飛ばす爆弾の存在を明かしたようなものだ。

今回のみならず、今後も永遠にヴォラキアが付き合わなければならない、隠し通さなければならない国家機密。その事実に、ようやくスバルの驚きが識者に追いつく。

しかし――、

「たわけ、慌てふためくな」

「慌てふためかずにいられるか！　は！　まさか、お前、これが全部片付いたら、秘密を知る俺たち全員を口封じするつもりで……」

「それこそみくびるな。そのつもりがあれば、貴様らにそのような疑いさえ持たせるものか。謀略と暗闘は聖王国だけの特権ではない」

「それを自慢げに語る帝国も、それで有名な聖王国も滅んだ方がいいんじゃない？」

事が大きいせいで、景気よく国家規模の話が飛び出すが、帝国は言わずもがな、聖王国も碌《ろく》なものではなさそうだ。スバルもかなりひどい目に遭っているつもりだが、それでもルグニカ王国がはるかに過ごしやすい国だと思い知らされる。

「まぁ、エミリアたんたちと出会えた時点でこの世の地獄でも、ルグニカ王国が一番天国なのは間違いないんだけどね」

「ごめん、ちょっと何言ってるのかわかんない」

「いいよいいよ、こっちの話。――で、さっきの話の真意はそっちの話だ」

首を傾《かし》げたエミリアに笑いかけ、スバルは再び話の水をアベルへ向けた。それを受け、彼は静かに片目をつむって腕を組むと、

「こうも見え透いた国の心臓を他者に委ね、それを放置する統治者など正気ではない。当然、『石塊《いしくれ》』の根との切り離しは進めていた。貴様の懸念も、あれを探し出した上、命を奪うことの困難さを知らぬ故《ゆえ》の戯言《たわごと》よ。筆で龍《りゅう》に挑むも同然の、な」

「なるほど！　それなら安心！　ってなるなら、さっきの時間がないって話と繋《つな》がらねぇだろ。実際に切り離しは進めてたかもだが、間に合ってないから今回の状況……そこはそうなんじゃないのか？」

「――――」

「分が悪くなったからって黙るなよ！」

図星を突かれて沈黙したアベルの反応は、スバルの疑念が的中した証《あかし》だ。

いずれ、ヴォラキアはムスペルとの一蓮托生《いちれんたくしょう》の運命を断ち切れるのかもしれない。しかし、それは今ではないし、差し迫った現状の打開策にもなりえないのだと。

「すなわち、我ら帝国民と『石塊』との命運は紐《ひも》づいたまま。あの屍人《しびと》の群れが我々を追い、それを躍起になって蹴散らし続ければ、いずれは『石塊』のマナが尽き、国土の滅びは免れないわけだ。戦って殉死した兵もすぐに蘇《よみがえ》ると聞く。つまり――」

「相手を倒しすぎるのも、こちらの死者が出るのも望ましくない状況だーぁね」

「そうなるな。どこまでも惨《むご》たらしく、心躍る不条理な趣向というわけだ」

強制的な後手を強いられている上、防衛戦の条件さえ悪辣《あくらつ》なものが設定された。

何故《なぜ》セリーナが楽しげなのかわからないが、ただの屍人の力押しに留《とど》まらない敵の執拗《しつよう》な計略は、帝国を確実に滅ぼすための作為が見え隠れして――、

「――でも、スピンクスはどうしてこんなことするのかしら」

「え？」

ふと、思いついた疑問を口にしたエミリアの言葉に、スバルは目を瞬かせた。

死者たちを蘇らせ、帝国を滅ぼすための『大災』を引き起こす恐るべき敵――『魔女』スピンクスの正体と計画、それはかなり具体的に明らかになった。

しかし、エミリアが疑問に思ったのは動機だ。『魔女』は何故、帝国を滅ぼすのか。

王国と因縁ある『魔女』とは聞いたが、それが何故、帝国で大暴れを始めたのか。

「そりゃ、帝国を滅ぼしたいからじゃ……俺も気持ちはわからないじゃないし、そう思われる理由に事欠かないだろうし……」

「ナツキさんの本心はともかく、それはエミリア様の疑問の答えとしては不十分ですよ。辺境伯とベアトリスちゃんが確認した敵の正体、それが本当にかつて王国で暴れた『魔女』だっていうんなら、その恨みの矛先は王国に向くべきです」

「にも拘《かかわ》らず、『魔女』は帝国で死者を蜂起させた。確かに腑《ふ》に落ちない。ただ、条件に合うのが帝国だったという可能性はあるだろう」

「条件、ですか？」

エミリアの抱いた疑問を起点に、オットーとユリウスが視線を交錯させる。

推論の先を求めたオットーに、ユリウスは己の左目の下の傷に指で触れながら、

「『不死王の秘蹟《ひせき》』と復元魔法を混合した、ゾンビの軍勢……この実現に、規格外のマナを保有する四大の存在は不可欠だった。故《ゆえ》に、『魔女』は帝国で術式を実現し――」

そこで一拍、ユリウスは間を置くと、会議室にいる全員の顔を見渡して、

「帝国を滅ぼした上で、次いで王国へ攻め入る目論見《もくろみ》であるのかもしれない」

「な……っ」

「――ふざけるな!!」

ユリウスの危惧《きぐ》する可能性、それを聞いてスバルが驚愕《きょうがく》の声を上げると、それを塗り潰す勢いでゴズが怒号を上げた。

ゴズはその子どもの頭ほどもある拳《こぶし》を強く強く握りしめ、円卓を壊さない最低限の理性を保ちながら、歯軋《はぎし》りする。

「もしも貴公の考えが正しいならば！　我らがヴォラキアはもののついでに滅ぼされようとしているというのか!!」

「正確には、本命の標的を叩《たた》く計画の第一段階ってところやろけどね。ううん、『石塊《いしくれ》』の居所やらゾンビの仕込みやら、計画はもっともぉっと前から動いとったやろけど」

「ぐ、ぬううう……っ!!」

慰めとは違うアナスタシアの言葉に、ゴズはより悔しそうな顔で地震のように唸《うな》る。当然の怒りだ。誰でも、自分の故郷の危機をついでと言われて納得などできない。

その胸中を慮《おもんぱか》るスバルは、しかし、傍《かたわ》らのベアトリスの表情に気付く。

「ベア子？」

「──。ユリウスの考えはわかるかしら。ただ……ロズワール」

「ああ、君の懸念はわかるとも。──はたして、あのスピンクスに王国への報復なんて人間らしい感情があるかどうか。それこそ、騎士ユリウスの考えの半分だけが正しいような気がしてならない」

「ユリウスの考えの半分って……」

「帝国では条件が合った。だからやった。そういうことさ」

黄色い方の目を残し、片目をつむったロズワールの言葉にスバルは息を呑《の》んだ。隣で険しい表情のベアトリスが何も言わないのは、彼女も彼と同じ意見だからだ。

ユリウスの考えが正しければ、帝国の出来事は王国にとっても他人事《ひとごと》ではない。

だが、ベアトリスとロズワールの考えが正解なら、そちらの方がより救いがない。

そして──、

「いずれであれ、すでに『魔女』は帝国へ弓を引きました。皇族の方の命さえ辱められた以上、もはや敵を滅ぼす以外の選択肢はありません。違いますかな？」

「ずいぶんと血の熱を感じさせる発言だな、宰相殿。やはり、ラミア閣下のことは宰相殿の腹に据えかねたか」

「――ええ。それが何か問題でも？」

揶揄《やゆ》する目論見《もくろみ》があったのかもしれないが、だとしたらセリーナの思惑は外れた。

ベルステッはその感情の見えない糸目の顔に、それでもはっきりと感じられる敵への怒りを宿し、表面上の態度だけは静けさを保つ。

そのベルステッの言葉に、セリーナは己の顔の刀傷をなぞり、

「いいや？　今の宰相殿の方がよほど私の好みの男だ」

「恐ろしいことを仰《おっしゃ》る」

「ははは！　傷にさえ目をつむれば器量はいいつもりだがな」

心境の変化があったベルステッをそう評し、セリーナが豪快に笑う。

その二人のやり取りはともかく、内実はベルステッの語った通りだ。屍人《しびと》の軍勢を率いるスピンクスとは雌雄《しゆう》を決する以外の選択肢がない。

たとえ、その目的がなんであろうと、だ。

「で、エミリアたんは大丈夫そう？」

「――ん。一生懸命考えても、今はわからないってことだものね。直接、スピンクスから聞ける機会があればいいんだけど……」

「出くわしたのは一瞬だけど、あまり話せそうな感じはしなかったたね」

「ベティーもスバルと同意見なのよ。あれとの対話は難しいと思うかしら」

自らの命を使った『死に逃げ』で連環竜車を狙ったスピンクス。

その命を使い捨てる戦法もさながら、多くない対話の中に一切の熱を感じなかった。感情の動かない相手は挑発にも乗ってこない。スバルの苦手な相手だ。

それ故《ゆえ》に、たとえ『死に戻り』があったとしても難敵――。

「こうしてる間にも、相手は着々とゾンビの数を増やして、ムスペルって大精霊の余力をちょっとずつ削ってる。持久戦は、ただただこっちの不利になるだけ」

「かといって、帝国中の戦力を集めて帝都に再攻撃……ってのもあかんね。大軍同士のぶつかり合いやなんて、それこそ命の消耗戦やもん。ますます被害が大きなるわ」

「こちらにも相手方にも被害を出せない縛られた条件……つまり、目前に迫った『大災』から帝国を救うための作戦は、ほとんど一択です」

スバルとアナスタシア、そしてオットーが言葉を続け、自然と視線はアベルへ集まる。

帝国の民の全《すべ》てが当事者ならば、その頂点に立つ男こそが意思決定の権利を持つのだ。

故に、ヴォラキア皇帝たるアベルは堂々と顎《あご》を引いて――、

「――少数精鋭で帝都へ攻め込み、首魁《しゅかい》である『魔女』の身柄を押さえる。そうして、彼《き》奴《やつ》が綿密に敷いた『大災』の道を解体する」

――ヴォラキア帝国の決戦、その最終局面である『大災』を止めるための作戦を、はっきりとそう宣言したのだった。

4

円卓を囲んだ会議の結論が出され、一段落がついた。

打ち立てた方針に従い、ここから先は電撃戦に向けた人員の選定と、帝都攻撃のための策が練られることになる。

しかし、本格的にその話し合いが始まる前に――、

「――『石塊《いしくれ》』がガークラへ配置されていたとは思い至りませんでした」

と、皇帝と宰相だけが残った会議室で、そう切り出したのはベルステツだった。

王国の面々だけでなく、セリーナやゴズといった帝国側の人間も席を外した一幕――護衛のジャマルも部屋の外に待機し、まさしく帝国の首脳陣だけの話し合いだ。

本当であれば、その首脳陣にはもう一人、欠かせぬ男がいたはずだったが。

「つまるところ、貴様もまんまとチシャの思惑に乗せられたということか」

「そのようです。予定通りであれば、今時分の神域は西南の……『雲海都市』メゾレイア付近のはずでした。いったい、どの時点で私奴《わたくしめ》の目を盗んでいたのか」

「閉じているような目つきだ。盗むのは容易であったのだろうよ」

「閉じているようで閉じていない。故《ゆえ》にこそ防犯の効果がある……とは、実際に謀《たばか》られてから言っても負け惜しみでしかありませんな」

ゆるゆると首を横に振り、ベルステツが己の失策を嘆くように呟《つぶや》く。が、ヴィンセントはそれをベルステツの落ち度とは思わない。

たびたびのことだが、チシャがヴィンセントとベルステツの思惑を上回っただけだ。

皇帝と宰相の二人を欺いただけでなく、チシャは来たる『大災』がいったい何を仕掛けてくるものか、それを見極める術《すべ》も用意していた。

「『石塊』が利用されていなければ、城塞都市を拠点として防備を固めればいい。『石塊』が奪われていたならそれは――」

「すなわち、『大災』の目論見《もくろみ》に利用される。あの大たわけ、帝国を滅ぼす方法をいくつも考え、頭の中で実行したらしい。それ故の的中だ」

「簒奪《さんだつ》を目論むものへの対策ならいざ知らず、滅ぼすことが目的の相手は慮外でした。以降、厳しく努めます」

「――。そうせよ」

以降、と先々の展望を口にしたベルステツに、ヴィンセントはわずかに虚を突かれた。

この一件が片付いたあと、ベルステツは宰相の座を辞し、ラミアに殉じようとする可能性もなくはないと考えていたためだ。

「ラミア閣下には、それを拒まれましたので」

その一瞬の空白に疑問を見つけ、ベルステツが自らそう答えた。

それを聞いて、ヴィンセントは何も語らない。ただ、小さく鼻を鳴らすのみだ。ヴィン

セントのその反応を受け、ベルステッツは「それにしても」と言葉を続け、

「閣下が『石塊《いしくれ》』と神域について語ったのには驚かされました。『石塊』と国土の切り離しについても、目処《めど》が立っているとは言い難《がた》い」

「此度《こたび》のことが決着し次第、止めていた国策に着手する。王国との不可侵条約が切れる二年後までに成果を出せねば、今日を越えようと明日がない」

「左様かと。時に」

と、そこでベルステッツが一拍を置いて、その糸目をわずかに開いた。

「おわかりかと思いますが、『石塊』の留《とど》め方は明かされませんよう。それが帝国の機密というだけでなく、同盟者らの心証がございます」

「ナツキ・スバルと、精霊術師のハーフエルフは潔癖であろうからな。――死罪の咎人《とがびと》を『石塊』の契約者とし、死するまで使い捨てていると知れば面倒があろうよ」

「閣下」

迂闊《うかつ》に口にするな、と釘《くぎ》を刺すベルステッツにヴィンセントは肩をすくめた。

会議中、エミリアから『石塊』と帝国が契約関係にあるかと問われ、ヴィンセントは彼女の認識する契約関係はないと答えた。

あれは嘘《うそ》ではなく、事実をそう嘯《うそぶ》いただけのことだ。

『石塊』を留め置くには、精霊と人間との間で結ばれる契約が最も手っ取り早い。

ただし、『石塊』に自意識はなく、契約において交渉の余地も窓口もない。故《ゆえ》に、『石

塊』と契約した場合の代償は一律、契約者へと流れ込む膨大な虚無の負荷だ。

　意思疎通不可能な、途方もなく大きな存在と四六時中体を共有するような感覚は、容易に人間の精神を壊し、原形をとどめない状態へ追いやる。

　免れない精神の死と引き換えに、『石塊』は契約者の現在地に留まる性質だ。

　故に帝国では神域の必要な土地に、『石塊』と強引に契約させた死罪人を留まらせ、その神域の恩恵を各地へ分配する。一度、『石塊』の居所を見失えば探し出すのは至難の業なため、死罪人の補充は最重要事項の一つだ。

　そして、帝都決戦が始まる以前に、皇帝に扮《ふん》したチシャは『石塊』を城塞都市ガークラへと移し、『大災』へ備えさせていた。

　だが、都市にはその『石塊』と契約した死罪人の姿はなかった。

「移されたなら、手掛かりなしに探し出すのは不可能でしょう。であれば、仔細《しさい》まで語って得られるのは同盟者からの不信のみ」

「わざわざ口に出さずとも、察したものもいたろうがな」

　会議の顔ぶれを思い出し、数名の該当者を浮かべてヴィンセントは片目をつむる。

　ベルステツの言う通り、この状況で内部に不和が生まれるのは避けたい。それこそ、察して口にしなかった面々も同じ腹積もりだろう。

　いずれにせよ、城塞都市から奪われた時点で『石塊』は使える手駒ではなく、もはや行方のわからぬ滅びの時限装置と化したのだ。

スピンクスなる『魔女』の身柄を押さえる以上の解決法がないなら、殊更《ことさら》にその存在を気にかけていても意味は――。

「――――」

「閣下？」

ふと、押し黙ったヴィンセントの反応を訝《いぶか》しみ、ベルステッが皇帝を呼んだ。

その呼びかけに、ヴィンセントは「いや」と首を横に振った。

一瞬、ある考えが頭を過《よぎ》ったが、この先の策に含むには可能性の薄すぎる線だ。

ましてや、それは帝国で最も手綱を引けない存在、その次に扱いにくいモノで――。

「――『石塊《いしくれ》』の居所を掴《つか》める可能性があるとすれば、理外の獲物に鼻が利く猟犬ぐらいのものであろうが、それは高望みだろうよ」

5

――同刻、帝都ルプガナの何処《どこ》かで。

「――――」

暗がりの中、硬く湿った地べたにべったりと横たわり、それは動けずにいた。

傷の重さはある。心身共に消耗したことも大きい。しかし、動けない最大の理由は心よりももっと高く、己の大事な部分にあるものの負った傷――魂の損傷が理由だ。

「──────」

ずっとずっと、信じて祈り続けてきたものが否定され、地へ落とされた。

生まれてから今日まで、それよりも大事にしたものなど何もなかったのに、他ならぬ大事に思っていたそれそのものから拒絶されて。

「──────」

それは、生きる意味を、理由を、見失っていた。

己の価値を、存在意義を、できることを、手放してしまっていた。

ただただ、湿った地べたに転がったまま、それは呼吸する胸を上下させ、呟《つぶや》く。

「ひめさま……」

己の意味を否定された相手へと、縋《すが》るような、祈るような、か細い声で、呟く。

「ひめさま……ひめさま……」

それは弱々しく、呟き続ける。呟き、続けた。

呟き続けて、そして──、

「──ぁ」

胸の中に大きく空いた空洞、そこにすっぽりと収まる大きな、大きな、モノ。

それが、暗がりの、冷たい空気の、流れてくる水音の、中に感じられて。

「……ひめさま」

まだ、そこにある意味を確かめるみたいに、今一度、それは祈るように呟いた。

第二章 『言い訳しなきゃ許さない』

1

――『大災』によるヴォラキア帝国の滅亡、その阻止のための電撃作戦。

蘇《よみがえ》り続ける屍人《しびと》の軍勢、それと真正面からぶつかり合うことが滅びを早めるリスクでしかないとわかった今、求められるのは速攻による決着だ。

大軍同士をぶつけて、生者と死者の一大決戦をやるわけにいかない以上、少数精鋭で敵陣へ殴り込みをかけるミッションが採択されるのは自然な流れだった。

問題があるとすれば――、

「――誰が、敵の本丸に殴り込むかって話になる」

腕を組み、部屋の真ん中でどっかり床に座ったスバルがぐるりと周りを見渡す。

城塞都市ガークラの大要塞の一室、大人数が一堂に会するのにぴったりな大部屋に、帝国の関係者を除いたスバルの味方がずらりと勢揃《せいぞろ》いしている。

そこには負傷者の治療のため、先ほどの会議には参加していなかった面々――ラムやガーフィール、ペトラにフレデリカ、そしてレムも揃っていた。

当然、帝国関係者以外ということでアナスタシアとユリウスもいるが――、

「ハリベルさんも、無事に戻ってくれててよかったよ」

「お、心配してくれるなんて優しいやないの。なんや、アナ坊は僕に手厳しいから、そうやってねぎらってもらえて素直に嬉《うれ》しいわ」

壁に背を預け、煙管《きせる》をくわえたハリベルがスバルのねぎらいに笑って答える。

この都市国家最強の狼人《おおかみびと》は、あの連環竜車の戦いで、屍人の襲撃に先んじて現れた黒竜――ドラゴンゾンビを引き止めてくれた、勝利の功労者だ。

彼がドラゴンゾンビを竜車に近付けなかったおかげで、被害は最小限に留《とど》まった。それで単独で龍殺《りゅう》しまで果たしているのだから、とんでもないシノビである。

と、そんなハリベルの一言に、しかし揶揄《やゆ》されたアナスタシアは不満げな顔をする。

「なんなん？　そんな言われ方したら、ウチが血も涙もない雇い主みたいやないの。ちゃんと働いた分の報酬は払うて言うてるやんか」

「ほら、この通りや。何でもかんでも銭勘定で片付けよなんて、可愛《かわい》げのない子ぉになってもうて……リカードが放任主義やからしたたかになってもうたんやない？」

「はぁりぃべぇるぅ」

「はいはい、僕の負けでええよ」

二人のカララギ弁の応酬が、アナスタシアの生温かな呼びかけで決着する。

古くからの知り合い同士とはいえ、そのやり取りの気安さは親戚のおじさんと娘っ子を

彷彿《ほうふつ》とさせるそれだ。小柄で童顔なアナスタシアだが、子どもっぽさとは対極的な性格をしているため、彼女にそんな印象を抱くのは珍しい。

そのスバルの印象を余所《よそ》に、アナスタシアに言い負かされたハリベルが、「それでなんやけど」とやられただけで会話を終わらせず、話を続けた。

「やり合《お》うてわかったんやけど、ヴォラキアのゾンビ、カララギのゾンビとちょこっと勝手が違うわ。たぶん、僕めっちゃ相性悪そう」

「ヴォラキアとカララギで、ゾンビが違う？　それ、どういうこと？　まさか、この時期に別の原因でゾンビパニックが起こってるなんて言わないよな？」

「さすがにそれはないと思うわ。僕の印象やと……帝国のゾンビの方が手強《てごわ》い。仕掛けた子ぉが帝国の大精霊に悪さしてるって話やし、距離的なもんかもやね」

「距離……」

歯で噛《か》んだ煙管《きせる》を上下させながら、ハリベルが自分の所感をそう明かす。

その微妙なニュアンスの違いが、カララギの屍人《しびと》を知らないスバルにはピンとこない。

とはいえ、ハリベルほどの実力者が感じた以上、違いは確かにあるのだろう。

まさか、本当に同時期に別々の理由でゾンビが利用されているとは考えたくないが。

「距離というよりは、完成度の問題という印象もあるな」

「それ、どういう意味なん、ユリウス？」

「ハリベルが手強いと評する以上、帝国で現れるゾンビの方が能力的に優れているのは事

実でしょう。ただ、時期的には都市国家のゾンビの方が出現は早い。つまり、ここから推測できるのは……」

「カララギのゾンビは練習台で、ヴォラキアのゾンビが本番用。騎士ユリウスが言いたいのはそういうこと？」

アナスタシアに問われ、左目の下の傷に触れながら推論を広げたユリウスにラムがそう尋ねる。そのラムの言葉に、彼は「そうです」と顎《あご》を引くと、

「今の考えが正しければ、ハリベルの印象にも説明がつく。その上でハリベル、君が帝国のゾンビと相性が悪いと考えた理由を聞いても？」

「僕は直接見てへんけど、竜車に出てきたゾンビの子ぉは増えたらしいやん？　それと似たこと、あの黒い龍《りゅう》もしてきよったんよ。ほら、僕の攻撃って当たったら終わりの呪殺が売りやから、死んで終わらん相手と相性最悪やんか」

「――――」

「あれ？　なにこの沈黙」

「いや、さらっとハリベルさんが呪殺が売りって言ったからビックリしたんだよ」

自分の手の内をあっさりと暴露したハリベルに、スバルも耳を疑ってしまった。が、彼はそのスバルの指摘に、「ああ」と納得した風に頷《うなず》いて、

「別に知られてどうなるもんでもないからねえ。知ってても、僕から一発ももらわんなんてできる人の方が少ないやん？」

「うーん、謙虚なようで謙虚じゃない。ラインハルトとかセッシーもそうだけど、各国最強ってそういうとこ共通してる気がする……」

堂々としたハリベルの強者発言に、スバルはしみじみと感心した。

承認欲求の塊であるセシルスは言わずもがな、謙虚で誠実が服を着て歩いているようなラインハルトも、自分の力量には絶対の自信があった。

実際、あのぐらい強くて「自分なんて」と言われても何の説得力もないので、それに関しては堂々としてくれる方がずっと好感度が高いのだが。

ともあれ――、

「ハリベルさんが『ぞんび』とあんまりうまく戦えないのはわかったけど……でも、それならどうする？　誰が帝都に乗り込むのがいいかしら？」

「カララギ最強らしくない弱音やったけど、それでもハリベルの腕が立つんはウチの太鼓判や。甘やかさんと、突入組に入れるべきやと思うわ」

「まぁ、泣いて騒いで嫌やなんて言わんけどもね？」

言い合わなくても手厳しいアナスタシアに、ハリベルがそう苦笑する。

実際、呪殺特攻がゾンビに効かなくても、ハリベルが単独で黒竜と戦える戦力なのは間違いない。彼を突入組に入れるのは確定としていいだろうと思いつつ、スバルは本題へ入るならと、「ちょっといいか？」とその場で挙手をした。

そして――、

「最初に言っとくと、俺は突入組に参加する」

　そう、他の誰が名乗り出るよりも早く、スバルは自分の立つ瀬を主張した。

「まず、スピカの権能がゾンビ特効……蘇《よみがえ》りを無効化する力があるのはみんなもわかったはずだ。ただ、現状じゃそれを使うのに保護者の俺の付き添いが必須。ハリベルさんでも敵の復活がしんどいっていうなら、攻略にスピカは絶対必要だ」

『毒姫』ラミア・ゴドウィンの撃破に、スピカの『星食』があったのは周知の事実だ。

彼女が『暴食』の権能を使いこなせば、無限に蘇る屍人《しびと》の『死に逃げ』を断ち切れる。

スピンクスの撃破において、スピカより有効的な手札はないだろう。

「俺もスピカも、代わりが利かない仕事だ。……なんで必然的に、ベア子には俺と一緒に帝都まできてもらうことになるんだけど」

「ベティーは望むところなのよ。もうスバルと離れ離れは御免《ごめん》かしら」

「悪い、助かる」

　挙手したスバルの隣にちょこんと座るベアトリス、彼女の返事を心強く思いながら、スバルは作戦の要になるスピカと、彼女が抱き着いているレムのことを見た。

　自分の腰に腕を回して抱き着くスピカ、その肩を支えるレムがスバルの視線を受け、

「……どうして、そんなにビクビクした目で私を見るんですか」

「いや、また危ないところにスピカを連れてくことになるし、それでレムに嫌われると俺の心がバキバキになるから……」

「——。別に、エミリアさんに慰めてもらえばいいじゃないですか」

「え？」

弱腰なスバルの答えに、レムが不満げに視線を逸《そ》らしてそう呟《つぶや》く。

その言葉の意味をイマイチうまく咀嚼《そしゃく》できずにいるスバルを余所《よそ》に、「レム」と彼女の隣に立つラムが薄紅の瞳《ひとみ》を細め、

「どうするの？　バルスを八つ裂きにする？」

「いきなり物騒なこと言い出すなよ、姉様！」

「冗談よ。今八つ裂きにしても蘇ってくるでしょう？　死体な上に増えるバルス……悪夢ね。おぞましい」

「勝手に殺した上に増やしておぞましがるな！」

ラムのラムすぎる発言、その姉の言葉にレムが苦笑し、首を横に振った。そのまま、レムは「ありがとうございます」と姉に礼を言って、

「姉様のお気遣いは嬉《うれ》しいです。でも、姉様の言う通り、今は何をしても蘇ってきてしまいますから後回しにしましょう。それよりも……」

「う？」

「スピカちゃん、あの人と頑張れそうですか？」

苦笑の色を消したレムが、自分に抱き着くスピカを見下ろしてそう尋ねる。その問いかけにスピカは青い目を丸くすると、

「あーう！」

と、そう力強く頷《うなず》いたのだった。

そのスピカの返事に、レムは寂しさと悔しさの入り混じった表情になり、

「本当なら、私もついていきたいです。……でも、今の私がついていっても、足手まといになるだけなのはわかっていますから。だけど……」

「――それなら、心配しなくて平気よ、レム」

切実さの込められたレムの訴え、それが頼もしい声に遮られた。

思わず、「え」とレムが薄青の目を見張ると、そんな彼女の前で自分の胸をドンと叩《たた》いたエミリアが、やる気に満ちた眼差《まなざ》しでレムに頷きかける。

「その子と、それに一緒にいくスバルたちのことが心配な気持ちは私もすごーくよくわかるの。だから、何があっても大丈夫なように私が守るから！」

「エミリア、さん……」

「任せて。私、こう見えてすごーく力持ちなのよ」

ぐっと力こぶを作り、エミリアがそうレムに笑いかける。

その、あまりにも頼もしいエミリアの言葉に、レムは何を言えばいいのかと目を白黒させ、視線を彷徨《さまよ》わせた。

しかし――、

「いやいやいや！　何を言ってるんですか、エミリア様！　エミリア様がいくなんて、そ

んなの許可できるわけないでしょう！」

「ええ⁉　どうして⁉」

「どうしても何も、聞かなきゃわかりませんかねえ⁉」

目を丸くして仰天するエミリアに、それ以上に仰天していたのはオットーだった。

帝国で合流して以来、ほぼほぼずっとしかめっ面をしていた印象のあるオットーだが、ようやく彼らしい慌てふためく顔が見られた——とは、笑えないだろう。

実際、今回はエミリアよりも、オットーの意見の方が真っ当である。

「いくら何でも、この帝国で一番危ないところへ乗り込む作戦ですよ？　そんなところにいってらっしゃいなんてエミリア様を送り出せませんよ」

「ッてもよォ、オットー兄《あに》ィ。危ねェとこって話ッすんなら、そもそもヴォラキアにきてる時点で今さらって話じゃァねェかよォ」

「否定しづらいですけど、それでも危険の大小って考えはありますよ。ナツキさんの言う通り、帝都は敵の本丸……本拠地と、戦略的価値のない村の守りが同じ堅さのはずがありません。帝都は間違いなく、一番の危険地帯です」

「まァ、そりゃァそォか」

真っ当な疑問に真っ当な正論を突き返され、ガーフィールも牙《きば》を引っ込める。

その勢いを駆り、オットーはそのまま視線をスバルとベアトリスの方に向けると、

「正直なことを言えば、ナツキさんたちがいくのも僕は反対ですよ。あくまでこれは帝国

の問題で、他国のために命を懸けるのは筋違いですから」

「正直者め。けどな、何べんも言ってるけど……」

「わかってますよ。王国でも帝国でも、どこで起こったかは問題ないって話でしょう。僕だって故郷が『魔女』の狙いがルグニカの恐れがある以上、そこは僕も同意見ですよ。僕だって故郷が荒らされるぐらいなら、帝国が荒れ野原になる方がずっとマシです」

「お前も露骨に身内意識の強さを隠さなくなってきたな！」

元々シビアな一面のあるオットーだが、ヴォラキア帝国の問題に関わるのはメリットとデメリットが彼の中で釣り合わないのだろう。だから延々気乗りしない。

だが、オットーが理解を示してくれた通り、スバルにとっては土地の問題ではない。

スバルだってヴォラキア帝国は嫌いだが、嫌いな帝国にもスバルが好きになってしまった人たちがいるのだ。その彼らのために、できることは全部したい。

そのためにも――、

「――スピカだけじゃなく、俺が帝都にいる必要がある」

突入組にスバルが志願するのは、もちろん、スピカの権能の力を十分に発揮するための保護者として同行する意味もある。

しかし、最大の目的は帝国で一番の激戦地になるだろう帝都――そこに待ち受ける、避けられない誰かの『死』を覆し、この手で運命を塗り替えるためだ。

『剣奴孤島《けんどことう》』で全《すべ》ての剣奴を味方につけるため、スバルはかなりの無茶《むちゃ》をした。

だが、その甲斐《かい》はあった。報酬が約束されているなら、スバルはそれを躊躇《ためら》わない。

「スバルに危ない真似《まね》をさせたくないのはベティーも同じなのよ」

と、そこでスバルに代わり、オットーと視線を合わせたのはベアトリスだ。特徴的な紋様の浮かんだ青い瞳《ひとみ》を揺らめかせ、ベアトリスがスピカを手で示し、

「でも、相手の『不死王の秘蹟《ひせき》』を解体するのにその娘の力は有用かしら。それに万一、スピンクスを封じる必要があるなら、ベティーの力がいるはずなのよ」

「封じる、ですか」

「スピカの権能が通用しなかった場合、スピンクスの暴挙を止める方法は封じ手しかないかしら。自殺して逃げられでもしたら、終わらない追いかけっこの始まりなのよ。それをさせないために、ベティーの魔法の出番かしら」

片手はスバルの手を握り、もう片方の空いた手をベアトリスが突き出す。

その幼女特有の手の温かみを感じるスバルの脳裏――プレアデス監視塔で身柄の確保に成功した、『暴食』のロイ・アルファルドの顛末《てんまつ》が不意に蘇《よみがえ》った。

その全身を陰魔法で蝋《ろう》のように固められ、身動きも思考も封じられたロイの末路が。

「確か、あれと同じ封印で『嫉妬の魔女』も捕まってるとか……」

「そうなのよ。信頼と実績の『魔女』封じかしら。事態の収拾にスピンクスの封印が必須なら、お前とペトラには悪いけど、ベティーとスバルは欠かせないのよ」

魔法的な観点からのベアトリスの援護に、スバルはオットーと、その向こうでフレデリ

カと並んでいるペトラの様子を窺《うかが》う。

見ない間にその頼もしさと将来有望ぶりをますます増した感のあるペトラは、当然ながら縮んだ体で帝都へ乗り込もうというスバルを歓迎していない顔だ。

ただ、聡明《そうめい》な彼女にはベアトリスの意見の妥当性と、ここで屍人《しびと》の軍勢を止められなければ、被害が指数関数的に増大すると理解できてしまう。

そのため、彼女はとても不本意そうにため息をついて、

「やっぱり、こうなっちゃうよね」

「ペトラ……」

「レムさんとおんなじで、わたしもついていける立場じゃないもん。……せめて、ベアトリスちゃんがお目付け役でついてってくれるのが救いだけど」

物分かりが良すぎる少女、その不安の種が自分だとわかっているスバルも胸が痛い。そんなペトラの信頼に、ベアトリスは先のエミリアのように自分の胸を叩《たた》いた。

「ペトラの気持ちはちゃんとわかってるかしら。ベティーがいる限り、スバルを危ない目には遭わせないのよ」

「うん、ありがとう、ベアトリスちゃん」

「そうね。ベアトリスがスバルといてくれると安心できるし、私も嬉《うれ》しいもの。でも、その二人と私が一緒ならもっと安心して……」

「エミリア様……」

「うう……」

ベアトリスとペトラの美しい友情に続いて、エミリアがちっともうまくないやり方で食い下がろうとし、オットーの厳しい眼差《まなざ》しに撃墜された。

ただ、前述の通り、この件に関してはスバルもオットーの意見が正論と思っている。

できればエミリアの願いは何でも叶《かな》えてやりたいスバルだが、これを叶えると、そのままエミリアを帝国で最も危ない場所へ連れ出すことになる。

しかし一方で、さっきは引っ込められたガーフィールの言い分にも一理あった。

そもそも、帝国まできている時点で危ないのは間違いなく、たとえガークラに残ったところで身の安全が保障されるわけではないと。

そういう意味では、知っている人間全員をスバルの傍《そば》に置いておくのが理想で——。

「——私は、帝都への突入組にエミリア様を加えるのに賛成だーぁね」

「旦那様《だんなさま》⁉」

だがそこで、不意にそれまでと百八十度異なる意見が飛び出した。

その意見にあまりに驚かされ、耳を疑った顔でフレデリカが声を上げる。だが、それは最初に声を上げたのがフレデリカというだけで、その場にいたほとんどの人間が、その意見——ロズワールの発言に驚きを隠せなかった。

その驚きが支配する中で、比較的立ち直りが早かったのはアナスタシアだ。彼女は狐《きつね》の襟巻きを撫《な》で付けながら眉《まゆ》を顰《ひそ》め、

「そらまた意外な意見やね。てっきり、エミリアさんらの意見は、エミリアさん以外は全員一致でエミリアさんに反対なんやと思うてたけど」

「陣営の代表であるエミリア様、その意見が聞き入れられないのは不憫《ふびん》すぎる……というのは冗談でーぇすよ。私も悪ふざけで逆張りしたわけじゃぁーぁない」

「……聞きましょうか」

感情を抑えた声と表情で話を促すオットーに、スバルも援護されたエミリアも固唾《かたず》を呑《の》んでロズワールの答えを待つ。

そんな期待と反感の板挟みに、ロズワールは苦笑しながら肩をすくめ、

「難しい話じゃぁーぁないよ。帝国との同盟関係において、エミリア様の実力はこちらから相手へ提案できる有力な内容だ。これがアナスタシア様がいくと言い出したなら全員で止めるべきだが、エミリア様はそうじゃぁーぁない。それは実際に、ゾンビが現れる前の大戦にエミリア様を参加させた時点で皆が認めるところだ」

「ええ、そう！　ほら、あのときだってマデリンとかメゾレイアともぶつかったけど、ちゃんとへっちゃらで帰ってこられたんだから」

「状況が違いますよ。求められるのは少数精鋭の奇襲攻撃で、エミリア様の大味……大胆な戦い方が向いているとはとても」

「十分補える範囲だよ。それにエミリア様がいれば、仮に作戦が失敗してもその立て直しが作戦に組み込める。都の半分ぐらいは氷漬けにできるのでは？」

指を一本立てたロズワールのとんでもな発言だが、これが意外と無茶《むちゃ》でもない。

エミリアの替えの利かないユニット性能に、自前で賄えるとんでもないマナの量と、それを駆使した超範囲攻撃というスキルがある。

早い話、エミリアは一人で戦場を雪景色に変えて、極寒の中で可愛《かわい》く元気に駆け回ることができるのだ。その圧倒的な継戦能力の高さを最大限活《い》かそうと、スバルが考案したのが『アイスブランド・アーツ』であり、それをロズワールも評価した。

実際、エミリアが陣営の最高戦力の一人であることは疑いようがないのだ。

これまで散々、プレアデス監視塔にも、帝都決戦にも参加させておいて、エミリアが危ないから送り出せないというのは説得力がない意見ではあった。

それに加え、ロズワールには彼だけが有する確信がある。

それは――、

「スバルくんも、エミリア様がいた方が張り切れるだーぁろう？」

「お前……」

悪気しかない笑みを浮かべたロズワールに、スバルは思わず唇を噛《か》んだ。

そのギリギリな言い回しは、ロズワールだけが知っているスバルの権能――『死に戻り』を揶揄《やゆ》したものであるのは明白だった。

スバルが時間遡行するためのトリガーが『死』だとは知らないロズワールだが、スバルにそうした奥の手があることは知っている。

エミリアのためなら、その奥の手を惜しまないという確信もあるのだ。

そのロズワールの目算は正しい。

他の誰に何があっても『死に戻り』をするが、エミリアがきた場合のスバルの必死さ懸命さは、ロズワールが求めるものか、それ以上のものになるだろう。

ただし、そうした事情で説得され得るのはロズワールぐらいのものだ。

「旦那様《だんなさま》、わたくしもオットー様と同じく、エミリア様がゆかれるのは反対です」

事実、そのロズワールの意見を聞いても、反対派の感情は揺らがせられなかった。

比較的、陣営の中ではロズワール寄りに立つことの多いフレデリカでも、状況的な危うさを重視し、エミリアの突入組入りを反対する。

しかし――、

「もちろん、エミリア様がわたくしやオットー様が及ばないほどお強いことはわかっておりますが、それでも大切なお体を……」

「――私が同行する。そう言ってもかーぁな？」

「え？」

やはり頷《うなず》けないと、そう抗弁していたフレデリカが目を見張った。

短く、しかし聞き間違いようのない断言をしたロズワール。彼は持ち上げた左右の手を皆に見えるようにして振りながら、

「帝都への突入組、私もエミリア様たちと同行しようじゃーぁないか。幸い、素性を隠す

必要がなくなった今、私の大技も小技も大盤振る舞いといこう」

「え、ロズワールがきてくれるの？　ううん、一緒にいってくれるの？」

「驚きですか？」

「だって、ロズワールっていつもお屋敷でのんびりしてる印象だったから」

素直に驚いているエミリアの反応に、ロズワールが苦笑する。

のんびりとはいささかエミリアらしすぎる表現だが、ロズワールが問題解決の場に居合わせないパターンが多いのは、問題の原因がロズワールであることが多いのと、そもそも彼が信頼の置けない味方であることが大きい。

ただし、状況的にここでロズワールが信頼を裏切る意味がない。

帝国でロズワールが何らかの暗躍をする可能性もないことを考えると、ある意味、王国にいるよりもずっとロズワールを信頼できる状況と言えた。

「余所《よそ》の国にいるときの方が信用できる味方ってなんなんだよとも思うが……」

ロズワールの同行と聞いて、ブチャイクな顔をしているベアトリスを除けば、その提案にはメリットしかないようにスバルには思われた。

陣営の最高戦力という話をするなら、紛れもなくロズワールもまたその一人で。

「僕も――」

一瞬、ふっとオットーが何かを言いかけた。

しかし、それは言いかけたままで中断され、オットーは深々と息を吸い、吐くと、

「ガーフィール！　ナツキさんたちに同行してください」

「──。いいのッかよォ。『三騎士がゆく』ってェばかりに、強《つえ》ェのが全員出張っちまうッことになんだぜ」

「ここまできたら、半端な投入の方が愚策ですよ。それも辺境伯の掌《てのひら》の上でしょうが」

「オットーくんはたびたび私を買い被《かぶ》ってくれるものだーぁね」

ロズワールの余裕のある笑みに、オットーが額に手を当てる。と、その兄貴分の苦悩を噛《か》み砕《くだ》くように、ガーフィールが勇ましく胸の前で拳《こぶし》を合わせた。

「いいッぜ。オットー兄《あに》ィの心配もペトラの心配も、ついッでに姉貴の心配もひっくるッめて俺様が持ってってやらァ」

「ガーフ、ラムの心配が抜けているわよ」

「てめェがロズワールの心配する気持ちなんざ持ってッきたくねェ！」

「馬鹿ね。ロズワール様の心配なんていらないわ。ガーフの心配よ」

気持ちよく決断したガーフィールが、ラムの一撃を浴びて「がお」と勢いが萎《しぼ》む。

そうして罪な女ぶりを発揮したラムは、突入組に立候補したロズワールを見やり、

「どうぞご存分に。ロズワール様のお力を帝国に見せつけてください」

「そうだね。帝国は少々、魔法を軽んじすぎているからねーぇ」

そのロズワールの笑みに、ラムが旅装のスカートを摘《つ》まんでカーテシー。

過剰でも過少でもない信頼が交換されたやり取りを見て、話の流れに置いていけぼりを

喰《く》らったエミリアが目をぱちくりとさせた。

「ええと、結局、ロズワールとガーフィールもきてくれて、私もスバルたちと一緒に帝都に乗り込む……で、いいのよね？」

「うん、それで大丈夫なはずだよ。オットーの言う通り、最高戦力だな」

エミリア陣営の最高戦力三人、エミリアとガーフィールとロズワールが連れ立つのだから、同盟者として最高のパフォーマンスを発揮していると言えるだろう。

スバルとベアトリス、それにスピカの三人が足を引っ張らないか心配だ。

「そこにハリベルさんが加わって、か。あとは――」

「――スバル」

紛れもない最強メンバーと断じたいところへお呼びがかかり、スバルが振り返る。

スバルを呼んだのは、今しがた名前の挙がったメンバーに含まれていない男。そして最強メンバーだけを集めるなら、間違いなく加わってもらいたい人物だった。

しかし、そのワソーの男は精悍《せいかん》な顔立ちの中、凛々《りり》しい目をしたまま言い切る。

「私は、アナスタシア様のお傍《そば》に残る。敵の目を城塞都市へ引き付けるのが、君たちの突入を手助けすることにもなるだろう」

「――――」

「無論、皇帝閣下が信を置くものが都市の防衛を担うことになるだろうが、私も助力するつもりだ。何より……」

そこで一度言葉を区切り、彼――ユリウスは傍《かたわ》らのアナスタシアを見やる。

消えたスバルたちを探すため、無理をしてヴォラキアへ駆け付けてくれたアナスタシア。

彼女には感謝の気持ちしかない。そして、絶対に無事に帰ってもらう必要がある。

それ故《ゆえ》に、ユリウスははっきり告げる。

「私は、アナスタシア様の一の騎士なのだから」

その晴れ晴れしいまでの自任の言葉に、スバルは静かに息を呑《の》んだ。

それがユリウスが自分の立ち位置を表明した発言であるのと同時に、同じ立場であるスバルへの発破でもあると理解したからだ。

――ユリウスがアナスタシアを守るように、スバルにもエミリアを守れと。

「言っとくが、ここに残ったからって楽ができるわけじゃねぇんだ。気ぃ抜いてたら、レイドのときの屈辱再びってなるからな」

「それは恐ろしい。今も、鏡で顔の傷を見るたびに震え上がっているからね」

「言いやがる！」

ユリウスの軽口をそう笑い飛ばし、スバルはその場に勢いよく立ち上がった。

そうして一同を見渡し、改めて確認する。

「いくのは俺とベア子、それにスピカ。そこにエミリアたんとガーフィールとロズワールがいて、ハリベルさんもメンバー入りだ」

「ん、頑張りましょう。残ってもらうラムたちも、アナスタシアさんたちも『ぞんび』には十分気を付けて」

「その本丸に乗り込むエミリアさんらに言われたら形無しやね。でも、ここがどれだけ派手な客寄せできるかで、エミリアさんらの難易度が変わる。腕の見せ所やないの」

商人魂を刺激されたとばかりに、アナスタシアが悪い笑みでそう答える。

それを心強く感じながら、スバルは目前に迫る帝国の決戦に拳《こぶし》を強く固めた。

なんとしても、『大災』を阻止するために力を尽くす。

そのためにも、帝都へ急ぐ必要があった。

何故《なぜ》なら――、

「――今に、置いてきたセッシーがうっかり千人斬りとか万人斬《ぎ》りとかやって、それで大精霊のマナが尽きて帝国が滅んだら目も当てられねぇ」

その場合、セシルスを連れてきたスバルのせいなのか、今日までセシルスを放置してきた帝国のツケなのか、区別がつきそうもないのだから。

2

――『剣奴孤島《けんど》』ギヌンハイブ総督、グスタフ・モレロ。

偉大なる神聖ヴォラキア帝国の皇帝より、その地位を授かった意味は重い。

平時より、『帝国人は精強たれ』の教えが息づくヴォラキアでは、孤島で催される剣奴を用いた興行が期待される役割は殊の外大きい。

それは単純な娯楽のためではなく、内紛という火種さえも小火《ぼや》で鎮火する現皇帝の治世で、人心を『闘争』から遠ざけさせすぎず、帝国人の牙《きば》を丸めさせないためである。

はっきりとそう明言されたわけではないが、それがグスタフが皇帝であるヴィンセント・ヴォラキアから総督を任じられた際、自らが果たすべき職務と捉えた内容だ。

事実、それに従い、グスタフは孤島の総督を歴代のいずれの前任者よりも正しく果たしてきた。――今日このときまでは。

「――グスタフ・モレロ、ギヌンハイブの剣奴《けんど》を引き連れ、合流いたしました」

正面、こちらを見下ろす皇帝、ヴィンセント・ヴォラキアを前に、グスタフは多腕族である己の四本の腕を全《すべ》て地について、跪《ひざまず》きながらそう言った。

――帝国全土を揺るがす大内乱、それは死者の横槍《よこやり》によって完全に前提を瓦解させた。

荒ぶる屍人《しびと》の軍勢から逃れるべく、帝都とその周辺の住民の一斉避難が行われ、戦士たちは正規軍と反乱軍の区別なく、滅びに抗《あらが》うための協力を余儀なくされたのだ。

多すぎる避難民の分散退避も進められつつ、それでも城塞都市ガークラには避難民の総数の半分以上が収容された。その大人数の避難支援に加わり、自分たちもガークラへ入った直後、グスタフはヴィンセントとの謁見の機会を与えられた。

「――――」

大要塞の一室、跪くグスタフの隣には、途方に暮れた顔のイドラ・ミサンガがいる。

無法者集団である剣奴一味は『プレアデス戦団』と名を改め、ナツキ・シュバルツが旗頭を、グスタフが参謀役を務める形でまとまっている。その参謀役であるグスタフが、暴れる以外の仕事の補佐に選んだのがこのイドラだった。

シュバルツと特に関係の深い剣奴の中、相応の思慮深さと落ち着きを持ち合わせたイドラは、荒くれ揃《ぞろ》いの一団の中では非常に重宝する。

とはいえ、いきなり皇帝閣下の前ではその落ち着きも披露しようがなかった。

「貴様らの働きについては、ズィクル・オスマンより報告を受けている。あのもの……ナツキ・シュバルツも、ぴいぴいと功績をひけらかしてはいた」

「は、ははは、ぴいぴい……ぁ」

緊張しすぎたせいか、思わずそう口にしたイドラが顔面を蒼白《そうはく》にする。

じろと、その黒瞳《こくどう》を細めるヴィンセントは、優麗で繊細な容貌と裏腹に苛烈《かれつ》な性質《たち》で有名だ。皇帝を風説でしか知れない帝国民からすれば、彼の意識を自分に向けさせただけで死を覚悟するのも理解はできる。

しかし、とグスタフは跪いたままヴィンセントを見上げ、

「皇帝閣下、このものはイドラ・ミサンガ。剣奴の一人ですが、他のものにはできない貴重な働きで本職を補佐しております。どうか、此度《こたび》の争乱が片付き次第、恩赦を――」

「珍しく口数が多いな、グスタフ・モレロ。だが」

「――ぅ」

「貴様が貴重というからにはそうなのであろうよ。せいぜい励むがいい。戦後のことを語るのであれば、戦後に語れるだけの成果と命を残せ」

「は、ははぁ！　ありがたき幸せ！」

勢い余って額を床に打つほどに、イドラが思い切りその場で平伏した。

命拾いした、という感慨で周りが見えていないイドラだが、一介の粉挽屋の倅《せがれ》だった彼は、自分がヴィンセントから破格の言葉をかけられたと気付いていない。

無論、そうされてもいい貢献度が彼にはあるとグスタフは考えるが、同時に感じたのはヴィンセントの変化――その、他者へ向けた寛容さだ。

ヴィンセントは元より賢帝であり、賢すぎる皇帝でもあった。

それ故《ゆえ》に、見通しのよすぎる皇帝の視野、それを共有できない相手にヴィンセントは冷淡なところがあった。だからこそ、彼の周囲の人間は、皇帝の見ている景色を理解しようと命懸けで努める必要に迫られていたのだ。

それを良しとした皇帝は、しかしそれだけではなくなったようにも感じられて。

「しかし、思い切った真似《まね》をしたものよな」

ふと、そのグスタフの思惟《しい》を断ち切るように、ヴィンセントが声を放つ。

皇帝のその一言に、グスタフは跪《ひざまず》いたまま、仕舞《しま》い切れない牙《きば》の突き出した口を閉じ、続くヴィンセントの言葉を待った。

そのグスタフの無言にヴィンセントは黒瞳《こくどう》を細め、

「俺が貴様に命じたのは、『剣奴孤島《けんど》』の総督の任であったはず。この有事にそれを放棄した挙句、島の剣奴を率い、はるか東の帝都まで押し寄せるとは……そのものが震え上がるのも当然の皇帝の前へ、よくも一つしかない首を出せたものだ」

大きな椅子に座り、肘掛けに頬杖《ほおづえ》をついたヴィンセントの言葉に、隣でイドラが微《かす》かに喉を鳴らしたのが聞こえた。

皇帝に対する不敬の極みと、帝国民なら命を捨てたと悲観する状況。

「――。いくつか、弁明させていただいても？」

「許す。ただし、慎重に言葉を選べ。たとえ腕を二本落としても、貴様であればまだ只人《ただびと》と変わらぬ働きができよう？」

だが、グスタフは悲観に沈まず、畏れ多くも皇帝へと言葉を返した。それをヴィンセントは嗜虐的《しぎゃく》とも挑発的とも取れる眼差《まなざ》しで許す。

それを前に、グスタフは自分でも驚くほど平静だった。ややもするとそれは、誰よりも豪胆で恐れを知らない少年の影響かもしれなかった。

「皇帝閣下は、本職が総督の任を放棄したと仰《おっしゃ》るが、それは事実ではありません。それともう一つ、剣奴を率いているのは本職ではなく――」

「貴様ではなく？」

「――皇帝閣下の御子息《ごしそく》です」

そう告げた瞬間のヴィンセントの反応を、グスタフは生涯忘れないだろう。

「――――」

一瞬、ヴィンセントはその黒瞳《こくどう》を丸くして、ひどく険の抜けた顔をしたのだ。

それはまさしく、虚を突かれたという以外に言い表せない反応。それをしたのはヴィンセントにとって、発話者と内容の両方が想定外だった証《あかし》だ。

刹那《せつな》の表情、それをヴィンセントは口元に手を当ててすぐに掻《か》き消《け》すと、

「俺は貴様の、職務に忠実でゆとりのない点を評価していた」

「本職も同感です。ただ、皇帝閣下と本職が考えた通りのままであれば、帝国の一大事を西の果てから見守る他なかった」

もしも、シュバルツが『剣奴孤島』を占拠する暴挙を起こさなければ、グスタフはこの帝国の一大事でも孤島に残ったまま、剣奴を管理する役目に没頭していただろう。

たとえ帝都でヴィンセントに何があろうとも、自分は命じられた職務に従順であったのだと、評価するもののいない実績を餞《はなむけ》とでも考えたのだろうか。

そうならずに済んで、そんな自分を残さずに済んで、心の底から安堵《あんど》する。

これがシュバルツに唆され、皇帝が下した命令を自分本位に解釈――『有事』の際の自己判断を、最大限悪用して帝都へ駆け付けた結果であっても、だ。

「――それで帝都と共に皇帝が死していようと、あれであればうまく貴様らを使っただろうがな」

「皇帝閣下？」

自分の判断が正しかったかはともかく、己で肯定はできると考えていたグスタフと裏腹《はら》に、ヴィンセントがこぼした言葉は別の思惑を孕んで聞こえた。

だが、ヴィンセントはその滲《にじ》んだ思惑には触れさせようとしなかった。

代わりにヴィンセントは首を横に振ると、

「いいだろう、貴様の口車に乗せられてやる。この帝国の存亡を争う状況の中で、見事に貴様自身の進退と、剣奴《けんど》共の恩赦を勝ち取ってみるがいい。――下がれ」

「は。本職の腕の限りで、砕身いたします」

グスタフとヴィンセントとの間で、『有事』という指示の取り扱いが合意に達する。

グスタフが『剣奴孤島』の総督の職務を逸脱した行いをしたかは、ここから先のグスタフ自身と、プレアデス戦団の働きで証明することになる。

必ず、それをやり遂げられるという確信があるわけではない。だが、この時点でグスタフは、少なくともシュバルツに唆されたことを悔やまずに済むと思った。

そう、グスタフがわずかに口の端を歪《ゆが》め、皇帝の前を辞そうとしたときだった。

「お、畏れながら皇帝閣下にお伺いしたいことが……っ」

床に額を擦《こす》り付けたまま、突然口を開いたイドラにグスタフが思わず息を呑《の》んだ。

震え声で、畏れ多くもヴィンセントにそう言ったイドラは、平伏した状態で器用に首を上に向け、今にも涙目になりそうな瞳《ひとみ》を皇帝に向けている。

孤島での『スパルカ』でも意地を見せたイドラの胆力は立派だが、下がれと命じた皇帝に食い下がるのは、さすがに命を惜しまない暴挙すぎた。

しかし──、

「──なんだ」

まさかのヴィンセントの応答に、またしてもグスタフは驚愕《きょうがく》する。

その隙を、好機に迷わず手を伸ばせるイドラは見逃さなかった。剣奴らしい、命の瀬戸際に働く直感を働かせ、イドラは乾いた唇を動かし、促された問いを発する。

「閣下はこの戦いのあと、御子息《ごしそく》を……シュバルツ皇子をどうされるおつもりですか？」

「ミサンガ!?」

帝国で一番勇敢な人間にしか聞くことのできない、場違いで間の悪い質問だった。

各地で上がった『黒髪の皇太子』の噂《うわさ》は、生者と死者との戦いに事情を塗り替えられる以前の、帝国史に残る大内乱と切っても切り離せない。

元々、プレアデス戦団が立ち上げられた経緯も、シュバルツがヴィンセントと激突する意思を示したことが切っ掛けなのだから、戦団の大目標はそれなのだ。

故《ゆえ》に、イドラがその答えをヴィンセントから欲するのは自然なことだった。

問題は、それが命を脅かしかねない不敬の究極形であると、緊張のあまりイドラが自覚できていない点にあったが。

「────」

生まれた沈黙に対し、グスタフは滅多《めった》にしない動揺を自覚する。

思い返せば、ここしばらくで覚えている動揺は、どれもシュバルツかセシルスの発信に起因したもので、そこにイドラが加わったのは世を儚《はかな》むべき出来事だ。

そう、思わずグスタフさえも目の前の状況から現実逃避しかけ――、

「――イドラ・ミサンガ」

ヴィンセントの唇がイドラの名を呼んだ。

それを受け、イドラだけでなくグスタフも瞠目《どうもく》し、唾を呑《の》み込《こ》む。そうする二人の前で皇帝は長い足を組み替え、続けた。

「あれの進退の是非は、俺の与《あずか》り知《し》るところではない」

ヴィンセントの答え、それは意味が通っているとは言えないものだった。

この帝国の頂に立つヴィンセントが、シュバルツの進退について決めるべき権利を有さないなどと、そう言われても納得のできるものではない。

だが、それ以上、イドラに食い下がらせるわけにもいかなかった。

「その首と胴が繋《つな》がっている間に下がれ。――これ以上は不敬であろう」

ここまでは見逃すと、そう皇帝が引いた一線を明示したのを切っ掛けに、グスタフは急いでイドラを引き起こし、二本の腕で彼を持ち上げ、もう二本の腕で口を塞ぐ。

おそらく、この城塞都市で、あるいは帝国で今夜最も幸運だっただろうイドラを抱え上げた状態で、グスタフは深々とヴィンセントに頭を下げた。

そして――、

「シュバルツ皇子の御立場《おたちば》、くれぐれも御容赦《ごようしゃ》願います」

そのイドラの幸運にあやかって、そう便乗したグスタフの一言を最後に、『剣奴《けんど》孤島』を離れた弁明の一幕の決着とさせたのだった。

3

「グスタフ・モレロにああも言わせるか。つくづく、読み切れん男だな」

罪人のようにイドラを抱え、最後に言わなくていい一言を付け加えて立ち去ったグスタフ。その背を見送り、ヴィンセントは静かに嘆息した。

思いがけず『剣奴孤島』へ飛んでいただけでなく、そこにいた剣奴総員と、あの職務に愚直なまでに忠実なグスタフの考えを曲げさせた事実は驚嘆に値する。

正直、本人がいくら否定しても、『星詠み』でない方が筋が通らなく思えるほどに。

ともあれ――、

「あれらが都市の防備に加わったとて盤石には程遠い。帝都への攻め手の選定にも手は抜けぬが……」

どう差配すべきか、ヴィンセントの考えるべきは多い。

同盟関係にある王国側の人員、その選定はあちら側の識者に任せるとして、こちらも相応の手札をめくらなければ話にならない。ベルステツとセリーナを城塞都市に残し、用兵に関してもゴズがいれば十二分に機能はするだろう。

単純な戦力という意味で、突入組に組み込める人員の不足は痛いが――、

「大規模な用兵を得意とする人材は替えが利かぬ。その点はセシルスめが十人残るより価値があろう。……あれが十人など悪夢でしかないが、いまだ合流してこぬ理由は帝都で好奇に値するものを見たか。あれに国が滅ぼされるのは避けたいところだな」

『石塊《いしくれ》』の危険性と、セシルスの人間性を知るもの全員が共通して抱く懸念、それがセシルスによる屍人《しびと》の大虐殺と、それによる大精霊のマナの枯渇だ。

連環竜車で黒竜を押しとどめたハリベル同様、たとえ手足が短くなっていようとセシルスが屍人に後れを取るとは思えないが、後れを取らないことが問題だった。

「仮にそれで国が滅べば、あの日、あれを拾ったチシャめの責であろうな。奴《やつ》の思惑が外れること自体は小気味よくはあろうが……」

それを愉快と笑えるほど酔狂ではないし、愉快と笑えるほどの間があるかも不明だ。

そう、ヴィンセントが己の中で急ぐ理由を再確認したところで――、

「――ちょ、待ってくれ！　入れちゃならねえって言われてんだ、皇妃《こうひ》様！」

「だーかーら！　あたしはまだそれいいよって言ってないから！」

不意の大声が扉越しに聞こえて、ヴィンセントの思惟《しい》に雑味が混じった。

やかましいだみ声と甲高い怒声、それに顔を上げたヴィンセントの前で、部屋の扉が勢いよく向こうから開け放たれた。

「アベルちん！　ちょっと顔貸して！」

「貸さぬ」

扉を蹴破らん勢いで乗り込んできたのは、長い金髪を躍らせる長身の女だ。

二本の蛮刀を腰に括《くく》り付《つ》けた状態で皇帝の前に進み出る、正気の沙汰とは思えない暴挙を堂々とやってのけたミディアム・オコーネルだった。

そのミディアムの後ろから、扉の前に立たせておいたジャマル・オーレリーが情けない顔を覗《のぞ》かせており、それをヴィンセントは冷ややかな視線で貫く。

「通せと言ったものだけ通せと、俺はそう命じたはずだが？」

「は、はい、そりゃそうなんですが……相手が皇妃様ってなると、オレみたいな下々の兵士はどうすりゃいいのかわからなくなっちまって……っ」

「ならば、貴様より位が上の『将』が叛意《はんい》を以《もつ》て現れても貴様は無力か？」

「はい！　いいえ！　閣下と『将』なら閣下の方が絶対上だと思えますんで。ただ、皇妃様は立ち位置がよくわからねえんで……です！」

端々に粗野さを出しながらも、慎重に言葉を選んでみせたジャマル。その返答にヴィンセントはひとまず見切りをつけ、手前で仁王立ちするミディアムを見た。

鼻息荒く乗り込んできたミディアムは、聞いていた話とはずいぶん違った印象だ。

「部屋にこもり、めそめそ泣いていると聞いていたがな」

「めそめそとか誰が言ったの！　そんなの全然あたしっぽくないでしょ！　そりゃ、ちょっとは……ちょっとは泣いてたかもだけど……！」

「貴様の兄、フロップ・オコーネルだ」

「あんちゃん！　あんちゃん！　なんでそんなこと言うかな～⁉」

「それは簡単だ、妹よ。もちろん、来たるお妃様《きさき》争いに向けて、皇帝閣下くんがミディアムに強い関心と庇護《ひご》欲を持ってくれるようにだとも！」

勢いよく振り返るミディアム、その彼女に水を向けられ、そう自分の計画を惜しげもなく白状したのはとぼけた顔のフロップだ。

その彼も素通りさせるジャマルにはもはや何も言うまいだが、ここで二人に兄妹《きょうだい》ゲンカを始められても付き合う暇などない。

「ジャマルちんにも言ったけど、あたし、それ納得してないんだってば！　アベルちんは嫌いじゃないけど、皇妃《こうひ》様とか何するか知んないし！」

「なるほどなるほど。だが妹よ。お前は僕の妹だが、妹が何をすべきか知っていて妹になったのかい？　特に何も知らなくても妹になれた……違うかな？」

「え？　あれ、言われてみればそうかも……」

「だったら、何かになるのに知っているかどうかは重要じゃない。大事なのは、それになろうとする気持ちと周りの環境だ。妹も皇妃様も根っこは同じだとも！」

「おお～！　そっか、すげえやあんちゃん……騙《だま》されねえや、あんちゃん⁉」

一瞬流されかけたミディアムに猛然と食って掛かられ、フロップが「さすがにダメか

～」とふやけた顔で自分の額に手を当てた。

どうやら、兄妹ゲンカの勃発ではないようだが。

「貴様らの間でまとまっていない話を、俺の前に持ち出してくるな。俺は忙しい。ジャマル、此奴《こやつ》らを連れ出せ」

「あ、待って待って！　あたしが皇妃様かどうかは今はいいの！　アベルちんの顔が借りたかったのはそれじゃなくて……」

「なんだ」

「あたしも、帝都に連れてってほしいの！」

バンと、自分の胸を手で叩《たた》いて、ミディアムがはっきりそう要求を述べた。

その要求の内容にヴィンセントは眉《まゆ》を顰《ひそ》める。すると、勇ましい顔をしたミディアムの横で、「いいかい？」とフロップが指を一つ立てて、

「いきなりのことで驚かせただろうけど、妹がこう言い出したのは思いつきってわけじゃないんだ。この街に辿《たど》り着《つ》く直前、あの竜車で最後に見たものだけど」

「――バルロイ・テメグリフか」

「うん、そうだ」

驚きなく頷《うなず》いたフロップに、ヴィンセントは連環竜車の最後の攻防を思い出す。

スバルがスピカと呼ぶようになった娘に何かをさせ、結果、屍人《しびと》となったラミアの蘇《よみがえ》りが不完全になったところに、ヴィンセントは自らの手で刃《やいば》を突き立てた。

そして、再び死にゆく妹を連れ去ったのが、死した飛竜を繰る『魔弾の射手』バルロイ・テメグリフだったのだ。

そこでバルロイを目の当たりにし、確かにミディアムは言った。

「バル兄《に》ぃ……」

弱々しく、か細いミディアムの呟《つぶや》き。

彼女は声を裏返らせ、遠ざかるバルロイを何度もそう呼んでいた。

「僕とミディアムは、バルロイとは古い付き合いでね。以前はドラクロイ上級伯のところでお世話になっていたんだよ。バルロイとはそこで……まさか、ああした形で再会するとは思いもよらなかったけれど」

「あれを再会と呼ぶのは、いささか皮肉が過ぎよう」

そのヴィンセントの言葉に、「そうだね」とフロップも珍しく沈んだ声で答える。

ミディアムとフロップ、二人が屍人《しびと》となったバルロイに抱く複雑な感情、親しい間柄の相手が生前の姿と変わり果てて現れたなら、心に深く傷を負うのは理解はできた。

「――――」

だが、その心情を、察して余りあるなどとヴィンセントは口が裂けても言わない。

少なくとも、自分はこの手で蘇《よみがえ》った妹に引導を渡したのだから。

「それで、貴様ら兄妹《きょうだい》とバルロイとの繋《つな》がりが先の頼みとどう繋がる？」

「アベルちんは頭いいんだから、あたしの言いたいことちゃんとわかってるでしょ？　なのにそんな言い方、すごいやな感じだからやめた方がいいよ」

「――――」

「あたしは、バル兄ぃと会って話がしたい。あんな風になっちゃってて、何考えてるのか全然わかんなくても、話したいの。だって」

最初は勢いよく、しかし徐々にたどたどしく、自分の胸の内を正しく伝えようと言葉を選んで、そうするミディアムが一度言葉を途切れさせた。

一番大事な言葉を、一番正しく選べるように、真剣に考えて――。

「だって、あたしはバル兄ぃのお嫁さんになりたかったんだから」

「――。感情論でしかないな」

涙目のミディアムの訴えにそう応じ、ヴィンセントはフロップの方を見た。

今にも泣き出しそうなミディアム、彼女を妃《きさき》の一人にと推薦したのはフロップだ。その真意は野心より、ミディアムの身を案じた向きの方が強いはずだろう。

「その妹が死地へ向かわんとするのを、貴様は止めずともよいのか?」

「おやおや、皇帝閣下くん、僕と妹が常日頃からどれだけ対話を大事にしているかわかっていないみたいだね。もちろん、ここにくるまでに散々止めようとして、力ずくで振り払われて包帯を巻き直したばかりさ!」

「つまりは力ずくで押し切られたか。兄の提言を無視できるとは意外だな」

「あんちゃんのことは大好きだし、あんちゃんの言うことはいつも大体正しいよ。でも、あたしとあんちゃんは別の人間だから、違うこととしたいときもある。今がそう」

力でも言葉でも止まらないと、ミディアムが再び声に張りを取り戻した。

その力強い訴えに、ヴィンセントはしばし考え込む。

単純な、実力という意味ではミディアムの力量は帝国兵の兵卒に毛が生えた程度だ。

簡単な言いつけも守れないジャマルの方が、おそらく剣力では上だろう。連れていったところで劇的に戦況に貢献するとは考えにくい。

しかしそれは逆を言えば、彼女の存在は戦局を左右しないということだ。

「――好きにせよ」

「――！　いいの？　アベルちん」

「己の要求が通って不審がるな。貴様の存在の有無は戦局に影響しない。だが、だからこその負担は負うことになるぞ」

「それって……」

返答に驚いたミディアムが、続くヴィンセントの言葉に目をぱちくりさせる。そのミディアムの様子に、「つまり」とフロップが口を挟み、

「自分の身は自分で守れ。ミディアムを守るために割ける余力はない、ということだね」

「そうだ。その覚悟なしで、戦いの渦中へ飛び込むのは……」

「なんだ、だったら大丈夫！　自分のこと自分で守らなくちゃいけないのは、あたしとあんちゃんの旅でずっとしてきたことだもん」

「――――」

皇妃《こうひ》候補を理由に、守られるつもりならお門違いだと告げようとして、ヴィンセントの思惑は早々にミディアム自身から挫《くじ》かれた。

何を言われるのか不安だったと言わんばかりのミディアムは、まるで軽い条件を突き付けられただけのようにホッと胸を撫《な》で下《お》ろしている。

「も～、どんなこと言われるのかハラハラしたよ～。でも、アベルちんが怖がってたより全然意地悪じゃなくてよかった」

ほぼ思った通りのことを言われ、ヴィンセントはわずかに表情を憮然《ぶぜん》とさせる。

いずれにせよ、ミディアムは自分の要求を言葉にし、それをした場合の危険も呑《の》み込《こ》むとそう宣言した。

ならば、ヴィンセントが付け加えることは何もない。

「明朝だ」

「え？」

「明朝、選抜した人員で帝都へ向かう。準備は済ませておけ」

手短に告げて、それからヴィンセントはフロップの方を見る。

「まさか、貴様まで同行するなどと言うまい？　言っておくが、自分の身を自分で守れぬ自殺志願者の可否まで議論するつもりはないぞ」

「案じてくれてありがとう。さすがに僕も自分から死ににいくつもりはないよ。妹の足手まといにもなりたくない。……バルロイのことは、ミディアムに任せる」

「あんちゃん……」

「――。会える確信があるわけでもないがな」

フロップの決断には意見せず、ヴィンセントは望みが成就しない可能性には触れる。

しかし、そのヴィンセントの言葉にフロップは笑みを浮かべた。

「大丈夫、きっと会えるさ」

「何故《なぜ》、そう思う」

「運命を信じてるんだよ。意地は悪いが、無粋ではないはずだと」

根拠のないそれは、ミディアムの感情論とさして変わらない説得力だ。

だが、ヴィンセントはあれこれとそこに言及するのを避けた。何かを言えば、この兄妹《きょうだい》はそれぞれ倍ずつヴィンセントに言い返してきかねないと思ったのだ。

それに、言わなくともわかっているだろうとも。

「じゃあ、アベルちん、また明日！　ちゃんと寝ないと目の隈《くま》すごいよ！」

大きく手を振り、ミディアムが颯爽《さっそう》と背を向ける。

そのピンと伸ばした背中には、先ほどまで涙ぐんでいた余韻は微塵《みじん》もない。嘘《うそ》泣きでないなら、感情の忙しい娘だと改めて感じるのみ。

そうして、出ていくミディアムの後ろに続くはずのフロップが、ふと足を止めて、

「皇帝閣下くん、ありがとう」

「何に対する感謝だ？」

「ミディアムの……いや、僕たちの気持ちを汲《く》んでくれたことさ。それと、バルロイを好きだってミディアムのことを咎《とが》めないでくれたこと。お妃様《きさき》候補なのにね」

目尻を下げ、自分の頭に手をやったフロップがそんなことを言う。そのフロップの発言にヴィンセントは、何を言っているのかと鼻を鳴らした。

ミディアムがバルロイに会いたがったことを咎めなかった。それに感謝などと。

「愛を罰せよと？　――そのような無粋な行い、する方が惨めであろうよ」

その答えに、フロップがやけに嬉《うれ》しそうに笑ったのがヴィンセントには目障りだった。

4

――帝都ルプガナへ向け、出発の朝がやってきた。

城塞都市ガークラの入口には、今朝も続々と帝都やその周辺からの避難民が到着し、大人数が収容可能な都市ですら収め切れない人数に膨れ上がりつつある。

そちらの対処と対応にもみんながてんてこ舞いになっている状況だが、残念ながら帝国の関係者でないものには手も口も出せる問題ではなかった。

故《ゆえ》にこそ、自分たちは任された仕事をしっかりとやり遂げなければならない。

しっかりと、やり遂げなければ――、

「とても、とても辛《つら》いであります……でも、僕ではお役に立てないのであります」

そう、小さな肩をぎゅっと縮めて悔しがる桃髪の少年、彼が味わっている苦しみがそのまま感じられるようで、エミリアは自分の拳《こぶし》を握りしめた。

自分の力が足りなくて、やりたいことができない苦しみはエミリアもよくわかる。

ましてや、この少年――シュルトは幼い子どもだ。エミリアも、自分が小さかったときに、大事な人の傍《そば》にいられなかったことがある。

だから、シュルトの気持ちは痛いほどわかった。

「エミリー様、どうかお願いしますであります。プリシラ様とアル様、ハインケル様を助けてあげてほしいのであります」

丸い瞳《ひとみ》を涙でいっぱいにしながら、シュルトがエミリアに頼み込んでくる。

こんな小さい子どもが、涙を我慢しながら、大好きな人たちを助けてほしいと誰かにお願いしなくてはいけないなんて、とても勇気のいることだ。

エミリアにはできなかったことだ。だから、シュルトの勇気を尊敬する。

そして、あのときのエミリアと違う結末を、シュルトに持ち帰ってあげるのだ。

「ええ、任せて。お願いしてくれてありがとう」

「エミリー様……」

「だってこれで、プリシラがなんて言って私を遠ざけようとしても、ちゃんとお願いされてきたんだからって言い返せるもの！」

ドンと自分の胸を叩《たた》いて、エミリアがシュルトを安心させるためにそう言い放つ。

それを聞いたシュルトがまん丸い目をもっと丸くして、それから明るい顔で、

「はいであります！　プリシラ様は素直じゃないところがおありなので、言い返してあげてほしいであります！」

空元気でも、声に張りを取り戻したシュルト。そのシュルトの言葉通りにしようと、エミリアは「ええ！」としっかりと頷《うなず》き返した。

「エー、頼もしイ。でモ、危なっかしイ。ベーがちゃんと見てた方がいイ」

「……お前に言われなくても、そのつもりでいるかしら」

そうして話すエミリアとシュルトの傍《かたわ》ら、言葉を交わすのは背の低い二人の少女だ。

エミリアの付き添いのベアトリスと、シュルトの付き添いのウタカタ。二人はエミリアたちのやり取りを満足げに見届けて、それから互いに視線を交わし、

「こっちも、たぶん全然安心ではないのよ。シュルトの奴《やっ》と一緒に、見つからないように頭を抱えて縮こまってるのが吉かしら」

「いざとなったラ、ウーがシュー守って戦ウ。ベーはスーたちと頑張ってくル」

「……まったく、頼もしいことなのよ」

そう、見た目と違って内面の年齢差はある二人も、お互いの健闘を誓い合い、ヴォラキア帝国の命運を占う戦いへの覚悟を交換し合っていた。

5

「——じゃあ、いってくるね、あんちゃん！　セリ姉《ねえ》！」

溌剌《はつらつ》と高い声で言い放ち、ミディアムが見送りの二人に勇ましい笑みを向ける。

帝都への突入組に加わるミディアム、彼女を見送るのはもちろん兄のフロップと、そして戦地で再会した懐かしの大恩人、セリーナ・ドラクロイだった。

長く、フロップとミディアムが子ども時代から世話になっていたセリーナは、その顔の白い傷跡も含めて美しい容貌のままに、戦地へ向かうミディアムを見送ってくれる。

それは五年以上も前、フロップとミディアムの兄妹《きょうだい》が彼女の手を離れ、独り立ちという形で旅立ったときと同じように。

「まさか、あのミディアムが私の背を追い越すだけでなく、位まで追い越そうとはな。無事に閣下の妃《きさき》に収まったなら、たっぷりと恩に着てくれ」

「も～、今はそれ考えないようにしてんの！　あたし、これからバル兄《に》ぃに会いにいくのにアベルちんのことなんて考えてらんないよ」

「そうだな。お前はそれほど器用な娘ではない。だからこそ」

そっと、歩み寄るセリーナがミディアムの頬《ほお》に手を添えた。

セリーナも女性としては長身だが、ミディアムはそれよりもさらに背が高い。しかし、こうして触れてくる彼女の前では、ミディアムは少女だった頃の気持ちに戻れた。

かつての旅立ちの日にも、セリーナはこうしてミディアムの顔に触れた。自分の、白い刀傷があるのと同じ場所に触れ、指でそっとなぞる。

「迷わず、あれとの対話を望めるお前が私は羨ましい」

「セリ姉……」

「バルロイともマイルズとも、私は最期の言葉を交わし損ねた。此度《こたび》も、どうやら私はバルロイと話す機会は得られないらしい。……それが辛《つら》いのか、安堵《あんど》しているのか、私自身にもわからん。何かを恐れることなどそうないのだがな」

怖いもの知らず、というのがミディアムのセリーナへの印象だ。

実際、自分の父親から家督を奪う際、恨み言を叫んだ父に一生消えない傷を顔に付けられても、セリーナは表情すら変えなかったと聞いている。

「それは嘘《うそ》だ。痛かったし、父の言葉は辛くもあった。涙の代わりに血が流れただけだ」

「ううん？　それはどうだろう。本当に辛いときは、血が流れていても涙も一緒に流れてしまうものじゃないかな。そうなると、ドラクロイ伯は泣いてなかったわけで……」

「うるさい、黙れ」

首をひねったフロップが冷たい声に黙らされ、セリーナはミディアムの顔に触れたまま、その瞳《ひとみ》を細めて愛《いと》おしむようにこちらを見る。

「私の顔の傷は、私が生まれ変わるために得なければならなかったものだ。お前の顔に同じ傷が付くことは望まないが、お前が何かを得られることは望む」

「……うん。セリ姉《ねえ》、何かバル兄《に》ぃに伝えておきたいことある？　あたし、絶対にそれ伝えるよ」

「──。そうだな」

ミディアムの決意、その言伝《ことづて》する覚悟にセリーナは一瞬押し黙り、思案した。だが、賢い彼女はすぐに、ミディアムの質問にも答えを返した。

彼女がバルロイに伝えたいこと、それは──、

「──さっさと眠れ。お前がいなくて退屈だと、マイルズが愚痴っているぞ」

実にセリーナらしい、苛烈《かれつ》だけど愛のある、部下とも弟分ともつかない相手への、気持ちのこもった伝言だった。

6

「──シュバルツ、最悪、戻らなくても責めない」

「おいおい」

真剣な顔でイドラにそう言われ、スバルは思わず目を丸くした。

こんなタイミングで冗談なんて、ととっさに言い返そうとしたが、そのイドラの真剣な顔が崩れないので、結局はそれを返す隙を逃す。

そのスバルの代わりに、「馬鹿言ってんじゃねえ！」と声を荒げたのはヒアインだ。

蜥蜴人《とかげびと》の彼は、意外とつぶらな瞳《ひとみ》をぱちくりさせてイドラを睨《にら》み、

「やいやい、お前、なんてこと言ってやがる！　戻ってこなくていいってどういうこった！　まさか、兄弟に死んじまえって言ってんじゃねえだろな！」

「誤解を恐れず言えば、そうだ」

「はあん⁉　誤解も何もねえよ⁉　裏切り者だ！　身内に裏切り者が出た！　兄弟、なんてこった、やべえ！」

「待て待て待て、落ち着けって、ヒアイン。いきなり、イドラがこんなこと言い出すなんておかしいじゃんか。ありえねぇよ」

　突っかかったヒアインに顔を伏せるイドラ、ものすごい深刻な雰囲気の彼には悪いが、それを鵜呑《うの》みにするほどスバルも頭空っぽではない。

　というより、イドラとの関係性がそんなものではないのだ。

「で、なんでそんなこと言い出したんだ？　わけを言えよ、わけを」

「……グスタフ総督と共に、皇帝閣下に拝謁した。そのときに聞いたんだ。皇帝閣下に、シュバルツをどうするつもりなのかと」

　ぐっと拳《こぶし》を握りしめ、苦々しくそう話したイドラにスバルは「おおう」となる。

　昨夜、グスタフがアベルと話すという話は聞いていたが、そこにイドラが同席していたことと、そのイドラがかなりの爆弾を投下したことは初耳だ。

　しかし、イドラがその場に居合わせたなら、それは自然な質問ではあった。

元々、『プレアデス戦団』の面々はスバルを中心に、皇帝であるヴィンセント・ヴォラキアの顔面をぶん殴るという目的で作られた一団だ。

ゾンビパニックが理由でそのあたりが有耶無耶《うやむや》になっているが、問題が解決したあと、改めて内乱の決着はつけなくてはならない。

だからと言って、アベルにそれを直接問い質《と ただ》すのはあまりに度胸がいる。

「ほ、本当かよ……それで、皇帝は兄弟をどうするって言ってたんだ？」

「皇帝閣下は、シュバルツの生きるも死ぬもその働き次第だと……」

「ふ、ふざけやがって……！　そんなの、皇帝の気分次第じゃねえか！」

イドラの持ち帰った話を聞いて、ヒアインが声を怒りに震わせた。

スバルの脳裏には、それを言い放ったアベルの姿も、おおよその意図も察せられるが、アベルの人となりを知らない彼らにすれば、それは戦後、理由をつけてスバルを処分するための言い逃れにも聞こえるだろう。

「それで、俺に死ねって言ったのか」

「ああ？　お前、つまりそれは兄弟を裏切って皇帝側に……」

「じゃなくて、そういうことにして逃げろってことだろ？」

そのまま受け取りすぎるヒアインを遮ったスバル、その言葉にイドラが頷《うなず》いた。

イドラは悔しげに目を伏せて、

「死者がわらわらと蘇《よみがえ》り、混乱が広がる中で帝国民をまとめたのは皇帝閣下だ。内乱に至った不満の種も、この事態が制圧されれば根こそぎ枯れる。……生き延びたなら、ヴィンセント皇帝の帝位は安泰だ」

「き、兄弟がどでけえ成果を挙げたらどうだ!? それこそ、敵の親玉をバシッとやっちまうような手柄を……」

「それでも厳しいだろう。皇帝閣下から勲功を認められ、飼い殺しにされた挙句、どこかでほとぼりが冷めた頃に暗殺されるかもしれん」

「改めてひどすぎるな、ヴォラキア帝国……」

このイドラとヒアインの発想が、考えすぎではないところが帝国の国風だ。

少なくとも、今後のアベルの治め方が多少は柔らかくなるのに期待したいところだが、現時点でイドラたちの認識をガラッと変えるのは難しいだろう。

ただ、気遣ってくれたイドラと、打開策を探しているヒアインには悪いが、

「死んだふりはなしだ。もちろん、実際に死ぬってのもなし。ちゃんと帰ってくる。そうやって、みんなに話さなきゃならねぇこともあるしな」

「シュバルツ……」

「そんな深刻な顔するなよ。全部丸く収まる……って結果になるかはわからないけど、それでも最悪の事態は免れるとは思うから」

いずれにせよ、イドラたちが一番心配している『帝位争い』に関しては、そもそもの前提が崩れることになる。

その後、戦団の仲間たちとの関係がどうなるかは心配だが、そこはスバルが誠心誠意、心からの謝罪を伝えるしかないだろう。

「ちゃんと戻ってくる。——だから、竜車に忍び込むのはやめよう、ヴァイツ」

「ぐ……」

そうスバルが声をかけると、くぐもった声が聞こえてくる。

それがどこから聞こえてきたものかと、イドラとヒアインがきょろきょろと辺りを見回しているので、スバルはため息をついてしゃがみ込んだ。

スバルたちが話している背後、そこに突入組を乗せて出立する予定の竜車がある。

その車体の真下、走る車輪のシャフトのところにしがみつく刺青《いれずみ》男の姿があった。その体に骸骨風の絵を彫ったヴァイツが、そこから渋々と姿を現す。

「いくら『風除《かぜよ》けの加護』で揺れとか収まってても、そんなとこに丸一日もしがみついてたら普通に落ちて死ぬだろ」

「オレの命はお前に預けた……。お前のために死ぬなら本望だ……」

「人知れず落ちて死んでたら、俺のために死んだとは言わねぇ！」

仲間意識が間違った方向に出力されているヴァイツが、そのスバルの指摘に「ぬぐ……」と押し黙った。と、そこへヒアインとイドラの二人も進み出て、

「お前なぁ、大人しく兄弟の帰る場所を守るって約束だろうが！　抜け駆けしようとしてんじゃねえよ、裏切り野郎が！」

「黙れ、オレをそこのいけ好かない髭男《ひげおとこ》と一緒にするな……！」

「私を裏切り者扱いするのをやめろ！　そうじゃないとわかっただろうが！」

「ええい、落ち着け！　騒ぐな！　仲良くしろ！」

いつもの調子で言い合いを始める三人をどやし、スバルは腰に手を当てた。

そう、これがいつもの調子と感じるぐらいに馴染《なじ》んだメンバーだ。だが、彼らには城塞都市に残り、来たるゾンビの群れとの戦いに備えてもらわなくてはならない。

強くて頑丈、その死ににくさは今や帝国随一の集団——殺しても殺されてもいけないゾンビとの戦いにおいて、プレアデス戦団ほど頼もしい戦力はない。

「ここのみんなを頼んだ。俺の大事な仲間も大勢いるんだ。お前たちと違って、戦えない……わりと戦えない仲間が」

「きっちり締まる言い方しろや！」

頭の中、都市に残るレムやラムたちを思い浮かべ、全く戦えないというのも嘘《うそ》だし、かといって戦いで何の心配もいらないとは言えないメンバーだと、そう考えたスバルの答えがどっちつかずなものになった。

それに思い切りヒアインが声を高くし、スバルは苦笑する。

「そうだな、戦えるか戦えないかじゃなく、戦わせたくないみんななんだ。その点、お前たちは違うぜ。思う存分、戦ってくれ！」

「……それは素直な信頼と、そう受け止めていいものだろうな」

「そうだ。ヴァイツも、それで納得してくれ」

「────」

ヒアインとイドラ、それから最後にヴァイツに視線を合わせ、そう語りかける。ヴァイツは腕を組み、髑髏《どくろ》の刺青《いれずみ》と合わせて強烈な強面《こわもて》の目を閉じていた。

そうして黙考したあとで、ヴァイツはゆっくりと腕を解くと、

「わか……わか、わか……わか……っ」

「納得してくれ！」

「わかった……っ」

苦渋の決断さを滲《にじ》ませすぎながら、ヴァイツもまたスバルの作戦に賛同する。

その上でヴァイツはゆっくりとその手をスバルの方に伸ばし、肩に手を置いた。

そして、らしくないほどに穏やかな声で──、

「言ったからには戻ってこい、兄弟……！」

「お」とわずかに驚かされ、しかしスバルはすぐに笑みを浮かべ、頷《うなず》き返し、

「わかったぜ、兄弟」

そうして差し伸べられた手だけでなく、信頼にも応えたいと思った。

それを聞いて、ヴァイツが満足そうに笑みを浮かべる。しかし──、

「おいおいおいおい、俺の呼び方を真似《まね》してんじゃねえよ、泥棒野郎が！」

「お前は勝手に呼んでいるだけだろう……オレはシュバルツから呼び返された……」

「くだらない言い合いをするんじゃない！　まとまったところじゃないのか⁉」

「ええい、やめろ！　兄弟共‼」

またしても、異なる理由でワイワイと言い合いが始まるところをどやしつけ、スバルはこの手のかかる兄弟たちとの、ひと時の別れを惜しむのだった。

7

「貴様の果たすべき役割はわかっていよう。その命が戦後も永らえるか否《いな》か、それは働き次第であることを努々《ゆめゆめ》忘れるな」

「あうあう」

神妙な顔、おそらくはそのつもりの顔で頷く少女に、ヴィンセントは片目をつむる。

ナツキ・スバルが連れ歩いていた大罪司教、とんでもない触れ込みのこの娘が持つ力こそが、次々と湧《わ》き上《あ》がる屍人《しびと》たちへの特効薬になる。

たとえそれが事実でも、大罪司教の協力を策に組み入れて動くなどと、他国から常軌を逸していると言われるヴォラキア帝国でもありえなかった出来事だ。

そもそも、大罪司教の協力が引き出せる状況というのがありえない前提なのだが。

「閣下！　竜車の準備が整ってございます！　万事滞りなく進めば、連環竜車でなくとも帝都まではそう長くかからず済むかと‼」

その娘──スピカと向き合うヴィンセントの下へ、山の向こうからでも聞こえそうなゴズの声が届く。無論、彼がいるのはヴィンセントの傍《かたわ》らで山の向こうではないので、その声量は過剰極まるものであった。

ともあれ──、

「辿《たど》り着《つ》いたときには、すでに『石塊《いしくれ》』の余力が尽きていたでは話にならん。貴様の方でも厳命せよ。徒《いたずら》に屍人《しびと》の命を奪うなとな」

「死なず殺さずの戦というものはあまりにも未知のものですが、全将兵たちに閣下の御命《ごめい》令《れい》が届くよう努めます！　ですが……」

そこで言葉を区切り、ゴズが子どもの頭ほどもある拳《こぶし》を握りしめる。その横顔を見なくとも、彼が顔中の刀傷を歪《ゆが》めて悔しがっているのは手に取るようにわかった。

案の定、ゴズはその地鳴りのような厳《いか》めしい声を悔しさに震わせて、

「どうしても、私は同行すること叶《かな》いませんか!!」

「あうっ」

絞り出したにしては勢いがありすぎるゴズの訴え、それにスピカが風を感じたかのようにのけ反る。ヴィンセントも、音が震える感覚を肌に感じたほどだ。

愛用の鎚矛《つちほこ》で暴れるだけでなく、それ抜きでもゴズの声量は世界を震わせる。

「だが、いかように嘆こうと決定は覆らぬ」

「閣下！」

「貴様を除けば、指揮官の役を務められるのは上級伯のドラクロイか、二将のズィクル・オスマンになる。いずれも戦場の一つは任せられても、大戦はまた別だ」

「それは……」

「チシャめがおらぬ今、貴様以外に総軍は預けられん。その意味を受け止めよ」

そのヴィンセントの発言に、目を見張るゴズが総身を硬くする。

ベルステッツは文官であり、セリーナも上級伯としては有能だが軍人ではない。ズィクルにもこれほどの大軍を指揮した経験はないとなれば、ゴズ以外に総指揮が執れる人材はいない。それはヴィンセントの、忖度《そんたく》なしの評価だ。

「貴様に将兵の全《すべ》てを預ける。その頑健な肩に、帝国の存亡がかかると思え」

真《ま》っ直《す》ぐ、ゴズを見据えたヴィンセントの一声。

それを受け、ゴズは強く目をつむり、その一度の瞑目《めいもく》で迷いを振り切った。

『獅子《しし》騎士』と呼ばれるに相応《ふさわ》しい猛々《たけだけ》しさを瞳《ひとみ》に宿し、ゴズが自分の胸の前で拳と掌《てのひら》を合わせ、ヴィンセントに誓いを立てる。

「――。ゴズ・ラルフォン、閣下の御指示《ごしじ》に従います！」

「大儀である」

「ははぁ!!」

短く言い、顎《あご》を引いたヴィンセントにゴズが深々と頭を下げた。

ヴィンセントに同行し、自らの剛腕を振るって護衛を務めたい思いはあるだろう。しか

し、ゴズはその心情をぐっと堪《こら》え、代わりに――、

「しっかりと頼むぞ、オーレリー三将！　閣下の御身を必ずや御守《おまも》りしろ！」

「おお、任せてくれ、ラルフォン一将！　せっかく選ばれたからには、きっちりと役目を果たしてみせますぜ！」

そうゴズから託され、威勢よく胸を叩《たた》いたのはジャマルだ。

ヴィンセントに護衛役として指名され、ゴズからもその任を任された彼は、鼻息を荒くしながら粗野な笑みを浮かべる。

一応、オーレリー家は下級伯の家柄だが、そうした貴族階級の品は一切ない。

だが――、

「いい返事だ！　それでこそ、ヴォラキア帝国の兵よ!!」

ゴズがたくましい胸を張ってそう見送るように、この姿勢こそがヴォラキア流。

そう考えると、やはり扱いづらかったスバルや王国のものたちは、理解や共感はできても使うには不適切な人材と言わざるを得ない。

「改めて、貴様は土壇場で使えぬ道具などになるなよ」

「うー、あう」

大きな声でやり取りしているゴズとジャマルを横目に、ヴィンセントは耳を塞いでいるスピカの方を見やり、そう告げる。

そのヴィンセントの言葉に、スピカはしかめ面で唇を尖《とが》らせた。

何故《なぜ》か、それが昨晩のミディアムの、ヴィンセントの言動を注意してきたときの表情と重なった気がして、ヴィンセントは嘆息するのだった。

そして——、

8

——出立する竜車は三台、それは城塞都市へ獣車や徒歩で入ってくる人々と比べ、はるかに少なく思える陣容。

しかし、紛れもなくそれが、ヴォラキア帝国を襲った『大災』——否《いな》、これから帝国を滅ぼすだろう『大災』を防ぐため送り出される、希望の一矢だった。

それぞれがそれぞれ、強い覚悟と大勢の希望を背負い、屍人《しびと》の都と化した帝都へと舞い戻り、そこで此度《こたび》の首魁《しゅかい》であるスピンクスなる『魔女』を討つ。

それを——、

「……兄さんがその一員に加わってるなんて、嘘《うそ》みたい」

窓際に車椅子を進め、そこから眼下の光景を眺めているカチュアの呟《つぶや》き。それを聞きつけて、彼女の傍《そば》にいるレムは目尻を下げた。

カチュアの兄、ジャマルはアベルの護衛として、帝都へ向かう人員の一人だ。

レムとしては彼との出会いの記憶はあまり良いものではなかったが、カチュアの兄ということで過度に邪険にもできず、対応に苦慮する相手ではあった。

とはいえ、最終局面で傍付《そばつ》きに選ぶくらいなので、アベルには信用されているらしい。

「兄さん、単純だもの。扱いやすいとか、捨て駒にしやすいとか、そういう理由よ」

「いくらアベルさんでも、そこまで冷酷では……と思いますが」

「どうかしら。少なくとも、兄さんはそのつもりだし……き、昨日、兄さんがなんて言っていったか、あんたも聞いてたでしょ？」

「ええと、それは……はい」

上目遣いにレムを見据えるカチュアに、言い逃れできずにレムは頷《うなず》いた。

昨晩、カチュアの下を訪れたジャマルは、自分がアベルの傍付きに選ばれ、帝都へ同行すると報告した上で、笑いながらカチュアに言ったのだ。

『安心してろ、カチュア。閣下のお役に立って派手に死んできてやるぜ！　そうすりゃ、トッドの野郎がいなくても、恩賞でお前が生活に苦しむこたぁねえ！』

「悪気は、まるでなさそうでしたね」

「わ、悪気がなくても悪いことはあるでしょ……なんで、兄さんもトッドもそうやって、命なのに、勝手に、本当に……っ」

おそらく、ジャマルなりに兄として妹であるカチュアの生活を案じた発言だが、生活よりもカチュアの気持ちを汲《く》んであげてほしいと切実に思う。

婚約者だったトッドを亡くし、さらには実の兄であるジャマルを亡くすことになれば、カチュアは本当の意味で一人きりになってしまう。

それは、たとえレムが友人として傍にいても埋めることのできないものだ。

「私も、姉様と再会……再会して、そう思いましたから」

『記憶』がないのだから、ラムとの再会は今のレムには初めましてだった。

だが、『記憶』はなくとも『魂』が覚えていたラムの存在は、レムに自分がこの世に一人ではないことを確かにわからせてくれた。

カチュアにとって、ジャマルもまたそういう存在であるはずだ。

なのにジャマルがそういう考え方なのは、もはや帝国という風土のやらかしである。

「アベルさんがどんな皇帝でも、私はあまり帝国が好きじゃありませんね……」

「……奇遇ね、私もよ。別に、好きな国とか場所とかないけど」

「現時点では、私もそうですね」

スバルやラムの話では、レムの故郷は隣国のルグニカ王国という場所らしい。

あれだけスバルがたびたび帝国をこき下ろすのだから、王国は帝国と比べたら多少は住み心地がいいのだろう。

「——この戦いが終わったら」

自分は、その王国へいくのだろうか。

ラムとは離れ難《がた》いし、王国が故郷という話も疑ってなどいない。しかし、今のレムにとっては王国よりも、帝国の方が知っているものも人も多い。

見知らぬ王国にいる自分が、うまくちゃんと想像できなかった。

「……レム、出発するみたいよ」

ふと、考え事をするレムへと、カチュアがそんな風に声をかける。

呼ばれて同じように窓の外を見ると、帝都へ向かう三台の竜車が出発するところだ。

そこにスピカもアベルも、スバルも乗っている。

「あんた、ちゃんと見送ったの？」

「朝食のときに、話しました。カチュアさんこそ、お兄さんに……」

「私は言いたい放題言ったわ。怒っても無駄だけど、ちゃんと怒ったし」

顔を背けて、カチュアがジャマルと繰り広げた口論を思い出して苦い顔をする。

ただ、彼女なりに危険な場所へ向かう兄に、かける言葉はかけ切った思いなのだろう。

だからこそと言いたげに、カチュアが視線だけレムに向けて、

「あんたは、ちゃんと言いたいこと言ったの？」

「……私が言いたいこと、ですか？」

「なんか、ぶーたれてるみたいだから」

何とも心外な評価を下されて、レムは目をぱちくりとさせた。

ぶーたれている、とは子どもが拗《す》ねているような言い方だ。第一、レムはカチュアが言

うような拗ね方などしていない。

「拗ねるような理由だって、別に……」

「本当なら、いいけど」

やけに突っかかってくると、レムはカチュアの言葉に唇を閉ざした。

その言い方だと、レムが嘘《うそ》をついているみたいだ。拗ねてなんていないし、別にレムがこれ以上の言葉を尽くす必要もないだろう。

スバルにはエミリアも、ベアトリスもついているのだ。

スピカやアベルも、あのとても強い狼人《おおかみびと》のハリベルも同行してくれる。頼もしい人たちに囲まれて、安心し切っているに違いない。

だから――、

「……私は、後悔してる」

顔を背けたまま、視線だけをレムに向け、カチュアが躊躇《ちゅうちょ》しながら唇を動かした。

それが何を意味し、どんな思いに繋《つな》がっているのか、聞くまでもなかった。

ぎゅっと目をつむり、レムはカチュアと二人、眼下の光景に目をやっていた窓へと手を伸ばすと、それを思い切り外へ開け放った。

途端、朝の涼やかな風が要塞の一室に流れ込み、レムの青い髪を撫《な》でていく。

その風の中に混じった、清涼とは言い難い臭い。それの発端となる場所へ、これから向かっていく竜車に向けて――、

「――必ず、戻って言い訳してください!!」

そう、声を大にして、レムは遠ざかろうとする竜車へと願いを投げ込んだ。

無事で帰ってきてほしいなんて言えない。健闘を祈ろうなんてことも思えない。それでもカチュアに背を押され、何も伝えないなんて選べない。

そんな悩ましいレムの胸中を、そのまま声に出したものがそれだった。

ナツキ・スバルは、レムにとっていったい何者なのか。

あれだけレムのために必死で、それでもエミリアやベアトリスがいて、帝国のために命を懸けて、スピカのためにみんなに睨《にら》まれて、何なのか。

「それを話してくれるまで、許しません」

鼻が曲がるような、邪悪な臭いを漂わせているからではない。

『記憶』のないレムの、新しく形作った『記憶』のどこにでもいるあなたを、なんて冠を付けて覚えておけたらいいのか、その答えが欲しいから。

レムの、その大きな声は風に呑《の》まれ、ちゃんと届いたかもわからない。

ただ、出立する三台の竜車の最後尾、開かれた窓から小さな手が、子どもの小さな手がこちらへ振り返されるのが見えた。

「バカみたい。嬉《うれ》しそうな顔しちゃって」

――それを見たレムの横顔に、カチュアがそう嘆息するのが聞こえた気がした。

第三章　『屍都《しと》ルプガナ』

1

「は？　今、なんて言った？」

「三度は言わぬぞ。──俺が皇帝の座に就いてから把握できる範囲の帝国民であれば、全員の顔と名前は一致する」

「馬鹿じゃねぇの、お前!?」

腕を組み、神妙な顔をしたアベルの馬鹿げた答えに、スバルの声がひっくり返る。

場所は竜車の中、城塞都市ガークラを出立し、今や屍人《しびと》の本拠地と化した帝都ルプガナへと向かっている道中の車内だ。

ざっくりと、王国の関係者と帝国の関係者、あとは必要な荷物などをそれぞれ積んだ三台の竜車に分乗する突入組──『ヴォラキア帝国を滅亡から救い隊』だが、現在、スバルはその区分けの中であえて帝国の関係者側の竜車に乗り込んでいる。

その理由は王国への裏切りではなく、どうしても聞きたいこと──皇帝であるアベルが突入組に加わった理由、それを知りたかったからだ。

無論、ヴォラキアの存亡を争う大一番なのだから、立場的にアベルが主戦場に立つのは自然とも言える。が、これまで幾度もアベルと共に望まぬピンチを乗り越えてきた経験者から言わせてもらえば、アベルには知恵はあっても武力はない。

この先、帝都で必要とされる純粋な戦力面に、彼が同行する説得力は皆無だ。

まさかアベルまで頭ヴォラキアとは思わないので、ついてくるからにはそれを覆す理由があるはず。ただし、王国の人間の前では言いたくない的なパターンもありえたので、わざわざスバルがこちらの竜車に乗り込んだというわけだった。

そして、回りくどい話はせず、「お前は何の役に立つの？」と聞いたところへ――、

「国民全員の顔と名前が一致してるって……」

あまりにも馬鹿げた規格外発言に、スバルは開いた口が塞がらない。すると、そう罵倒されたアベル本人は不愉快げに眉《まゆ》を寄せ、

「帝国民の全《すべ》てではない。『シュドラクの民』のように、表立った露出のないものたちの素性は押さえようがない。故《ゆえ》に、帝国民の全てを把握し切ることなど不可能だ」

「どこに怒ってんだ、十分馬鹿だわ！　だってお前、それってつまり、自分の部下の帝国兵のことは全部覚えてるってことだろ？」

「必要なことだ」

ぴしゃりと一言で言ってくれるが、それは普通の人間の考え方ではない。

もちろん、アベルが普通の人間などとは思わないし、帝国の人間全員の顔と名前を一致

させている事実は、現状においてはとても大きい。

何故《なぜ》なら――、

「あの娘が屍人《しびと》の頚木《くびき》を外すには、名前が必要なのであろうが」

淡々としたアベルの言葉に、スバルは竜車の端の席に座っているスピカを気にする。

立場上、放置しておくわけにはいかないスピカなので、彼女もスバルと同じくこちらの竜車に乗り込んでいる。今はミディアムと、スバルの傍《そば》を離れないベアトリスに挟まれて大人しくあやされているところだ。

そのスピカの権能――『星食』の力を発揮するのに、アベルの異常な記憶力が役立つ。

不明瞭な点の多いスピカの力だが、『名前』でも『記憶』でもないモノを喰《く》らうその力には、相手の顔と『名前』の一致が必要だという手応えがラミアのときにあった。

検証するチャンスがない以上、今は一度うまくいった方法をやり続けるしかない。

「でも、そのためにお前の馬鹿すぎる記憶力が役立つの腹立つ……」

「シュバルツ様、さすがにそれは言いがかりでは？　いくらお相手が、ヨルナ様にたびたび冷たく当たられる非情な皇帝閣下と言えどもです」

「それは此奴《こやつ》への助言か？　それともその皮を被《かぶ》った俺への不満か？」

「もちろん、シュバルツ様への忠告ですが？」

しれっと答え、アベルの視線に顔を背けたのはキモノ姿の少女、タンザだ。

突入組として同行する一員に加わっている彼女は、この戦いに赴く最大の理由であるヨルナを巡り、アベルに思うところがある一人らしい。

聞いた話だと、アベルはヨルナの求婚をとにかく断っていたそうなので、魔都への冷遇も含めてタンザがアベルを好ましく思う理由はゼロ、むしろマイナスだろう。

「言っておくが、ヨルナ・ミシグレめが想《おも》っていたのは俺ではなく、かつての皇帝だ」

「え、そうなの？　お前の親父《おやじ》さんとか？」

「もっと遠い。詳しく知りたくば本人に問《と》い質《ただ》すがいい。少なくとも、まだその機会は残されている。そうだな、娘」

「──はい。今も、ヨルナ様のお力を感じますので」

アベルに言われ、自分の片目にそっと手を添えたタンザが静かに答える。

それは希望的観測ではなく、タンザに貸し与えられているヨルナの力の恩恵、そこからくるはっきりとした確信だ。それがある以上、ヨルナの生存は確約されている。

ただし、帝都でどんな状況にあるかはわからないため、それがもどかしい。

ヨルナだけではなく、居所の知れないプリシラと、それを助けると残ったアル、勝手にはぐれたセシルスの動向も気掛かりで、気は急《せ》く一方だった。

「しかし、そう考えるとあれだな……やっぱり、戦力偏りすぎじゃねぇか？」

逸《はや》る気持ちを堪《こら》えながらのスバルは、改めて『滅亡から救い隊』の内訳を思い浮かべ、言うべきか迷っていたことをそう口にした。

その内容にアベルは片目をつむり、代わりにタンザが首を傾《かし》げる。

「戦力の偏り、ですか？」

「そうだよ。だって、俺たちは俺とベア子とエミリアたん、スピカとロズワールに、我らが期待の若手ホープ、ガーフィールだぜ？」

「今、ベティーの自慢をしたかしら？」

「ああ、したよ。ラブリーベア子、愛してる」

「ベティーも愛してるのよ」

途中で口を挟んだベアトリスと愛を確かめて、スバルは指を一本立てる。

この竜車の外、後ろを走っている竜車の方にエミリアたちが乗り合わせている。

「そっちにいるハリベルさんだって、アナスタシアさんが送ってくれた秘密兵器なんだ。帝国のための戦いだってのに、外部協力者だらけじゃんか」

もちろん、突入組に帝国の人間が全く編成されていないわけではない。

だが、その筆頭は頭でっかちさが怪物級だと改めて明らかになったアベルと、彼に直談《じかだん》判《ぱん》して同行者に加わったというミディアム。それに、どういうわけか『将』に昇格した上に護衛役に抜擢《ばってき》されて、意気揚々で御者《ぎょしゃ》を務めるジャマルといった面々だ。

ミディアムとジャマルの二人が、帝国人の中でも戦闘力高めにカテゴライズされるのは間違いないが、それでもガーフィールより強いとは言えないだろう。

「タンザも俺のものだから、実質こっち側みたいなもんだろ？」

「――――」

「あれ？　すぐに怒って叩《たた》かれると思ったのに拍子抜け……時間差ぁッ！」

「勝手なことを仰《おっしゃ》らないでください」

覚悟して言った軽口の代償に、覚悟以上の威力で引《ひ》っ叩《ぱた》かれたスバルが叫ぶ。思わず涙目でしゃがみ込むも、タンザにはすごく冷たい目で見下ろされるばかりだ。

確かに言いすぎたが、いくら何でも怒りすぎではなかろうか。

「かかかっか！　言われとるんじゃぜ、閣下。帝国の本気度がよく見えねえとよ。これは言われても仕方ねえんじゃね？」

「そうそう、言われても仕方ない……うびゃああ!?」

「スバル!?　どうしたかしら!?」

不意のしゃがれ声に頷《うなず》こうとして、スバルは喉から絶叫した。

慌てて駆け寄ってくるベアトリスに、転がるように飛びのいたスバルが縋《すが》り付《つ》く。ベアトリスと抱き合うスバル、その視界に腰の曲がった小さな影が立っていた。

どこから現れたのか神出鬼没、『悪辣翁《あくらつおう》』オルバルト・ダンクルケン――、

「スバル、落ち着くのよ。いきなり現れただけの小さい年寄りかしら」

「小さい年寄りがいきなり現れたら、それはオルバルトさんか和風ホラー映画だよ！　共通点はどっちも怖い！　ヤバい！　イカれてるだ！」

「言ってくれるもんじゃぜ、この坊主。相変わらずちいせえが、元気しとったかよ」

「誰のせいでちっちゃいと思ってんだ！　元気してたよ！　そっちはどうだ！」

「ワシも元気しとったんじゃぜ。ちょいと右手はなくしちまったがよぅ」

ひらひらと、そう言って袖の折れた右手を振るオルバルト。ひらひらと揺れるそれを見せられ、スバルも下手なことが言えなくなり、黙らされてしまう。

とんでも爺《じい》さんなのに、傷を見せて同情を買うとはズルい手口だ。

「でも、まんまと術中に嵌《は》まる俺……！」

「貴様の葛藤は後回しにせよ。──仔細《しさい》は聞いているな、オルバルト・ダンクルケン」

抱えた頭をベアトリスに撫《な》でられながら、懊悩《おうのう》するスバルを余所《よそ》にアベルがオルバルトを呼んだ。その呼びかけに怪老は「まあよ」と頷いて、

「死人操っとる術者が帝都におるから、そいつを殺しにいくんじゃろ？　閣下に置いてかれたゴズの奴《やつ》がぴいぴい泣くのが目に浮かぶんじゃぜ。可哀想《かわいそう》じゃね？」

「あれにはあれにしか果たせぬ役割がある。無論、貴様もそうだ」

「ワシ、九十過ぎのジジイじゃぜ？　それをまだ酷使とか、いたわりが足らんじゃろ」

「隠居の相談ならこの変事が片付いたあとで望むがいい。それと言っておくが」

皇帝であるアベル相手にも飄々《ひょうひょう》とした態度を崩さないオルバルト。その怪老の不敬極まりない態度を見過ごしつつ、最後にアベルが付け加える。

その前置きに、「うん？」と眉《まゆ》を上げるオルバルトへと、

「この先、貴様の悪癖が顔を覗《のぞ》かせる場面は寿命が尽きるまでないと思え」

「──」

「故《ゆえ》に命じる。色気を出さず、己の務めを果たすがいい、オルバルト・ダンクルケン」

短いが、明瞭な意図の込められたアベルの言葉に、オルバルトが唇を結んだ。

それはスバルがオルバルトに抱く、かなり大きな懸念に対して言及したものであり、それを先んじて牽制《けんせい》する賭けでもあった。ここでもしもオルバルトが激昂《げきこう》するようなことがあれば、こちらの竜車には彼を止められる人材はいない。

しかし、オルバルトはしばし沈黙し、自分の腰を残った左手でトントンと叩《たた》いて、

「やれやれ、若《わ》ぇ奴《やつ》ってのは伸び代があるから好かねえのよ。まさか閣下までとは、ジジイに優しくねえ世の中じゃぜ」

「俺は寛大だ」

「かかかっか！」

今世紀最高のジョークを聞いたみたいにオルバルトが笑った。

それが、アベルとオルバルトの間の静かな果たし合いの決着だったと感じ取り、そこでようやくスバルの肩からも無用な力が抜ける。

アベルのジョークの面白さはともかく、二人の一触即発は避けられたのだ。

「……では、オルバルト様も帝都へご一緒されるんですか？」

タンザも、スバルと同じ緊張があったらしい。わずかに声を硬くした彼女の問いに、オルバルトが豊かな眉《まゆ》の下で目を細め、

「閣下からの要請じゃし、坊主に言われっ放しなのも癪《しゃく》じゃぜ。自分の国が危ねえときに

手札も出さねえ国なんて笑い話にもならんしよ。それに」

「それに？」

「帝国にゃ他の連中もおんじゃろ。少なくとも、モグロとセシの野郎はよぅ」

「……ヨルナ様も、です」

魔都での一時的な共闘関係――詳しくは知らないが、スバルたちを『幼児化』させたオルバルトと、利害の一致で動いていたタンザだ。

複雑な間柄の二人だが、そのわだかまりはひとまず棚上げにしたやり取りだった。

名前の出た中で、モグロという人物をスバルは知らないが、ヨルナは実力的にも人格的にも信頼できて、セシルスも人格面のお釣りがくるぐらいには実力が申し分ない。

そこにオルバルトが加われば、確かに帝国側の戦力も十分充実と言えるだろう。

「でも、こっちもハリベルさんがいるから、セッシーたちがいてもやや俺たちが優勢……っていうか、セッシーも俺の仲間だから」

「あれに首輪を付けられると？　だとしたら、貴様のあれへの理解も程度が知れる」

「あー、ハリベルの奴がきてんのよなぁ。あいつ、この世で唯一ワシより強《つえ》ぇシノビじゃから本気で嫌いなんじゃぜ」

手元にある手札で最強の二人に、それぞれがそれぞれに言いたい放題。

ともあれ、アベルがついてきた理由とスタンス、帝国側の戦力の当てに関してはオルバルトの合流で目処《めど》が立ち、スバルの疑問もおおよそ――まだ、ミディアムが皇妃《こうひ》候補となった話など掘り下げたい部分もあるが、ひとまず解消された。

「ミディアムさんの話は戻ってからのお楽しみにしとく。――レムにも言われてるし」

そう言って、出立のときのレムの見送りを振り返るスバル。大要塞の中からレムがかけてくれた言葉は、スバルの無事を祈ってくれたと最大限解釈できるものだった。

「戻ったときにすげぇ勢いで罵られるかもしれないけど、実際にそうなるまではレムが心配してくれてたんだってポジティブに受け止めるぜ」

「そ、そんな卑屈に思わなくても心配してくれてたと思ったのよ？」

「私も、そのように受け取っていましたが……」

「はぁ、仕方ないけど二人ともレムをわかってねぇよ。そりゃレムは優しいからちょっとはあると思うけど、大部分は俺への怒り……違う違う、ポジティブポジティブ……！」

うっかりと、自分で自分にかけた暗示を解いてしまいそうになり、改めて自分にポジティブの魔法をかけ直しておくスバル。

そのスバルをベアトリスとタンザが不憫《ふびん》そうに見ているが、魔法をかけ直したスバルには二人の視線の色など通用しない。カキン、跳ね返した。

「――閣下、もうじき中継地点に着きますんで、いっぺん竜車が止まります」

と、そうスバルがメンタルを武装し直したところで竜車の小窓が開き、御者台《ぎょしゃだい》から車内を覗《のぞ》き込《こ》んだジャマルの報告が飛び込んできた。

走行する竜車の周囲を警戒しているジャマルは、報告に頷《うなず》くアベルの横にいるはずのないオルバルトを見つけてギョッとする。

その反応にオルバルトは上機嫌に手を振り返していて、悪趣味なことこの上ない。

ともあれ、報告された中継地点に着いたなら、疑問の解消されたスバルはエミリアたちのいる王国側の竜車へと戻るつもりだ。ただその前にちょうどいいと、スバルは小窓の向こうのジャマルに「おい」と声をかけた。

「ちらっと小耳に挟んだんだけど、お前、カチュアさんのために死ぬとか言ってんだって？」

「あぁ？　それがなんだよ、ガキ」

「いや、おかしいだろって話だよ。カチュアさんは婚約者がいなくなってすげぇ悲しんでるのに、それで家族まで死んだらどう思うか想像つかないのかよ」

勇ましく立派に死ぬと、そうカチュアに宣言したと聞いてスバルはジャマルの正気を疑ったし、頭ヴォラキアの深刻さに眩暈《めまい》がしたぐらいだ。

だから、そんなジャマルの発言を撤回させてやりたかったし、絶対にカチュアのところに生きて帰ると誓い直させて――、

「あのな、ガキ、くだらねえこと言ってんじゃねえよ」

しかし、ジャマルはそのスバルの言葉に不愉快そうにそう言い放った。

「くだらない？　おい、何がくだらないんだよ」

「オレが死んでカチュアが泣く？　んなこたどうでもいいだろうが。大事なのはオレがど

れだけ閣下や国の役に立って死んで、恩賞が出るかどうかなんだよ」

「そうやって、お前らは名誉がどうとかで命を軽く見て……」

「わかんねえガキだな！　立てねえし、子どもも産めねえ女だぞ！　トッドの奴《やつ》がいなけりゃ貰《もら》う男もいねえ！　カチュアが生きてくには金がいるんだよ！」

「──っ」

「今、オレは三将だ。ここで閣下のお役に立って死ねば、二将の扱いも期待できてカチュアも安泰だ。オレは生きてるより、死んだ方がカチュアの兄貴らしいことできんだよ！」

帝国人としての理屈で武装したジャマル、その発言にスバルは息を呑《の》んだ。

浅はかだと、スバルは自分を恥じ入る。ジャマルが何も考えずに、ただ帝国人の理屈に則って死ぬだの生きるだのと、命を軽々しく扱っているものだとばかり。

「スバルちん……」

押し黙ったスバルを心配そうに見つめるミディアム、しかし、心優しい彼女すらジャマルの理屈を間違っているとは言わない。アベルも、オルバルトもだ。

ジャマルの意見は筋が通っている。少なくとも、帝国では正しい理屈なのだ。

ただ──、

「ベティーは傍《そば》にいるかしら」

「うあう」

傍《かたわ》らのベアトリスと、やってきたスピカの二人はスバルに寄り添ってくれていた。

「――決めたぜ、ジャマル」

ジャマルの理屈は正しいと、帝国ではそれが保証される。でも、スバルは嫌だ。

死ねば恩賞が出るというなら、生きて生きて出世して、それでたくさん給料をもらってカチュアを養えばいい。それが正しい、スバルの信じたい理屈だ。

だから――、

「お前のその将来設計、絶対に、俺が阻止する。――絶対に、死ねねぇよ、お前は」

強く奥歯を噛《か》みしめて、挑むようにスバルはそう宣言した。

それを聞いた周囲、アベルが小さく鼻を鳴らし、オルバルトが愉快そうに歯を剥《む》いて低く笑う。タンザがぎゅっと自分の腕を抱き、ミディアムが目を丸くしたあと頷《うなず》いた。

そして、ベアトリスとスピカの二人は、スバルと並んでジャマルを見据える。

その、並んだ三人の子どもの視線にジャマルは眼帯をしていない左目を細めて――、

「気持ち悪《わり》ぃガキだぜ、てめぇ」

「お前の友達にも言われたよ。――やめねぇけど」

小窓が閉められる前、最後にそうやり取りを交わし、ジャマルが中継地点に竜車を止めるために周囲の警戒の役目に戻る。

それを見届けて、スバルは目をつむり、自分の心と正直に向き合った。

「死んで誰かを救おうなんて、そんなの――」

そんなのは、あのアベルさえも耐え切れないほど、辛《つら》い手段でしかないのだ。

だからナツキ・スバルは、その方法をなんとしても否定し続けなくてはならないのだ。急ぐ竜車の速度とは裏腹に、問題の帝都《じ》は遠く、もどかしい。そこで起こっていることを思えば、早く早く早くと気持ちが焦れる。

早く早くと、スバルの気持ちはなおも焦れ続けるのだった。

2

――場面は一転、同じ空の下、穏当とは言えない状況へと切り替わる。

黒い雲がかかり、滅びへ進む帝国の先行きを暗示するような空模様。

破壊された止水壁の向こうから流れ出したおびただしい量の水に浸り、その星型の防壁の内側にいた大勢の生者を逃して屍人《しびと》の都となった帝都ルプガナ。

蘇《よみがえ》った死者たちの徘徊《はいかい》と、息を潜めて見つかる恐怖と戦い続ける生存者――中には隠れ潜むばかりではなく、戦うことで生を勝ち取ろうとする猛者もいる。

しかし、武器を持った多くのものは、その安易な決断を悔やむことになる。

一度始めた戦いは、延々と蘇りを続ける屍人との終わらない競争を意味し、すでに生命力の尽きたものたちと生命力を比べ、勝ち目などあるはずもない。

皮肉にも、勇敢であるものから命を落とし、屍人の列に加わって次の生者を探す。

帝都は今や、屍人が屍人を呼ぶ死が渦巻く螺旋《らせん》の都市と成り果て、この世の絶望が煮詰められた地獄の顕現と化していた。

だが――、

「――なかなかお目にかかれない事態でこそありましたが見慣れてみるとさほど面白いものではないのが困りものですね。せめてもう少し張り合いのある方が今一度舞台へ舞い戻った！　というなら多少の見所に期待もできますが」

そう言いながら、束ねた青い髪を饐《す》えた臭いのする湿った風になびかせる少年。

ワソーにゾーリの目立つ風貌の少年は、自分の目元に手で作った庇《ひさし》を当てながら、ぐるりと周囲を見回してそんな感想をこぼす。

血の通った肌と青い瞳《ひとみ》は、最もわかりやすい屍人の特徴から遠ざかった生者のそれだ。

しかし、変わり果てた帝都で阿鼻叫喚《あびきょうかん》の光景を俯瞰《ふかん》しながらの感想は、ある意味ではそこいらの屍人以上に生者から遠ざかった意見でもあった。

あるいは人によっては、真なる超越者とは生者や死者といった区分けすら無意味にしかねない自儘《じまま》を許された存在だと、そう定義したかもしれない。

いずれにせよ、少年の瞳には明るく朗らかな凶気的――この状況に対して、一切の恐怖を抱いていないから凶気的なのではない。

生まれてから一度も恐怖を抱いたことがないから、凶気的だと言える光が宿っていた。

「さて、このまま目につく敵を片っ端からズンバラリと斬《き》り倒して一人で戦場を塗り替えてしまうのも僕にしかできない偉業に覇業にレジェンダリーとは思いますが……」

その、かえって他者を恐怖させるだろう眼差《まなざ》しをした少年が手を下ろし、遠くを眺める行為をやめて首をひねる。

「なんでかなぁ？　あんまりそれがいい展開に結び付く感じがしない！」

お手上げ、とその両手を空に伸ばして、少年は自分の感じたところに素直になる。

少年の力量ならば誇張なしに、この帝都に蔓延《はびこ》る屍人《しびと》の大半を一人で薙《な》ぎ倒《たお》していくこともできるだろう。が、少年はそれをやらない。そして、それをやらない理由が自分の中でうまく言語化できず、苦悩している。

それは、この帝都で苦しんでいる大勢の人間からすれば、贅沢《ぜいたく》どころか憤死さえ免れないほど横道に外れた悩み事。少年以外には理解もできず、少年以外には意味を為《な》さないような、しかし少年にとっては重大な悩み。

それに対してうんうんと唸《うな》り、少年は困った風に嘆息してから、

「うまく説明できませんねえ。そこのところあなたはどう思います？」

「よく、わからねぇん、だが……」

「ええ」

「それって、オレを引き上げてからするんじゃダメな話か……？」

その場にしゃがみ、下を覗《のぞ》き込《こ》んだ少年。

彼の視界に飛び込んでくるのは、いったんの止まり木に選んだ背の高い建物の屋上、そ

の縁《へり》に掴《つか》まって、何とか落ちまいと必死になっている鉄兜《てつかぶと》の男だ。

片手で自分の全体重を支える男だが、それも仕方ない。なにせ彼は隻腕で、両手で自分を支えるということができようもない立場なのだ。

ともあれ、そんな危機的状況にある男を見下ろし、少年——セシルスは笑った。

「ダメですねえ、アルさん。なにせあなたが何なのかちっともわからない以上はこの先の僕のヒストリーに付き合わせていいものか答えが出ないので！」

破顔したセシルスの眼下、ぶら下がる男——アルの喉がか細く鳴った。

帝都ルプガナは今や、屍人が屍人を呼ぶ死の螺旋《らせん》が渦巻く地獄と化していたが——、

「ああ、クソ、マジで最悪……」

少なくとも、この瞬間のこの一幕だけは、争わなくていいはずの生者と生者が命の在処《ありか》を問《と》い質《ただ》す、そんな状況と成り果てていたのだった。

3

——屍人に占拠された帝都ルプガナ。

今や帝都と呼ぶよりも屍都《しと》と呼んだ方が適切な地となったルプガナで、アルは行方の分からなくなったプリシラを探し、孤軍奮闘を続けていた。

とはいえ、主人の捜索は順調だったとは言い難《がた》い。

なにせ、人探しの基本と言えば目撃証言の聞き込みだが、決定的な証言どころか、役に立たないホラ話の類《たぐい》すらも、ここでは聞き出せる相手がいない。いるのはいずれも、生者と見れば物騒な目的で迫ってくる屍人《しびと》か、あるいは頭を抱えて息を潜め、何のアクションも起こさないことで生き延びた生存者のみ。

どちらであっても、アルの目的に役立たない相手だった。

もっとも──、

「生きた相手に会えたからといってそれでアルさんの目的が前向きに進むかと言えばそういうわけでもないのが世の中の不条理ですよねえ」

などと、世の中の不条理そのものであるセシルスがそういけしゃあしゃあとのたまう。

その意見には全くの同感だが、彼の言いようにあれこれと議論を重ねる余地は今のアルにはない。──五階建ての建物、その屋上の縁《へり》にぶら下がっているアルには。

「──クソ」

鉄兜《てつかぶと》の中、悪態をこぼすアルはセシルスのにやけ面から視線を外した。

この状況でセシルスに何を言おうと無駄だ。そもそも、こうしてアルがぶら下がることになった原因は、他ならぬ彼に屋上から蹴り出されたからだ。しかも、わざわざ屋上の端に呼び寄せ、遠くに何かあると思わせて後ろからの蹴りである。

それが害意の表れでなくてなんだというのか。

「テストというかチェックというかいずれにしても目的は見極めです。真っ逆さまに落ちなかったあたり反応はボスよりよさげではありますね」

「そう、かい。意味がわからねぇ」

「わからずとも結構！　僕の考えと願いは僕が把握していますからね。それとお伝えしておきますが僕がアルさんの引き上げを手伝うことはないです」

こちらの疑問に望まぬ答えを返し、あっけらかんとしたセシルスが手を叩《たた》く。

聞くまでわからなかった凶行の原因だが、答えを聞いてもわからない理由だった。そもそも敵意や殺意の話をするなら、アルはセシルスと大した話をしていない。

屍人の強敵から助けられ、軽くお互いの自己紹介を交わし、ここまでの動きと今後の目的をアルが語って、そしたら屋上から蹴り落とされたのである。

まさしく、出くわしたのが運の尽きとしか言いようのない存在だが、しかし彼の答えにアルが殊更《ことさら》に落胆することはない。

だって――、

「――何べんも聞いたから期待してねぇよ」

そう応じて、アルは自分から縁に掴《つか》まる手を放し、自由落下に身を委ねた。

「およ」と意外そうなセシルスの声が遠くなり、浮遊感の中でアルは思考を走らせる。

地上までの距離は約十五メートル、超人たちなら難なく着地できる高さだが、なんとアルは凡人なので普通に死ねる。潰れたトメトの完成だ。

迫ってくる地面は濡《ぬ》れた石畳、落下の衝撃が和らぐほど水の量はないし、ぬかるんだ土がクッションにもなってくれないシビアすぎる仕様。

故《ゆえ》に助かるには、落ちる以外のアクションがここで必要だった。

「おおぁ！」

喉の奥から声を出し、アルは畳んだ膝《ひざ》を伸ばして思い切り壁を蹴《け》る。

真下に落ちるはずのアルの体が斜めの推進力を得て、掴《つか》まっていた建物の向かい、同じ高さの建物への距離を縮めた。蹴るタイミングは落ち始めてから一秒と二秒の間、早くても遅くても壁にぶつかり、首を痛めて潰れたトメトは避けられない。

だが、このタイミングならば――刹那《せつな》、アルの体が建物の窓をぶち破った。

割れた窓ガラスを巻き添えに、アルの体が背中から荒れた室内に転がり込む。肩や背中をガラスで切って、床で打って甚大なダメージ。

「けど、生き残ったぜ……ッ」

滑り込んだ室内で後方回転し、跳ね起きたアルは自分の生存を確認。次いで致命的な傷や手足の骨折がないかを確かめ、それをパスして初めて生き残った宣言を認められる。

この時点で取り返しのつかない負傷があれば、取り返さなくてはならない。

「うおわ、左手がねぇ!?　って、そりゃ二十年近く前からだが……」

お約束の小ボケを挟んで一拍置くと、アルはすぐさま廊下に面した扉の脇に隠れ、腰の裏の青龍刀《せいりゅうとう》を素早く抜いた。

転落死は免れた。だが、そのために派手な音を立てて建物に飛び込んでしまった。

当然、その音は周囲の注意を引いて――、

「ここか！」

「そうだよ!!」

慌ただしい足音と共に、扉を破って屍人《しびと》が部屋に突入してくる。

勢いのある屍人の吶喊《とっかん》だが、その青白い横顔が目の前を通過するのに合わせ、アルは青龍刀を振り抜き、相手の首を刎《は》ね飛ばした。

先鋒《せんぽう》を即死させ、その首なしの体を盾に駆け付けた敵の数を確認。破られた扉の向こうに二人と、階段を上がってくる足音が一つで合計三人――最初の一人の死体の向こうで、驚き顔から立ち直る二番手が手にした短槍《たんそう》を突き込んでくる。

立ち直りが早い。嫌になる。

そう思いながら、相手の槍《やり》の軌道に首なし死体を割り込ませ――、

「やらかした」

致命傷を喰《く》らった屍人の体は、すぐにやる気のなくなった陶器みたいに砕け散る。

だから、使い慣れた死体を盾にする戦法は通じないのだったと、アルは自分の胸に敵の短槍が致命的に食い込むのを味わってから思い出した。

×　　×　　×

「ここか！」

「そうだよ!!」

慌ただしい足音と共に、扉を蹴破った屍人《しびと》の首を刎《は》ね飛ばす。

そのまま邪魔な首なし死体を横へ蹴飛ばし、アルは飛びずさって部屋の奥へ。それを追いかけ、次鋒《じほう》が手にした短槍《たんそう》を突き出しながら乗り込んでくる。

「ドーナ！」

その短槍が、床から突き上がる土壁に先端を呑《の》まれ、無理やり捕獲される。

それが相手の注意を引いたと見るや、アルはその土壁に足裏を付けて、

「ドーナ！　ドーナ！　ドーナ！」

足を当てた土壁、そこから横向きに土の柱が飛び出し、向こう側にいた屍人を正面から打ち据え、背後に吹っ飛ばした。

次鋒と、その後ろに続こうとしていた中堅をまとめて土の柱が押し戻し、その柱の先端から次の土の柱が、さらにその先端から次の土柱が発射され、多段式のロケットのような勢いで二人の屍人をまとめてスタンプ、通路の壁とで圧殺する。

「あと一人……！」

柱と壁の間で大きめの陶器の割れる音が聞こえ、三人までを一息で片付けたと、土壁に足を付けたまま敵の動向をアルは警戒。

先鋒《せんぽう》を奇襲で、次鋒と中堅を小技で倒した。あとは副将だか大将だかが、形勢悪しと引

き返してくれればアルとしては安泰だが——、

「まぁ、そううまくはいかねぇわな!!」

入口を塞いだ土の柱が壁ごと粉砕され、最後の屍人が強引な手段で部屋に侵入する。

それは巨大な戦斧《せんぷ》を手にし、顔の中央に金色の巨眼を宿した単眼族《たんがんぞく》の屍人だった。

一目でそれが、それまでの三人と実力が違いすぎるヤバさと判断。アルは背を向けて無我夢中で部屋の窓に向かい——、

「間に合うかぁ!!」

間に合ったところでな勢いで、叫ぶ背中ごと、横薙《よこな》ぎにされた戦斧の破壊力をまともに喰《く》らい、アルはぶちまけた内臓で建物の内装をグロテスクに模様替えする羽目になった。

×　　×　　×

「ここか！」

「そうだよ!!」

慌ただしい足音と共に、扉を蹴破った屍人の首を刎ね飛ばす。

次いで、通路に二人と、階段を上がってくる最悪の敵が一人いるとわかっている。その上でアルは大きく後ろに飛びずさり——、

「ドーナ！」

——目の前の次鋒と中堅に対処し、最後の化け物の攻略法《じほう》を見つけ、血路を開かなくてはならないのだった。

4

「わあ、すごいすごい！　最後に飛び込んでった単眼族《たんがんぞく》の方はアルさんじゃ絶対に勝てない相手だと思ったのにやるもんですねえ」

「超クソ野郎……」

「おやおや、大変な難敵だったのはそうでしょうが激戦を繰り広げた相手をそう腐すのは好まれる態度とは言えませんよ。もちろん汚い言葉や罵詈雑言《ばりぞうごん》は印象的にはなりがちですが悪名も無名に勝るなんて考え方は僕は好きませんね！」

「オレはお前に言ったんだよ……」

おびただしい傷を全身に負い、肩で息をしながら建物を出たところを迎えられ、アルはずるずると壁に体を預けてその場にへたり込む。

すると、出迎えと同時にアルに詰《なじ》られたセシルスは目を丸くしていた。

「なんで、そんな風に言われるなんてビックリ的な顔ができるのか本気でわからねぇ。二重の意味で殺しかけた相手だぞ。ナイフ舐《な》めてる系のクレイジー野郎でも恨まれる覚えが身にありすぎるだろ……」

「ほう、さすがに短期間でボスの言葉の全部は学び切れませんでしたから僕の知らない単語も出てくるものですね。ちなみにその『クレイジー』というのは？」

「ネジの外れたクソ野郎って意味だよ。他人を殺しかけても平然としてやがる」

「へえ。でもだとしたら僕はそのクレイジーには当たらないと思いますよ。――だって、アルさんはどういうわけか死なないじゃありませんか」

へらへらと笑い、方向性のねじ曲がった自己弁護を口にするセシルス。

そのセシルスの答えに、その場にしゃがみ込んだままアルは呼吸を整えるのに集中。その間黙っているアルに、セシルスは指を一本立てて続ける。

「先ほどの単眼族の彼はなかなかの腕前でしたよ。生憎《あいにく》と僕には遠く及びませんがアルさんであれば百回やって百回負けます。これは僕の目で見た真実です！」

「……でも、オレは生きてるぜ？　それとも死んでるってか？」

「いえいえ生きているんでしょう。もしかしたら屍人《しびと》が生者を装っているのかななんて疑いもあったんですがそういうわけでもないご様子。となると考えられるのは一個。――アルさんは百一回目を引いたんですよ」

指を立てた手と、反対の手の指を一本立てて、二本の指を見せてくるセシルス。

その二本を足しても二にしかならないし、好意的に見ても十一でしかないが、その意図を反映しない仕草よりも、アルはその言動に息を呑《の》んだ。

「百一という数字には拘《こだわ》りません。百二でも百三でも二百でも結構！　アルさんは百回やって百回あの単眼族《たんがんぞく》に負けます。ですが千回万回十万回やったら？　文字通りの万一を引き起こせるかも。それを最初に引いた。違いますか？」

「――っ」

　黙って息を整えるのに集中、と誤魔化《ごまか》すのは限界だった。

　アルは鉄兜《てつかぶと》の中、相手には見えない表情を歪《ゆが》めて、心の底からセシルスに恐れを抱く。その眼力と言動、いったい何なのかアルにすら理解できない。

　今のセシルスの言いようは、アルが持っている権能をほとんど言い当てている。それも理屈ではない、言うなれば当てずっぽうな捉え方でだ。

　セシルス・セグムントと名乗った少年は、このヴォラキア帝国最強の『青き雷光』と同じ名を持つだけでなく、明らかに世界の異物だった。

「背丈は、オレや兄弟と同じ理由かもしれねぇが……」

　自分やスバルがオルバルトの手で『幼児化』させられたように、セシルスがオルバルトに縮められた可能性は十分考えられる。

　当人は『九神将』の『壱《いち》』と自分を同一視していないが、『幼児化』が深刻になると意識まで外見に引っ張られる感覚はあった。セシルスも同じ可能性が高い。

　アルの場合は強引に精神を最適化させたが、その荒療治はアルとスバルしかできない。そのため、セシルスは為《な》す術《すべ》なく精神が縮んだと考えられる。

　それがセシルスを幼い怪物にしたのなら、オルバルトのしでかしの影響は深刻だ。

「答えがないのは答えられないからか答えたくないからか……どちらです？」

セシルスの問いかけに、アルはもたれていた壁を頼りに腰を上げた。

静けさの中に剣呑《けんのん》な色を宿したセシルスのそれは、彼の中で振り子が大きく左右に振れている証《あかし》だ。それは、自分がアルの敵と味方のどちらに立つかを決める振り子。

この、未曽有の災いに見舞われた屍都《しと》であっても関係のない、些事《さじ》への拘《こだわ》りだ。

「思うのです。思うのですよ僕は。仮にアルさんが万一の一を最初に引き当てるような何かをお持ちなら……僕を相手にもそれを引き当てられるのだろうかと」

その場合は万一どころか、億一や兆一なんて可能性も十分にありえそうだ。

しかし、ゼロでないなら。

「言っとくが……オレの魅力を掘り下げるのはそこまでにしときな。さもねぇと、いらない相手に睨《にら》まれてめちゃくちゃ後悔することになるぜ」

「なんと！　僕を相手にその言いよう。嫌いじゃないです、むしろ好き」

ますます、面白いとでも思われたようなセシルスの反応にアルは嘆息する。

何とかセシルスの興を削《そ》ぐ言葉を探したいところだが、見た感じ、時間がない。ようやく、転落死からの屍人《しびと》ラッシュをしのいだのだ。

負担は大きいが、ステージを進める必要がある。

「――領域解除、然《しか》るのちの再展開、思考実験再動」

セシルスが余計な動きをする前に、アルは一度設定したマトリクスの再定義を行う。

頻度と規模が理由で反動が大きすぎるが、少なくともヴォラキア帝国を出るまでアルは代償を無視し続けると決めている。──プリシラを取り戻すのが、最優先だ。

「そのためなら、オレは何度でも──どぅわぁ⁉」

そう、決意を込めた言葉を発そうとした瞬間だった。

言い切るよりも早く、正面のセシルスの姿が霞《かす》み、直後にアルはゾーリの足裏を脇に受けて、真横にひっくり返されたのだ。

そのあまりの暴挙に、地べたを滑りながらアルは絶叫する。

「お、かしいだろ！　あれだけ舞台映えがどうとか言っといて、人が話してる途中で攻撃仕掛けてくんのかよ！」

「いやいやいや違いますって！　僕がそんな無粋をするなんてとんでもない！　それはもはや割腹ものの行いですよ。そうではなくて、ほら」

「ほらって何が……」

滑り終えたアルが体を起こすと、弁明するセシルスが壁を手で示した。見れば、アルが直前まで立っていた位置、その胸の高さのあたりに拳《こぶし》大の穴が開いている。

さっきまではなかった。しかし、唐突に生じた穴だ。

それはつまり──、

「狙撃……ぎょうっ！」

「ちょっとご無礼！」

目を見開いた刹那《せつな》、再びセシルスの姿がブレ、直後にアルは全身に加速のGを味わい、真後ろへと体が突き進むのを感じた。

猛然と走るセシルス、彼がアルの腰に手を引っかけ、そのまま一緒に疾走を開始したのだ。そして、風になった二人に追い縋《すが》るように――、

「おいおいおいおいおい、なんだなんだなんだなんなんだ⁉」

後ろに飛ばされる感覚の中、アルの視界で次々と街路や建物の壁が穿《うが》たれ、凄《すさ》まじい何かが乱舞しながら追いかけてくる。

最初の印象通りならそれは狙撃だ。狙撃が、アルとセシルスを追いかけてくる。

「狙撃なら、スナイパーは動けねぇのが鉄則だろうが！」

じっと待ち構え、相手を照準が捉えたら一撃必殺を叩《たた》き込《こ》む。

それが狙撃の基本であり、鉄則のはずだ。それなのにこの狙撃は、逃げるアルたちを的確に追いかけ、遮蔽物に隠れようと先回りして狙ってきさえする。

百人の狙撃手に囲まれたか、自由自在に高速移動できる狙撃手に狙われたとしか。

「おっと！　おっとと！　おっとっとぉ！」

「ぶわっ！　おぐっ！　舌噛《か》んだぁ！」

その恐ろしい精度と自由度の狙撃に狙われながら、アルを連れて逃げるセシルスは右へ左へ、上へ下へと身を動かし、その攻撃を回避し続ける。

しかし、彼は一切周りを見ていない。アルは気付く。――山勘だ。セシルスは山勘で、

超級の狙撃をよけ続けているのだ。

「さすがにそこまでじゃありませんよ。ただ相手がここぞと思う瞬間はこっちもピリッとくる感じがしませんか？　それですよ」

「オレの疑問は放っておいていい！　それよりも集中してくれ！」

「いいですよ。でもこのお相手は凄腕《すごうで》でして。――これまで何度か出くわしてるんですが一回も届かせてもらえてないんですよねぇ」

ゾーリで蹴られたとは思えない爆発音を立てる地面、それで推進力を得ながら加速するセシルス。彼に追《お》い縋《すが》る見えない射手と狙撃を間近に味わいながら、アルはセシルスの発言に二重の衝撃を受ける。

一つはセシルスがすでにこの敵と何度か出くわし、生き延び続けていること。

もう一つはこの敵がセシルスにすら討たれない、異常な難敵であること。

「空を飛んでるんだと思うんですけど速い以外の理由で見えないんですよ」

「見えねぇ、敵……っ」

危機感の足りないセシルスの言葉に、アルは不可視の敵というキーワードを得る。

そのカラクリを暴くか、あるいは暴けないまでも何かしらの対策が見つかれば。

「おっとこれは」

危機感のないセシルスの声、それと合わせてとんでもない破砕音がアルの背後――すなわち、進行方向から聞こえてきて首を巡らせる。

するとアルの視界に、二人の進路に倒れ込んでくる三棟の建物が飛び込んできた。

通りの正面と左右、三方から押し寄せてくる建造物は、いずれも建物を支える土台となる地面を狙撃に抉《えぐ》られ、斜めに傾いて倒れ込んでくる。

叩《たた》き潰《つぶ》されれば圧殺は免れない。見て取った瞬間、アルは奥歯を噛《か》みしめ、

「領域、再定義――っ！」

「正面に突っ込みますよ！」

マトリクスの再設定を間に合わせた直後、地面を蹴ったセシルスがアルを抱えたまま、倒れ込んでくる正面の建物の窓をぶち破り、中へ突入。

斜めになり、壁のたわみに合わせて壊れていく窓ガラスの軽やかな連鎖音を聞きながら、セシルスは倒れるビルの床を蹴り、天井を蹴り砕くと、そのまま下階から上階までの直通ルートを強引に作り、駆け上がっていく。

「ていていていていていていていてい！」

ビルが倒れていくのだから、街路と接触する圧壊が下階から始まるのは事実だ。

かといって、こんな形で押し潰されることから逃れるなんて荒業、とてもではないが正気の沙汰とは言えない。言ってはならない。

しかし、その常軌を逸した判断により、アルとセシルスの二人はビルが倒れ切るよりも早く、最上階の天井を蹴り砕いて外へ逃れることに――、

「――いや、これじゃダメだ」

天井を突き破り、そのまま上空へと飛び出すアルとセシルス。

眼下、見れば倒れる三棟のビルが互いにぶつかり合い、巨大な質量が凄《すさ》まじい地震を起こしながら崩壊へ向かう。倒れたビルのいずれかには燃えやすい酒か、魔鉱石でも貯蔵したものがあったのか、爆炎が街路に広がっていくのも見えた。

しかし――、

「これこれ難敵ですねえ！」

楽しげなセシルスの快哉《かいさい》と、アルの体が衝撃で震えたのは同時だった。

だが、その衝撃の当事者はアルではない。アルと一緒に空へ飛び出したセシルス――彼が狙撃を浴びて、その片足が吹っ飛んでいった衝撃だ。

小さな左足が膝《ひざ》下から吹っ飛び、血を空中にばら撒《ま》きながら少年が奥歯を噛《か》む。アルも経験があるからわかる。痛みはすぐにやってきて、喉が絶叫を――、

「――そっちだ！」

絶叫の代わりにそう叫んで、セシルスが空の彼方《かなた》におそらく敵を捉える。

そのまま、彼は掴《つか》んでいたアルの体に残った方の足を当てると、その体を足場に自分が見つけた何かの方へ迫ろうと飛んだ。

片足だけの推進力、その勢いは猛然としたもので、彼ならば敵に追いつくだろう。

その、片足をなくした状態で――。

「――そりゃダメだ」

片足をなくしても、おそらくセシルスはアルの百倍強かろう。

だがダメだ。彼には万全の状態でいてもらう必要がある。故《ゆえ》に、アルは青龍刀《せいりゅうとう》を引き抜いて、それを自分の首に当てた。

そして躊躇《ちゅうちょ》なく、その刃《やいば》を強引に振るって――。

×　×　×

「正面に――」

「違う、右のビルだ!!」

三方から倒れ込んでくるビル、その正面へセシルスが踏み切ろうとした瞬間、アルは建物の倒壊音に負けない声量で怒鳴り、進路を変更させた。

そのアルの訴えを耳にした途端、セシルスが笑い、唇を舐《な》めたのがわかる。

刹那《せつな》、セシルスは踏み切る方角を強引に切り替え、アルを掴《つか》んだまま、倒れてくる右のビルへと突入した。

窓ガラスの砕けていく連鎖音を聞きながら、アルは飛び込んだ部屋の奥を指差し、

「そっちの部屋！　中の箱確保！」

「アイアイサー！」

確信めいたアルの指示に、セシルスは一切の疑問を差し挟まない。

隣の部屋への壁を強引に蹴り砕いて通過すると、置かれていた鉄製の箱——この建物の所有者が保管していた、いざというとき持ち出すための財産の一部だ。

生憎《あいにく》と、所有者は準備も空《むな》しくこれを持ち出すことができなかったようだが、おかげでアルとセシルスがこれを確保することができた。

「上だ！」

箱を確保した直後、斜めになったビルからの脱出はセシルスの常軌を逸した脚力と発想を採用したものへと路線を戻す。

箱を抱えたアルをさらに抱え、セシルスの疾走が下階の天井を、上階の床を貫通し、次々にそれを繰り返して、一気に最上階へと駆け上がっていく。

そして、最上階の天井を蹴り砕いて外へ飛び出した瞬間、アルはもはや何度目か数えることも忘れた景色を前に、手元の箱をその場に落とした。

そのまま、彼方《かなた》からの狙撃がセシルスの四肢のどれかを吹き飛ばす直前に——、

「——ドーナ」

落とした箱の中、アルの発動した拙い魔法を火種に、帝国の誰かの財産だった高純度の魔石が引火、一挙に膨れ上がる爆炎が真下から二人を包み込んだ。

「————」

灼熱《しゃくねつ》に肌を焙《あぶ》られる感覚を味わいながら、しかし、生まれた炎の幕がアルとセシルスを周囲から押し隠す。もっとも、この瞬間だけ二人の身を炎が隠しても、この狙撃手であれ

ばアルたちを――否《いな》、セシルスを見失わずに撃ち抜いてくる。

だから、狙いは狙撃手の目を撹乱《かくらん》することではない。

「――そっちだ」

そう呟《つぶや》いたセシルスが歯を剥《む》いて笑う。

そのセシルスの頬《ほお》が血を噴き、狙撃に掠《かす》められて髪留めの爆《は》ぜた青い長髪が広がる。しかし、セシルスの四肢はどれも健在だった。

炎の幕は敵からセシルスの姿を隠すのではなく、セシルスへ迫る弾丸を、届く前に彼に視認させるためのものだった。

セシルスへ届く前に、弾丸は炎の幕を破って到達する。

馬鹿げた話だが、セシルスであればその銃弾が自分に届く刹那《せつな》の、炎の変化を見逃すまいと信じて賭けた。賭けには勝った。

――故《ゆえ》に、炎の幕を挟んで、セシルスと狙撃手との視線は交錯する。

「――――」

刹那、セシルスの瞳《ひとみ》の瞳孔が細くなり、アルの腰へとゾーリの足裏が当てられる。

これまで同様に、セシルスが居所を突き止めた射手の下へと飛んでいくつもりだ。これまでと違うのは、セシルスの手足の全部が小さい胴体にくっついていること。

ここからなら、あとは――、

「――油断はしねぇ」

そうこぼし、アルは次なる領域の再展開の用意を固める。

そのたびに頭の中で、何かが千切れるような喪失感を味わうが、セシルスの言う通りだ。

万一というのは、万に一回しか訪れない機会のことを言う。

それを二度欲するなら、妥協の末であってはならない。

だから、アルは次のマトリクスの再設定を――。


「――雲切」


その寸前、アルの視界を奇妙な変化が襲った。

それは炎の幕の向こう、すなわちセシルスが狙撃手がいると判断した方角、アルには変わらず敵の姿の見えない空で、視界に異変があったのだ。

端的に言えば、雲が断たれていた。

屍都《しと》ルプガナの空を覆う、分厚い黒雲が不意に切り裂かれたのだ。それも、積雲が受ける切り傷は一ヶ所ではなく、二ヶ所三ヶ所と連続する。

まるで、空にいる不可視の敵を追いかけるように――否《いな》、まるでではない。

斬撃が敵を追いかけ、その余波が黒雲を切り裂いているのだ。

「ああーっ!!　いっちゃういっちゃう！　逃げられる!!」

悲鳴のような声は、アルの背中に足を乗せたままのセシルスのものだ。

目を見開いた彼の悲鳴の理由は、雲を切り裂く斬撃から逃げていく狙撃手――それが戦闘を放棄し、離脱していくことに対するものだろう。

アルからすれば儲《もう》けものとしか言えない出来事だが、セシルスには違う。彼は悔しさを滲《にじ》ませた目で、眼下の景色を睨《にら》みつけた。

そこに――、

「はっはっはっは！　逃げろ逃げろ、某《それがし》の剣技に恐れを為《な》して！」

アルとセシルスが飛び出した、倒壊する三棟のビルから離れた場所で、建物の屋上に見えるのは一人の人影だ。

それは手に刀を手にした人物で、遠のいていく敵を見送り、雲を切り裂いた刀を天に向けながら上機嫌に笑っている。

見知らぬ新たな顔ぶれに、何者かとアルは兜《かぶと》の中の眉《まゆ》を顰《ひそ》めた。そのアルの背後で、突然の闖入者《ちんにゅうしゃ》を見ながらセシルスが「あれえ？」と声を上げ、

「なんかしばらく見ない間に老けましたね、父さん」

「親父《おやじ》さん？」

「ええ。木の股から生まれたわけではありませんので！」

とぼけたセシルスの答えに、アルは改めて男の方を見やる。

遠目に見える、セシルスが父親と呼んだワソーの男。このあと、彼と合流するだろう事は良しとして、問題は――、

「……さすがに、このあと死んだりしねぇよな？」

手強《てごわ》い狙撃手がいなくなったあと、なおも激しい倒壊の続いている三棟のビルを真下に

見ながら、浮遊感を味わうアルはその先をセシルス任せで呟《つぶや》いた。

5

片手に剣、小脇に荷物を抱えたまま、目の前の扉をゆっくりと開け放つ。

「――――」

くん、と鼻を鳴らし、室内から漂ってくる鉄錆《てつさび》臭さに顔をしかめる。

血の臭いだ。嗅ぎ慣れると、大なり小なりその鮮度もわかる。これはまだ流れ出したばかりの、それも一人分のものではない血の香りだった。

案の定、奥の部屋を確かめると、折り重なる二つの死体がそこにあった。

大通りに面した一軒の民家、そこに残されていたのは老女と男の亡骸《なきがら》だ。

下手人は、直前に家の前で叩《たた》き斬《き》った屍人《しびと》だろう。奴《やつ》の手にした剣が血に濡《ぬ》れていたのは、この死体を作り立てだったからに他ならない。

犠牲者はおそらく親子だろうか。生憎《あいにく》と、顔立ちを比べられるほど、最期の表情は穏やかなものとは言えなかった。老女の方は寝台の中で、被《かぶ》さるように倒れた男の傍《そば》には折れた剣が転がっていた。

「逃げ遅れた……いや、違うな」

逃げ遅れた二人ではなく、逃げられない母を守るために息子が残った構図か。

そう捉えるのが自然な光景は、弱者が踏み躙《ふにじ》られるのを当然とするヴォラキア帝国、その中心たる帝都で起こるには皮肉が利きすぎたものだった。

もっとも、その皮肉を笑えはしない。あと数分、自分の到着が早ければ。

抜いた剣を鞘《さや》に納め、避け難《がた》い惨劇に見舞われた中、自分の命をどう使うか決めた男の亡骸《なきがら》を黙して見る。

もしも、自分が同じ状況に置かれたなら、愛する家族のいる寝台を背後に庇《かば》い、この男のように命が尽きるまで戦えるだろうか。

「くだらねえ。答えは見えてるだろうが」

忌々《いまいま》しさの消えない苦い唾を、苛立《いらだ》たしげに吐き捨てる。

そう、答えの見えている自問。どうせ自分は、尻尾を巻いて逃げるに決まっているのだから。——と、自嘲したときだ。

「おうい、赤毛の！　どこでござんす⁉　某《それがし》の用は済んでござい！」

不意に、建物の外から馬鹿に大きな声が聞こえて、弾《はじ》かれたように窓を見る。

別行動中の赤ら顔が瞼《まぶた》の裏に浮かんで、この屍人《しびと》だらけの都市で大声を上げる向こう見ずさにサーッと酔いが引くのがわかった。

酒を飲んで酒を飲んで、酩酊《めいてい》で誤魔化《ごまか》そうとしてもし切れない現実の重みに頭を殴り付けられ、舌打ち交じりに歩み寄った窓の外を覗《のぞ》き込《こ》んだ。

すると眼下の通り、手を振りながらこちらを探す青い髪のワソーの男が一人——否《いな》、その横に似た格好の小さな影が並んでいて。

「どちらにいらっしゃいますか、父さんの連れ合い！　このあたりだと落ち着いて話もできませんしもう少し話しやすい場所でいかがですか！　連れがいるという父さんの話が酔った幻か戯言《たわごと》の類《たぐい》でないのでしたらですが！」

「おおっと、言ってくれやがる。親を捕まえてその言いようたぁ、なんて親不孝に育っちまった。某の、某の育て方の何がいけなかったでござんしょう……！」

「いえいえ父さんは悪くありませんよ！　なにせほぼ育てられてないですからね！」

やかましいのが二人並び、その騒がしさは倍どころの話ではない。

酔わせているのが酒と自分の違いはあれど、等しく酔っ払いだとわかる声を聞いて、その二人に探される連れ合い――ハインケルは空いた方の手で頭を抱えた。

ズキズキと、二日酔いの頭が酒気とは違う理由の痛みを訴える中、小脇に抱いた非常食の髭犬人《はいえなびと》が身じろぎするのを抱え直し、深々と酒臭い嘆息がこぼれた。

6

大通りで人目も憚《はばか》らずに騒ぎ続ける馬鹿二人。

そのまま放置して、押し寄せる屍人の群れに二人が呑《の》まれても自業自得だが、その過程に自分も巻き込まれるのは御免《ごめん》だと、ハインケルは早々に二人を呼びつけた。

そうして民家に上げた二人には、意外なおまけが一緒についてきた。

「まさか、あんたも帝都に残ってるとは思わなかったぜ、ハインケルさんよ。とっくに逃げちまったか、そうでなけりゃ……」

「死んでるだろうって？　そっくりおんなじ台詞《せりふ》を返すぞ、アルデバラン」

「アル、で頼まぁ」

思わぬ再会を果たした鉄兜《てつかぶと》の男、アルは兜の金具を指でいじりながらそう応じる。

帝都を取り囲んだ正規軍と叛徒《はんと》との総力戦、叛徒側としてプリシラともアルとも違う戦場に配置されたハインケルは、あの戦いの決着も、プリシラたちの安否も知らずにいた。

知ろうにも知りようのない答え、それが思いがけずもたらされた形だ。

それも――、

「あのプリシラ嬢が捕まった、か。にわかには信じ難《がた》いな」

「まぁ、意外性のある展開に突き進むのが姫さんの困った魅力じゃあるが、さすがに今回はオレも放っちゃおけねぇと思ってる。で、帝都に残ったわけだが……」

「それで、あれと出くわしたのか」

そのハインケルの言葉に、アルが「おう」と首を縦に振る。

鉄兜に覆われ、表情も顔色もわからないアルだが、その疲れた声音と雰囲気から、彼が味わわされた苦労の程が窺《うかが》える。

あの傍若無人と無軌道を絵に描いたようなプリシラとすら付き合えるアルだ。その彼がこの有様なのだから、相手の恐ろしさは推して知るべしだろう。

それにしても、そのアルを疲労困憊《ひろうこんぱい》にした相手というのも奇縁だった。

「まさかまさかこんなところで父さんと再会するとは思いませんでしたよ。なんかしばらく見かけないなぁと思ってたんですけどもしかして僕を剣奴《けんど》孤島に放り込んで孤島の伝説編的な活躍とか企《たくら》んだのは父さんだったりしますか？」

ぺちゃくちゃと猛烈な早口でまくしたて、民家の保管庫から勝手に取り出した干し肉を齧《かじ》っているのはワソーの少年――セシルスと名乗ったこの子どもは、驚くべきことにハインケルと同行していたロウアンの息子なのだという。

しかも何の冗談か、そのセシルスの家名まで含めた名前というのが――、

「――セシルス・セグムント。ヴォラキアの『青き雷光』」

ヴォラキア帝国最強の剣士であり、帝国『九神将』の不動の『壱《いち》』。

ハインケルも、腐ってもルグニカ王国の近衛騎士団《このえきしだん》の副団長だ。油断ならない隣国の有名人の名前ぐらいは知っている。とりわけ、『青き雷光』は有名すぎる。

血塗られた帝国史にすら類を見ない、この世界で最も人の命を奪った個人であり、王国の『剣聖』と肩を並べるほどの強者とされる存在だ。

「――――」

ざっくりと十一、二歳ぐらいに見えるセシルスに目を細め、ハインケルはその幼さを理由に彼の実力を侮ろうとする己を自嘲した。

本当の強者に、見た目や年齢の話なんて馬鹿馬鹿しくて惨めになるだけだ。ハインケルが息子のラインハルトに初めて剣で負けたのは、まだラインハルトが六歳になる前のことだった。――世の中には、そういう存在もいる。

むしろ、ハインケルにとって稀有《けう》な相手と認めるべきはロウアンの方だ。

彼もまた、ハインケルと同じく、最強と呼ばれるものの父親であるなら、息子のセシルスの剣力や名声に思うところがあっても――。

「ははは、笑わせてくりゃさんす。剣奴《けんど》孤島の殺し合いは所詮は見世物、あそこで誰を何人斬《き》ろうとお前の剣にも技にも何の学びもねえでござんす。そんなところにお前を放り込むなんて、『天剣』へ至る寄り道にしかならぬでござんしょう」

と、ハインケルの中で首をもたげた考えを余所《よそ》に、ロウアンは赤ら顔で肩をすくめ、酒を入れた瓢箪《ひょうたん》に口を付けて上機嫌な様子で息子と話している。

そのロウアンの答えに、セシルスも「でしたかぁ」と気負った風もなく、干し肉を噛《か》み千切りながら首をひねった。

「まぁ、父さんがやるにしては方向性の見えないやり口だったので違うかなとは思ってたんです。でもそうなるとますますいったいなんでまた僕が島にいたのかがわからなくなって摩訶不思議《まかふしぎ》ミステリーなんですよねえ」

「そりゃまた珍妙奇天烈《ちんみょうきてれつ》けったいな言い回しもあったもんでござんすなぁ。ともあれ、某《それがし》の手配によるものじゃ……んん？」

途中で台詞《せりふ》を中断し、ふとロウアンがセシルスを上から下までしげしげと眺める。

その父親の凝視に気付き、セシルスはひらひらとワソーの袖を揺らしながら、まとまっていない長い青髪を広げるようにくるりと回った。

「どうしました？　久々でも花形役者たる僕の冴《さ》えは忘れ難《がた》いと思いますが」

「そんなことより、待て待てぃ、息子！　お前さん、マサユメとムラサメはどこにやり申した？　あれだけの業物、迂闊《うかつ》に腰から外すもんじゃぁございません」

「ワザモノってことは刀ですか？　何言ってるんです。相応《ふさわ》しい刀が手に入るまでは刀は持たない持たせないというのが僕と父さんの暗黙の了解ですよ。生憎《あいにく》とまだこれだという名刀に巡り合えていないので腰は軽いままですよ。フリフリと」

「んんんん？」

何も持たない腰を振っているセシルスに、ますますロウアンの瞳《ひとみ》が疑念で濁った。が、やがて何か合点がいったというように、ロウアンが「あ」と目を見張る。

そして――、

「何やら妙だと目を凝らせば、セシルス、お前、背丈が縮んでるじゃぁございませんか！」

「今気付いたのかよ⁉」

驚き顔のロウアンに、それ以上の驚きを喰《く》らったアルが声を上げる。

その傍《かたわ》ら、当のセシルスは「縮んでる？」と心当たりのない顔だ。もちろん、ハインケルにもさっぱり意味がわからない。

代わりに、心当たりのありそうなアルがずんずんとロウアンとの距離を縮め、

「はっきりさせてぇことがあるんだが、あんたがセシルスの親父《おやじ》さんで、あんたの知ってるセシルスはちゃんと大人だった。そこはいいんだよな？」

「待ってくださいよ、アルさん、それはどうでしょう。そもそも人とはいったいいつ如何《いか》なるタイミングで大人になったと言えるんでしょうね。例えば初めて人を斬《き》ったときには一人前とみなしてあげないと斬られた相手は半人前に斬られたということになったこれは実に無体な話ではないかと……」

「今は黙ってろ！　どうなんだ、親父さん」

「そうぐいぐいと詰め寄らんでもよござんしょう、兜《かぶと》の御仁《ごじん》。第一、親の目から見れば子どもなんてのは多少背が伸びたところで子どもって区分は変わらないもんでござんす。それにセシルスの奴《やつ》ときたら言動がいつまで経《た》ってても子どものまんまでちぃとも成長しねえもんでござんしたから……」

「あんたら二人が親子だって証拠はもう耳にタコができるぐらいわかったよ……！」

詰め寄ったロウアンからも、傍《かたわ》らのセシルスからも雪崩のように回答され、アルが憤懣《ふんまん》やる方無しと言わんばかりに地団太を踏む。

そのアルが不憫《ふびん》に思えて、ハインケルはガリガリと自分の赤毛を乱暴に掻《か》くと、

「つまりだ、アルデバラン。お前はこう言いたいわけか？　そこのセシルス・セグムントは、どういうわけか縮んで子どもの姿になってる」

「アルな。……まぁ、理由も戻し方も何もかもわかっちゃいるんだが、そうだ」

「戻し方もわかってんのか……」

人が一人縮んだと聞かされ、「そうなのか」と頷《うなず》くのも馬鹿らしいが、あの帝都決戦で目にした阿鼻叫喚《あびきょうかん》の絵面を思えば、大抵の事象は受け入れられる。

「戻る当てまであるなら、とりあえず元に戻してから話せばいいんじゃないか？」

「そうしてぇのは山々なんだが、戻すにはとあるシノビの爺《じい》さんが必要なんで後回しだ。……なんで、あんたは息子が縮んでるってのに最初の一発で気付かねぇんだよ」

ゆるゆると首を横に振ったあとで、アルがそう話の矛先をロウアンに向けた。

しかし、その問いにロウアンは無精髭《ぶしょうひげ》の浮いた顎《あご》を自分の指でなぞりながら、

「そりゃ息子のでかい小さいは、某《それがし》にとって些事《さじ》でござんすからなぁ」

「おいおい、クソ親父決定戦か？　各国最強の父親ってみんなこんな感じなの？」

「――。お前はどうなんだ。縮んでる自覚は」

悪びれず、模範的な父親とは程遠いロウアンの回答に、アルが呆《あき》れた風にぼやく。そのぼやきに反応するのを躊躇《ためら》い、ハインケルはセシルスの方に話を振った。

その内容に、三枚目の干し肉に突入するセシルスが「そうですねぇ」と笑い、

「自覚の有無について言われればありませんね！　縮むも伸びるも僕は僕として舞台に上がった状態ですので！」

「そうかよ……」

「ただ！　ただですよ！　ボスとかグスタフさんとか島の皆さんとかその他諸々《もろもろ》端役の方々が言っていた内容の辻褄《つじつま》は合うなと！　これ伏線回収だなとは思いました!」

手近な机を叩いてセシルスは声を弾ませる。

本人は何かしら合点がいった顔だが、聞こえた会話をなぞっただけのハインケルにはチンプンカンプンだ。わかるのは、体が縮むなんて一大事を、父も子もどちらも大して深刻には受け止めていないということぐらいか。

「しかし、合点がいき申した。道理で、某《それがし》と相対しても平然としたものと思っていたところでござんす。何しろ、別れ方が別れ方でござんしたから」

「ほほう？　とんと記憶にありませんがいったい僕と父さんはどんな別れ方を――」

しみじみと顎《あご》を撫《な》でながら、そうこぼしたロウアンにセシルスが首をひねる。

息子が忘れた父との別れ、ただしここまでのやり取りを鑑みるに、碌《ろく》なものではなさそうだとハインケルは想像した。

そこへ――、

「――そこのクソは、閣下のクソ暗殺を企《たくら》んでぶった斬《ぎ》られたクソ野郎だ」

尖《とが》った声が割り込んで、ハインケルたちの視線がそちらへ向いた。

すると、今の今まで爆睡していた小柄な髭犬人《はいえなびと》が、転がしておいた床の上で起き上がっている。胡坐《あぐら》を掻《か》いた彼は、不機嫌そうな顔つきでロウアンを睨《にら》み、

「死んだはずのクソが生きてやがって、俺もクソほど驚いたぜ。セシルスのクソ馬鹿がし

くじるなんて考えられねえってとこも合わせてな」

「おや、お目覚めですね、お犬さん。ワンワンとお元気そうで何よりです」

「てめえはてめえでクソ馬鹿してんな、クソが！」

声を荒げた髭犬人に、セシルスは唇を曲げて拗《す》ねた顔をする。

その反応からして、髭犬人とセシルスは顔見知りらしい。もっとも、セシルスの方はそれを忘れているようだ。――否《いな》、ここまでの会話の流れからすると、縮む前のことを忘れているというのが正しいのかもしれない。

おかしな話だが、大人だった頃のことを忘れているから、ロウアンとも髭犬人とも会話が噛《か》み合《あ》っていないのだろう。

「そういや、寝かされてたこちらさんは誰なんだ？　ずいぶん元気だが……」

「おお、そちらの毛玉の御仁《ごじん》はグルービー一将でござんす。帝国の『九神将』のお一人であり申して、セシルスの同僚でござんすなぁ」

「グルービーって、グルービー・ガムレットか！」

張り込まれた意外な素性に、アルが思わず声を高くするが、ハインケルも同じような驚きを覚えさせられた。

なにせ道中、ロウアンからは大事な御仁と聞かされただけで、それ以上の情報を与えられずに手荷物として運んでいた相手だったのだ。

場合によっては、うっかり屍人《しびと》の攻撃の盾にしかねない手荷物だった。

「ってことは、片方縮んじゃいるが、一将が二人もここに揃《そろ》ってやがるのか。そりゃ思わぬ光明が見えてきたって言いたいとこだが……」

「――？　なんでござんしょう」

「今、一将さんがとんでもねぇこと言ってなかったか？　皇帝暗殺を企《たくら》んだ？」

そう話題を一手前にアルが戻すと、再び注目がロウアンへと集まる。

一瞬、髭犬人《はいえなびと》――グルービーの目覚めとセシルスとのやり取りに意識が持っていかれたが、確かに彼はそう言っていた。

その疑惑の眼差《まなざ》しに、ロウアンは「あちゃぁ」と額に手をやって、

「それに関しちゃ誤解がござんす。某《それがし》は偉大なる皇帝閣下の暗殺なんて企んじゃぁござんせん。息子にそれをやらせようとしただけでござんして」

「……言い訳になってないだろ。じゃあ、お前たち親子は揃って皇帝暗殺未遂犯か？」

弁明の役目を果たさない弁明に、ハインケルは唖然《あぜん》としながら青髪の親子を見る。

皇帝が殺されたという話は聞かないから、あくまで未遂で片付いたという話なのだろうが、だとしてもとんでもない醜聞があったものだ。

しかし、そのハインケルの疑問にグルービーが「違《ちげ》ぇよ」と首を横に振った。

「このクソは、クソ親父《おやじ》がそんなこと企んでるって閣下に話したんだ。そのあと、てめぇでクソ悪巧みにクソ親父ごと始末をつけたって話だ」

「でも、ついてねぇから生きてるんじゃねぇか？」

「それに関しちゃ俺もわからねえんだよ、クソが！　おい、クソセシルス！　てめえはどんなつもりでクソ親父を生かしやがった⁉」

「さあ？　たとえ僕のしたことと言われましても昨日の僕と今日の僕と明日の僕とではその瞬間に閃《ひらめ》く名言や名演出の類《たぐい》も変わりますからね。ただ僕がやり損ねたとは考えにくいのであえてやらなかったというやつなのでは？」

　ぴょんと立ち上がったグルービーがセシルスに詰め寄るも、似た背丈の少年は反省のない顔を傾《かし》げてそう自分を推測する。実際、理由を覚えていないであろうセシルスに聞いても水掛け論。そのわからない答えに固執するよりは――、

「青髪、なんでお前は皇帝の暗殺なんて企んだんだ？　国家転覆が目的か？」

「ははは、赤毛の、おかしなことを申すな申すな。目的は至極単純、皇帝閣下を手にかけたともあれば、帝国全土が息子の敵に回るでござんしょう」

「それは、そう、だろうな？」

「それが目的でござんす。帝国の兵共が喰《く》うや寝るやを惜しまず襲ってくる状況……生と死の狭間《はざま》で剣技を磨くのに、これ以上の環境はねえでござんしょう！」

パンと、これ名案とばかりにロウアンが上機嫌に膝《ひざ》を叩《たた》く。

　その彼の口にした理屈が全く理解できず、ハインケルは凝然と目を見張るしかない。一方、それを聞いたセシルスは「あーあーあー」と声を上げ、

「なるほどなるほど、それでですか！　僕に覚えはありませんが確かに父さんなら僕にそ

ういうことさせますね。『天剣』へ至るためなら手段を選ばない！」

「お前の剣才は本物でござんす。……だのに、お前ときたら『天剣』目前で頭打ち。然《しか》らば多少、強引な手で殻を破らせんとそういう親心でござんした」

「はっはっは、親心なんてらしくもない！　父さんにそんな人間らしい感情が残ってるなら才能ある僕が生まれるまでに五人も六人も子殺ししないでしょうに」

「なんと！　それは反論の余地がござんせん！」

大きな疑問が氷解したと、笑い合う親子の異様な笑声が響き渡る。

それをグルービーがしかめ面で、アルが首に手を当てながら聞いている中、ハインケルは目の前が揺れるような眩暈《めまい》を覚えて壁に肩をぶつけた。

意味の、わからない親子関係だった。

いったい、何がそこまでさせるのか理解に苦しむ。途端に、一瞬前までの、ロウアンに抱いた微《かす》かな期待――最強とされる存在の父親という、自分と同じ立場の相手への共感めいたものが一気に薄れ、掻《か》き消えた。

ヴォラキア皇帝の暗殺を企み、あまつさえ我が子に裏切られて目的に失敗し、死んだものとして扱われ、最悪の悪名を轟《とどろ》かせる立場。

それで何故《なぜ》、平然と笑えているのかハインケルには理解できなかった。

本国では、ハインケルも似たような立場だ。それでも息苦しくてたまらない。

王族の誘拐事件に関わったと、身に覚えのない罪を疑われているだけでも耐え難《がた》いほど息苦しいのに――。

「――お互い、ワケアリだってのは呑み込めた」

その眩暈を起こしたハインケルを余所《よそ》に、アルが静かな声で切り出した。

彼も、その心中では直前の親子の会話やグルービーの立場など、色々と思うところはあるだろう。だが、それらの感情を丸ごと呑《の》み込《こ》み、蓋をする。

それはアルがこの場において、目先の疑問より優先すべきものを決めているからだ。

「オレたちは全員、帝都に探し物なり目的なりがあるメンバーだ。別に誰の手を借りる必要もねぇ凄腕揃《すごうでぞろ》いかもしれねぇが、あえて協力者を拒否る理由もない。違うか？」

問いかけ、アルがぐるりと部屋の中の顔ぶれを見回す。

そのアルの問いかけに、グルービーが短い腕を組んで胸を張ると、

「俺ぁ目が覚めたばっかで、帝都がクソみてぇに土臭《くせ》ぇってことしかわかっちゃいねぇ。おまけにクソ馬鹿とクソ馬鹿の親父《おやじ》と取り残されんのも御免《ごめん》だ。――クソ頭の回る閣下が何企んでるかもわからねぇしな」

「さすがに、もう敵も味方もなしで死人を追っ払うのが第一目標……ってくらいは、オレたちと同じ意見でいてくれてるよな？」

「クソみてぇな心配しなくても、そこはおんなじだろうよ」

鼻息荒く言い放って、グルービーはアルの意見に荒っぽい賛同を示す。次いで、その返事を受けたアルはセシルスの方を見て、

「お前と親父さんが特殊な親子関係ってのはわかった。その経緯があってなんで仲良く笑えてるのかわからねぇが、親の話でうぐぅってなるのはオレも同じだ。掘り下げねぇ。ただ、その代わりに——」

「そう不安げに言葉を選ばずとも心配いりませんよ、アルさん。先ほどの射手との戦いではアルさんの判断に救われた場面もありました。ので！　僕としてはひとまずアルさんと方針を違《たが》えてまで別へ向かう必要はないと思っています」

「そりゃ助かる。助かるついでに、気紛《きまぐ》れにオレを殺そうとするのもなしにしてくれ。命がいくつあっても足りやしねぇ」

「ははは、命がいくつあっても！　ナイスジョーク！」

「ジョークじゃねぇけども」

けらけらと楽しそうに笑い、親指を立てたセシルスにアルが嘆息。

それから、彼は最後にハインケルとロウアンの方をひとまとめに画角に収めると、

「親父《おやじ》さん、あんたたちは？　どうする？」

「おおっと、兜《かぶと》の御仁《ごじん》！　息子と毛玉の御仁と比べて、某《それがし》たちを誘う口調の重たいこと重たいこと……そりゃぁ、傷付くでござんしょう」

「今のとこ、あんたに対する印象わりと最悪だからね、オレ」

そう隻腕の肩をすくめ、アルは端的にロウアンへの印象を伝えると、そのままハインケルの方にも首を向けて、

「あの総力戦じゃいいとこなしだったかもだが、ここで姫さんを助ければ挽回《ばんかい》できる。あんたの望みは姫さんなしじゃ叶《かな》わねぇ。だろ、ハインケルさんよ」

「俺は……」

アルからそう言われ、ハインケルは奥歯を噛《か》みしめ、俯《うつむ》いた。

アルの言う通り、ハインケルがプリシラの陣営に加わっているのは欲しいものがあるからで、それは彼女が王選に勝ち抜くことで得られる褒美だ。

実質、ハインケル自身の貢献や実力なんて期待はされていない。あくまでハインケルに期待されているのは、他の候補者についているラインハルトへの牽制《けんせい》の役目。

そう考えれば、ハインケルがここでプリシラのためにいくら貢献したところで、本来の役割とは異なる成果を挙げただけの話だ。

それに――、

「――――」

一度、ハインケルは戦場で膝《ひざ》を屈し、抗《あらが》うことを諦めてしまった。

この世のものとは思えない、天と地がひっくり返されたような光景を目の当たりにしたときに、心が折れてしまった。――ハインケルは、諦めようとしたのだ。

だから戦場を離れ、ロウアンに引きずられるままに酒に溺れ、全《すべ》てに蓋をした。

なのに、思う。

「……ルアンナ」

みっともなくも、挽回《ばんかい》の機会があると言われた心の内に未練が顔を出す。

逃げた場面も、諦めた心境もプリシラに見られていないなら、取り繕うことができるのなら、喉元を過ぎた恐怖に目をつむり、まだ手を伸ばしたいと。

「――。だが、何ができる？　雁首揃《がんくびそろ》えてもたったの五人だ。この五人で、滅ぶか滅ばないかの帝国を救えるとでも言うってのか？」

「それは心外も心外な意見ですねえ。確かに頭数だけで見れば五人にしか見えないかもしれませんがその秘めたる力は僕一人で百人力どころではありませんから百万と四人と言い換えてもがもがもが」

「クソ黙ってろ」

自分の中で葛藤と戦いながら、ハインケルは勝算や先の展望を聞いた。

それに対するセシルスの益体のない軽口は、さすが一将のグルービーがその手で塞ぐ。塞ぎながら、「とはいえ」とグルービーもアルを見て、

「赤中年のクソ言う通りだ。いくら俺やらこのクソ馬鹿がいるっても、表のクソ共を皆殺しにするのは簡単じゃねえ」

「ちなみに僕はそれやらない方がいいと思ってまーす。理由は花形役者の勘！」

「クソ黙ってろ！」

今一度、口を塞ぐの塞がないので揉《も》め始める二人はともかく、ハインケルの疑問は解消されないまま浮いた状態だ。正直、ハインケルの心中はもはやある程度決まっている。諦

めないで済むなら諦められない。あとはただ、理由が欲しいだけだ。

その理由を欲するハインケルに、アルは兜《かぶと》の金具を指で鳴らし、

「ハインケルさんの言う通り、オレたち五人で状況をひっくり返すってのはさすがに高望みしすぎだ。だから、オレたちがやるべきことは帝国を救うなんて偉業じゃねぇ。――道を付けとくことさ」

「道、でござんすか？」

瓢箪《ひょうたん》の中の酒を舐《な》め、口を袖で拭ったロウアンの問いに「ああ」とアルが頷《うなず》く。

彼はその首を巡らせ、閉じた窓――その向こうに見える屍都《しと》と化した帝都を見据える。

そして――、

「帝国を救うのは英雄の仕事だ。オレたちは、そのための取っ掛かりを作っておくんだよ。できるだけ多く、手当たり次第に、何が役立つかわかりゃしねぇからな」

そのアルの、どこか確信めいたものを感じさせる言葉にハインケルは目を瞬かせた。

まるで、それをやってのける誰かに心当たりのある言いぶりだが、ハインケルにはもちろん心当たりはないし、ロウアンとグルービーも同じだろう。

ただし、埒外《らちがい》の存在はその一言にも目を輝かせ、

「――つまり、伏線ですね!!」

上機嫌に乗り気に、そう言い放つ幼い『青き雷光』はアルの方針を歓迎した。

この場の力関係的にも、それが五人の総意とされるのにそう時間はかからなかった。

幕間《まくあい》『ロウアン・セグムント』

1

――ロウアン・セグムントは『星詠み』である。

それはヴォラキア帝国の役職として、ヴィンセント・ヴォラキアが初めて彼らの一人であるウビルクを重用したこととは別の、本来の意味での『星詠み』だ。

自分の人生において、何よりも優先すべき天命を授かり、その至上の命題を成し遂げるためにあらゆる物事をなげうつ存在、それが『星詠み』。

あえて、ヴィンセントがウビルクに役職として『星詠み』の冠を持たせたのは、呼び名に役職を意味付けし、やがて『星詠み』という存在自体が形骸化《けいがいか》していくことを目論《もくろ》んでのことと推察されるが、賢帝の真意はこの場では無視していい。

重要なのは、ロウアン・セグムントも天命を授かった一人であるという点だ。

『星詠み』となり、天命を授かったものへの強制力は強い。

それは一介の男娼《だんしょう》に皇帝へ意見するために城へ出入りする発言力を持たせ、体の弱い母が命懸けで産んだ娘への愛情を忘れさせ、生涯を費やした目的をあっさりと手放させるほどの、人生への介入力を有した。

『星詠み』の多くは、天命にそれまでの人生を捻《ね》じ曲《ま》げられ、生き方の方針転換を余儀なくされる。そして、それを悲劇だとも思わない。

むしろ、生涯をかけてでもやり遂げなくてはならない大望を与えられ、それを果たすことが己の生まれた意味と疑いなく信じられるのだから、幸福とさえ感じられた。

それがたとえ、周囲から見てどれだけ異常や不憫《ふびん》に思えても、そうなのだ。

ただ、そうした『星詠み』共通の悲劇に関して言えば、ロウアンの置かれた立場は同じ『星詠み』たちと比べても例外であった。

なにせ、ロウアン・セグムントが授かった天命は、『天剣』へ至ること。

——他ならぬ、ロウアン自身が天命を授かる以前から抱いていた大望であったのだ。

2

「剣士の道を究めんと、鋼を携え幾年月——」

ゆらゆらと左右に頭を揺らし、酒気に顔を赤くしたロウアンは上機嫌に歌う。

特にこれといった調子があるわけでもないが、気分は上々、歌わずにゃおれぬ。千鳥足もいい具合に揺れに揺れ、まるで舞踊の足運びの様相だった。

しばらく前、『黒髪の皇太子』の騒ぎが起こり始めるちょいと前から、帝国全体に懐かしくもかぐわしい血の香りが漂いつつあった。

その予感が的中し、今や帝国は生者と死者の境さえ曖昧の災いの時を迎えている。

「あぁ、何ともまぁ、某《それがし》好みの世にござんす」

世が太平から遠ざかり、世情が乱れれば乱れるほどに鋼の在り方は磨かれる。切磋琢磨《せっさたくま》がいるとは言わぬ、ただ斬《き》るに値する敵がいればいい。だが総じて、目を見張る強者というものは平安の中では産声を上げづらい。

魂の来たる場所が何処《どこ》かは知らねども、肉の器に収まる前に心構えは整うらしい。

乱世に生まれるものは乱世を生きる才を与えられて産声を上げる。

それ故《ゆえ》に、乱世以外で生まれたものに、それと同じ魂が宿るかは分の悪い賭け事。ロウアンも幾度も失敗し、セシルスを授かったのは八人の我が子を手にかけたあとだ。

産湯の中で白刃を見て、それが生涯愛せるものと笑ったのはセシルスのみ。

「そのセシルスも頭打ちとは、『天剣』は未《いま》だ遠かりしでござんしょう。ああ、ああ、つくづく、つくづく……生まれる時代を間違えた」

額にかさつく掌《てのひら》を当てて、ロウアンは幾度も抱いた嘆きをこぼす。

世が乱れれば乱れるほど、平安が荒れれば荒れるほど、時代は強者の圧倒を求める。斯《か》くも『天剣』への道がはるか遠く険しいとなれば、四百年前の生きとし生ける全《すべ》てのものが『魔女』を恐れた時代はどれほどよかったことか。

その時代に生まれていれば、『天剣』へ至る道が途切れる恐れなどなかった。

ましてや、ロウアンがセシルスに――、

「――おい、本気でやるつもりなのか、お前」

「ううん？」

背後、ふらふらと歩く背中に声をかけられ、ロウアンが胡乱《うろん》げに振り返る。

両の足を石畳に突っ張り、長身で上から睨《にら》みつけるような眼光をぶつけてくるのは赤毛の剣士――ハインケルと、そういう名前の人物だ。

ちょっと前まで、ロウアンと一緒に酒浸りだったはずの男は、こちらとは対照的にすっかりと酔いの覚めた顔つきでいる。そんな様子だと、最初に野っ原で拾ったときよりは身綺麗《みぎれい》なはずなのに、もっと憔悴《しょうすい》しているように見えるから不思議だ。

「なんて景気の悪い顔してござんすかい。ほうれ、赤毛の、呑《の》みなんせ。街はあちこち欠けちゃぁいるが、幸い、屍人《しびと》連中は飯も酒も手付かずときたもんだ」

「幸い……っ」

「おおう、気に障ったみてえでござんすなぁ」

酒の入った瓢箪《ひょうたん》を掲げたロウアンに、ハインケルが歯を軋《きし》らせて頬《ほお》を硬くする。

その反応は拒絶の表れと、ロウアンは仕方なしに行き場のない酒を自分の喉に通した。

ハインケルに告げた通り、目につく店も民家も人気《ひとけ》はなく、屍人たちは生者を探して彷徨《さまよ》い歩くわりに、目的は血であって飯でも酒でもないときた。

すなわち、空腹も酔いも満たしたいだけ満たせると、そういう自由な立場だが。

「それの何が気に入らねえんでござんしょう。放っておいても腐らすだけなら、某《それがし》たちがいただくのが一番合理的ってもんでしょうに」

「飯だの酒だの、そんなもんはどうでもいい！　お前の……お前ら親子の倫理観も期待しちゃいない。それより答えろ、本気でやるつもりなのか？」

声を荒らげたハインケル、その言葉にロウアンは片目をつむり、沈黙する。

その数秒も待てぬとばかりに焦《じ》れた様子の赤毛の剣士、彼が何を問題にしているのか推察するも、イマイチその答えはわからなかった。

他人の考えや気持ちを推し量ること、それがロウアンはとみに苦手だ。

同じ欠陥はセシルスにも遺伝しているようだが、あれはまた別の角度からの視点で問題を強引に乗り越えている。ロウアンには同じことはできない。

いずれにせよ――、

「赤毛のが気にしてるのは、あの兜《かぶと》の御仁《ごじん》の計画に乗るか否《いな》かって話かい？」

「そうだ。成り行きで戻ってきたが、アルデバランの言う通り、挽回《ばんかい》の機会だ。俺はこれをしくじれない」

頷《うなず》いて、ハインケルがその指を通りの彼方《かなた》――否、そのもっとはるか先、帝都の内からその外を覗《のぞ》かせない堅固な城壁へと向ける。

それは帝都決戦においても、反乱軍から市民を守るために機能した星型の城壁であり、

そして――、

「俺たちが落とさなきゃならない五つの頂点、その内の一個だ」

重く強張《こわば》った声で、ハインケルが作戦目標を口にする。

あの鉄兜の男、アルと呼ばれた人物が語った付けておくべき『道』――今、帝都にいるロウアンたちのあとに続く、『英雄』のための伏線だった。

現状、この通りには生者はロウアンとハインケルの二人しかおらず、幸いにして死者は一人も見当たらない。セシルスとグルービー、それにアルとは別行動中だ。

彼らはいずれも、帝都を守護する堅固な防壁に穴を開けるために動いている。

ロウアンとハインケル、それにグルービーの三人が帝都へ乗り込んだ方法はかなり横紙破りな手段だったので、他のものが真似《まね》をするのは難しかろう。となれば、通り道を作らなければならないというのは理に適《かな》った提案だった。

それで、縮んでもやかましい息子とも別れ、中年二人の気楽な旅路――とはいかないのが目の前のハインケルの熱のこもりよう。どうしたものかとロウアンは頬《ほお》を掻《か》く。

そのロウアンの心情を余所《よそ》に、ハインケルは舌打ちすると、

「正直言って、お前の息子が言ってた伏線って意味はわからないが……」

「まぁ、あれの言《い》いよう喋《しゃべ》りように関しちゃあまり気にせんことでござんす。ともあれ、あの城壁が活きてちゃあとが続かんでしょうよってのは間違いねえでござんしょう」

「それがわかってるなら……！」

「──なんでまた、某《それがし》は乗るや否《いな》やで否やの方を選ぶのか」

歯を剥《む》いて怒鳴ろうとしたハインケル、その言葉を遮ってロウアンが肩をすくめる。

鼻白んだ彼の顔は傑作で、それを肴《さかな》に酒が旨《うま》いと言いたいところだが、あまり酒が進みすぎるのもよろしくない。またそこらで酒を都合するのは手間だし、目の前の男が迂闊《うかつ》に剣を抜かないとも限らない。

「いや、某相手じゃ赤毛のは剣は抜けねえか」

「──っ」

「ああ、ああ、別に恥に思う必要はねえでござんす。少なくとも、某は誰彼構わず刀が抜けりゃぁ勇敢だとは思わん性質《たち》……怖い怖くないのはちとわからんでござんすが」

とんとんと自分のこめかみを指で叩《たた》いて、酩酊《めいてい》とは無関係の欠陥に触れる。

それを聞いたハインケルが目を丸くするのを見ながら、ロウアンは城壁の方を見て、

「某が兜《かぶと》の御仁《ごじん》の話に乗れねえのは至極単純……兜の御仁の目的は、帝都を死人共から取り返すことでござんしょう？　某はそれ、別に望んじゃいねえんで」

だから、帝都の防備を抜くという計画にも協力する理由がない。

それがロウアンの正直な心情だが、なおもハインケルは目を白黒させている。わりと明快に答えは告げたつもりだがと、ロウアンは首を傾《かし》げた。

「それは、つまり、お前は屍人《しびと》連中に味方するってのか？」

「なんでそうなる？　そりゃまた話が違《ちげ》ぇでござんしょう。某は、屍人が暴れて国が荒れ

てる。そんな状況が都合がいいってだけで、屍人の味方なんざしねえでがしょ」

「……ダメだ、お前が何を考えてるのかちっともわからねえ。そもそも」

「うん？」

「お前がその気じゃなくても、お前の息子は……『青き雷光』はやる気だ。それをみすみす見過ごすってのかよ」

口元に手をやり、無理やり口に詰め込まれる情報を噛《か》み砕《くだ》こうとしているハインケル。

彼が次いで出してきた話は、しかしそれもロウアン的には見当違い。

セシルスが、アルの計画に乗り気なのは確かにそうだが。

「某は某、息子は息子、それだけの話でござんす。それに」

「それに？」

「今のセシルスじゃぁ、『天剣』の頂はまたはるか遠くでござんしょう。縮むと剣の腕も鈍くなる。あれじゃ某を斬《き》ったときの約束も果たせねえ」

軽く自分の胸元を撫《な》でて、ロウアンはそこに刻まれた刀傷を回想する。

苦々しく、グルービーの語っていた『皇帝暗殺未遂』の一件。ロウアンの立場はセシルスにやらせようとした側なので、暗殺教唆といったところか。いずれにせよ未遂に終わった一件、その咎《とが》として浴びせられた一太刀は、今も刹那《せつな》の灼熱《しゃくねつ》を忘れさせない。

と、そこまで考えたところで、ふとロウアンは首をひねった。

「しかし、赤毛の、ずいぶんと某と息子の話に食いつくもんでござんすなぁ。考えてみると、赤毛のが一番反応が深かった。――何かあると？」

縮んだセシルスがセシルスであることと、ロウアンがその大小どちらのセシルスの父親でもあることに、ハインケルの反応は重たく鈍いものだった。

その真意をロウアンが問い返すと、思いがけない答えが返ってきた。

それは――、

「……俺は、ハインケル・アストレアだ」

「アストレア……アストレア、アストレア、アストレア……おお、おおおお！」

十二分にもったいぶって、名乗ったハインケルにロウアンが瞠目《どうもく》する。

最初、聞こえた響きを舌に乗せ、何度か反芻《はんすう》するまで確信が脳に沁《し》みなかった。だがしかし、それがはっきりと浸透すると、途端にその意味に血が沸き立つ。

「ということは、赤毛の！　お前さん、『剣聖』の家系でござんすか！」

ルグニカ王国のアストレア家、それは親竜王国ルグニカで最強の称号であり、あるいは王国のみならず、四大国全土を見渡して最強とさえ噂《うわさ》される存在。

特筆して、今代の『剣聖』であるラインハルト・ヴァン・アストレアの存在は、これまで代を重ねてきたアストレア家の中でも別格であると聞く。

「まさかまさか、赤毛の！　名をハインケルと偽った今代の『剣聖』じゃありますまい？　ということは、親類縁者……いいや、息子か！　息子がラインハルト！　『剣聖』の父！　これはこれは意表を突かれた！　なんと奇々怪々な縁にござんしょうか！」

ラインハルトはセシルスと同年代――元のセシルスと同年代と聞く。

そうなると、ロウアンと似た年代のハインケルも、ラインハルトとの関係性はおおよそ察しがついた。と同時に、ハインケルの苦虫を噛《か》み潰《つぶ》したような表情も理解に及ぶ。

「そんなことより、『天剣』へ至った一族の末裔《まつえい》ということでござんしょう？」

ロウアンとハインケルは、『青き雷光』と『剣聖』の父親同士――。

「……あ？」

「初代『剣聖』、レイド・アストレアの芳名は記憶と耳に違《たが》わず！　とならば、同じ剣士として、目指すべき頂の到達者への敬意はござんす」

アストレア家の特別性の証明である『剣聖』の称号、その初代にして、『天剣』という概念へ初めて到達したとされる全《すべ》ての剣士の頂点にして超越者。

そう思った途端、ハインケルへのこれまでの態度が無礼なそれに思えて詫《わ》びたくなる。

『天剣』の到達者の末裔に、なんと無礼な真似《まね》をしたものか。

「すまなんだ、赤毛の。これまでの非礼をお詫びする。よもや、『天剣』へ至ったレイド・アストレアの末裔が、ここまで落ちぶれたとは思いもよらず」

「――――」

「赤毛の？」

腰の刀に手を当てて、深くお辞儀したロウアンにハインケルの返事はない。

それを訝《いぶか》しんで上目に見れば、ハインケルは自分の顔を掌《てのひら》で覆い、首を横に振った。そ

れから彼は長く、やり切れない風な息をこぼし、

「……わかった。もうわかったよ。お前とは、お前とも、根っこのところで違うんだ」

「何が何やらでござんすが、あまり気を落とさねえこった。某《それがし》は某、息子は息子。でもって赤毛のは赤毛のだ。どうあろうと、鋼を通す以外じゃ深くは斬《き》り込めねえ」

「──あそこで、俺が死なずに済んだのはお前のおかげだ。それだけは、感謝しとく」

それ以上のやり取りを拒むように、ハインケルがロウアンに背を向けた。

少し、その律儀な背中に斬り込みたい欲求が首をもたげたが、ハインケルは命の危機なら武器が抜けるという手合いでもないので、無為な殺生はやめておいた。

得るもののない殺生は、ただ鋼を曇らせるだけだ。

ハインケルはそのまま、指示された頂点へ向かい、妨害工作に勤《いそ》しむのだろう。

そこにもしも手練《てだ》れがいれば、自分が動けなくなることが算段に入っているのか不明だが、それでロウアンを当てにしていたのだとしたら申し訳なかった。

だが、ロウアンにはロウアンの目的があり、それはハインケルとの関係性が優先するものでは微塵《みじん》もない。

なので、酒飲み仲間と別れるのは寂しいが、ここでいったんお別れよと──、

「息子もほったらかして、何がしたいんだ、お前」

駆け出そうとする手前、背を向けたままのハインケルの声に苦笑する。

顔や目つきもそうだが、女々しさを引きずる御仁《ごじん》という印象を裏切らなすぎる。ともあ

れ、その問いかけにロウアンは迷いなく、胸の刀傷を叩《たた》くと、

「もちろん、某自身の悲願のために。――赤毛の、お前さんと同じでござんす」

息子をほったらかしてというのなら、そこの部分も同じだろう。

それに、ハインケルがどんな反応をしたのか、一切合切に興味なく、ロウアンは自分の目的に向かい、生者皆無の帝都を軽快に走り出した。

3

――さて、ロウアン・セグムントは『星詠み』である。

その彼の名誉に誓っていうが、ロウアンにも『星詠み』となる以前の、授けられた天命の成就に無我夢中になる前の人格が、望みが、人生があった。

無論、『星詠み』の大半がそうであるように、ロウアンも天命を授けられ、『星詠み』の一人となった時点でそれまでと違う生き方を強制された。だが、周りにはそのロウアンの変化は目立って感じられなかった。

何故《なぜ》なら、天命を授かる以前から、ロウアン・セグムントの悲願は『天剣』への到達であり、そのためにできることには血道を上げて取り組んでいたからだ。

ロウアンと同じく、技を究めんとした強者を、村を襲った恐るべき魔獣を、魔獣に滅ぼされかけた村の人間を、他者を虐げる悪漢を、他者に施す聖人を、とにかく片っ端から鋼

を鍛える足しになればと斬《き》りまくったが、あまり成果は挙がらなかった。

様々な流派に学び、技術を習得しては流派の長を斬り、自分の中で吸収した多くの技法を統合しようともしたが、己の技の均衡が崩れるだけとわかってそれも捨てた。

文字通り、血道を歩いて歩いて歩いて、それでも至れぬ『天剣』への道と、そう心から渇望し、いっそ自らの命を絶とうとさえ考えた——そのときだ。

ロウアンが天命を授かり、『星詠み』となったのはそのときだった。

何をしようとも『天剣』へ至るべしと、そう宿命づけられたロウアンは、自らが『天剣』へ至るのではなく、『天剣』へ到達する存在を作り出すための試行錯誤に追われた。

だが、正解はわからない。基本的に、ロウアンのやり方はいつも同じだ。

とりあえず、片っ端からやれることをやってみるしかない。才あるものを見出《みいだ》し、それを育てて到達させる道はすぐに断念した。

自分でやった方が上手《うま》くやれる。その自分より上手くやれなければ『天剣』なんて夢のまた夢なのだから、そんな儚《はかな》い希望は斬って捨てた方がいい。

そうしているうちに気付いた。

自分が『天剣』へ至るべく見込まれたのは、自分であることの意味があるはずだと。

そう考え、改めて自分で『天剣』を目指そうとしてみたが、闇雲に励んでも至れぬ道と闇雲に人を斬ってから手放した。

そうではない。ロウアン自身が、ではない。——ロウアンの種が、至ればいい。

かくして、ロウアン・セグムントのたゆまぬ努力により、セシルス・セグムントという『天剣』へ至る器が誕生し、ロウアンは役目を全うした。

産湯に浸《つ》かり、自分の首に押し当てられた白刃を見ながらキャッキャと笑った我が子を見て、ロウアンは長く長く、自分を雁字搦《がんじがら》めにした縛《いまし》めから解き放たれた。

『星詠み』は、その天命の成就を見届けたとき、与えられた役割から解放される。

そうしたあとに精神を支配するのは、直前まで何の理由もなく、信念や信条さえも捻《ね》じ曲《ま》げて平然と従えていた価値観が、まるで理解できなくなるそれだ。

当然、ロウアンにも同じことが起こった。

天命を果たすために、『天剣』へ至る才能を持った我が子を作ろうと必死になって、そうした果てに生まれた子どもを見て、やり遂げたと思った瞬間、どうでもよくなった。

結果、残されたのは『天剣』へ至る可能性を認められた息子と、自分が『天剣』へ至るという目的を見失い、他者のために全盛期を費やした己だった。

その、あまりにも耐え難《がた》い事実の前に、ロウアンは今度こそ、かつて実行できなかった自ら命を絶つ決断へと向かいかけた。

だが――、

「あー」

命を脅かす白刃を笑い、『天剣』へ至る道を歩むと生まれながらに約束された息子が、絶望するロウアンの指を握ったとき、その考えは跡形もなく消し飛んだ。

その弱々しい命がロウアンにもたらした衝撃は、これまでに数多《あまた》の命を斬《き》り捨て、湖ができるほどの血を浴びてきた彼にも計り知れないものだった。

気付いたのだ。

今は、箸の一本も持てないような弱々しい存在が、いずれは『天剣』へ辿《たど》り着《つ》くために相応《ふさわ》しい剣力を得ることになる。ならば、全盛期を過ぎて衰えていく一方と己の先行きを決め付ける理由がどこにあろうか。

赤子が『天剣』へ至るなら、老いた剣士にも道は残されている。

故《ゆえ》に、ロウアンは道を閉ざす悲嘆を忘れ、自らの望みに邁進《まいしん》すると改めて誓った。

天命を授かり、天命を成し遂げ、『天剣』へ至る我が子を世に誕生させ、『星詠み』である役目から解放されたロウアン・セグムント。

——彼は今も、自分が『天剣』へ至るための道を諦めず、進み続けている。

4

ハインケルと別れ、軽快に走るロウアンの足は帝都の北側へ向かう。

進路の先にあるのは帝都で最も目立つ建物である水晶宮であり、そこが現在、屍人《しびと》たちの拠点と化していることは疑う余地もない。

おそらくは、グルービーやアルが問題としている死者を蘇《よみがえ》らせる首魁《しゅかい》、それも城にいるのだろうが、それはロウアンの足を止める理由にはならなかった。

城へ突入し、誰よりも早く敵の首魁の首を落とす――などと、事態を収拾するために水晶宮を目指しているわけではないことは明言しよう。

ハインケルへ告げた言葉は一切嘘《うそ》偽りなく、ロウアンは帝国が救われようと救われまいと至極どうでもいい。混乱と災いは大きい方が良い、ぐらいの認識だ。

そのロウアンが一心不乱に、水晶宮へと急ぐのにはわけがある。

それはもちろん、実の子であるセシルス・セグムントが理由だった。ただし、セシルスが理由と言っても、親子の愛や情の話ではない。

「あのすっとこどっこいめ、『夢剣』と『邪剣』を手放すなんてとんでもねえこった」

歯を噛《か》むロウアンの脳裏、思い描くのは凄《すさ》まじい力を秘めた二振りの刀――世に魔剣や聖剣の類《たぐい》は数あれど、真に力のある刀剣はたったの十本。

その内の二本がセシルスの愛刀であり、縮んだ挙句に手放している『夢剣』マサユメと『邪剣』ムラサメだった。

まかり間違っても、あの二本の刀はなくされては困る。

『天剣』へ至るには、当人の剣才と剣技の冴《さ》えは言わずもがなだが、それらを本物と世界に証明するための鋼もまた相応しいものを譲れない。

マサユメとムラサメは、まさしくそれに相応しい二振りなのだ。

「あれがいつ元に戻るか知れねえが、刀なしじゃ格好がつかぬでござんしょうに」

縮んだセシルスが元の大きさに戻ったとき、刀がなくてはお話にならない。

あるいはこの大きな大きな災いのひと時に、セシルスは『天剣』へ至るかもしれない。

そうなったとき、セシルスに刀がなかったらとんでもないことだ。

――たとえ『天剣』へ至ろうと、万全の刀を持たないセシルスを斬《き》ったところで、ロウアンが『天剣』へ至ったという証明にはならない。

その証明のためにも、セシルスには刀を取り戻してもらわなくては。

「あの野郎、縮んで父親との約束も忘れちまうたぁふてえ野郎でござんす」

かつて、ロウアンとセシルスの親子の間で交わされた約束。

ロウアンがセシルスを『天剣』へ至らせるため、手っ取り早く帝国全土を敵に回させようとしたとき、あろうことかセシルスは「雑な悪役っぽい」という理由でそれを拒否し、ヴィンセントの側についてロウアンを斬り捨てようとした。

そのとき、ロウアンはセシルスに己を見逃させるため、約束をしたのだ。

いずれ、セシルスが『天剣』へ至ったとき、必ずロウアンが斬りにいくと。

セシルスはそれを了承し、重傷のロウアンを川に落として逃がした。死にかけはしたが生き延びて、ロウアンは技を磨きながらそのときを待った。

そして、それが目前へと迫ろうとしている。

「場所が変わってねえのなら――」

セシルスは『壱《いち》』の座にありながら、その報酬のほとんどを刀剣に費やしていた。

そのため、一将に相応《ふさわ》しい屋敷などは持たず、水晶宮の北の野っ原に小屋を建て、そこで過ごすという生活を送っていた。それが変わっていないなら、『夢剣』と『邪剣』の二振りはその小屋に仕舞《しま》われている可能性が高い。

それを回収し、セシルスへ届けるためにロウアンは水晶宮の奥地へ――、

「――ッ」

屍人《しびと》の目を掻《か》い潜《くぐ》り、水晶宮を素通りして、破壊された止水壁の足下まで向かおうとしたところで、不意の気配にロウアンは大きく横へ飛んだ。

そして、それで正解だった。

――凄《すさ》まじい衝撃が真上から墜落し、猛烈な破壊力が大通りを丸く陥没させる。

通りに面した水晶宮の周辺を囲った壁が歪《ゆが》んで崩壊し、爆発のように広がった噴煙が視界を埋め尽くして、ロウアンは舌打ちと共に刀を鞘走《さやばし》らせた。

彼方《かなた》へ斬撃を飛ばす雲切の要領で噴煙を断てば、その向こうに衝撃の主が見える。

それは細身の、長身の一人の女だった。

白い髪を長く伸ばし、青いドレスに身を包んだ流麗な立ち姿の女。美醜の観点にはとんと疎いが、そんなロウアンの価値観でも美しいと評せるしなやかな体躯《たいく》。

その切れ長な青い瞳《ひとみ》は悲嘆の色を宿しており、ロウアンはそれを訝《いぶか》しむ。

屍人たちと違い、黒い眼《め》に金色の瞳を浮かべたものではない。白い肌には血が通い、こちらを見据える女の瞳はおそらく生者のそれだ。

しかし、ここは死者の城、屍人《しびと》の都であり、その振る舞いは生者の敵のはず。

「そちらさんは――」

「――アイリス」

「……いきなり名乗られるとは思わなんだ」

刀を腰溜《こしだ》めに構えたまま、ロウアンは唇を舌で湿らせ、目を細めた。

女だが、それは侮る理由にはならない。何より、纏《まと》った空気が信じ難《がた》い強者のそれ。その力を前向きに振るう表情ではないが、それもロウアンとしては些事《さじ》。

その些事に殊の外拘《こだわ》るような表情で、アイリスと名乗った女が、その白髪の中に埋もれた狐《きつね》の耳を震わせて、

「お帰りなんし。わっちの目の届くうちは、誰も死ぬ必要はありんせん」

「それはそれは、ごめんなすって」

切実に訴えてくる女――アイリスの前で片目をつむり、ロウアンは刀を握り直す。

相手の思惑がどうあろうと、それがこちらの道を阻むものなら致し方なし。何より、これほどの強者を前に退《ひ》くなど、一剣士としてありえぬこと。

すなわち――、

「――『天剣』への道、未《いま》だ険しけり。そちらさんを斬《き》って、先へ進ませてもらうでござんす」

第四章　『笑う埒外《らちがい》』

1

――セシルス・セグムントは『星詠み』である。

それはヴォラキア帝国の役職として、ヴィンセント・ヴォラキアが初めて彼らの一人であるウビルクを重用したこととは別の、本来の意味での『星詠み』――天命を授かり、その至上の命題を成し遂げるためにあらゆる物事をなげうつ存在のことだ。

『星詠み』となり、天命を授かったものへの強制力は強い。

『星詠み』の多くは、天命にそれまでの人生を捻《ね》じ曲《ま》げられ、生き方の方針転換を余儀なくされる。そして、それを悲劇だとも思わない。

それがたとえ、周囲から見てどれだけ異常や不憫《ふびん》に思えても、そうなのだ。

そうした『星詠み』の中で、ロウアン・セグムントは唯一、例外だった。

彼が授かった天命は、元より彼が目指していた大望と道を重ねており、当人はともかく周囲には生き方を捻じ曲げられたように思われなかったからだ。

彼が自らの悲願と授かった天命、その二つにどう折り合いをつけ、現在の己の信義を確立したかはすでに述べた通りなので割愛する。

ここで語るべきは、ロウアン・セグムントが授かった天命の果てにこの世に生誕したセシルス・セグムント、彼もまた『星詠み』であるという事実であり——、

『星詠み』の中で、セシルス・セグムントは唯一の、埒外という現実である。

2

びゅうびゅうと吹き付ける風にワソーの裾をなびかせて、セシルスは手で作った庇《ひさし》を額に当てながら遠間の景色を眺めている。

アルの提案した、帝都を取り囲む星型の城壁、その五つの頂点の陥落作戦。

外からの援軍を引き入れるため、屍人《しびと》の堅固な防備に穴を開ける。セシルス的には舞台映えする役者と、自分の活躍を目にする観客が増えるのは大歓迎だ。

これが後々のエキサイティングな展開のための伏線でもあると言われれば、せっせと地味仕事に勤《いそ》しむのも悪くはない。

「とはいえ！　それもあくまでちゃんと後々のご褒美が約束されているからということをお忘れなきよう！」

演劇でも戦争でも、何事にも適材適所というものはある。

この世界は何処《どこ》であろうと、どこもかしこも舞台の上――とセシルスの哲学を語り出すと長くなるが、人には向き不向きというものがあり、セシルスは細かな作業も地道な積み重ねも得手不得手のどちらかと言えば超ミスキャスティングだ。

観客の目を惹《ひ》く舞台の中核、花形役者に黒子のような覆いを被《かぶ》せて作業をさせようなどと、舞台の演出としては本末転倒もいいところである。

「その点はオーディエンスの皆さんもそう思うでしょう?」

首をひねって空を仰ぎ、セシルスは姿の見えない相手に向かって語りかける。

無論、普通はそんな真似《まね》をしたところで、黒い雲のかかった曇り空が地上の人に答えを返すことなどありえない。――そう、普通なら。

しかし、セシルスは普通ではなく、この世界の花形役者なのだ。

――他のものには聞こえない、観客からの声がセシルスにだけ戻ってくる。

それは囁《ささや》くような大声で、それは厳かすぎるほどに軽率に、それは礼儀の何たるかを知らぬように神々しく、セシルスへと語りかけてくる声だった。

それも――、

『■■■■』『■●■●■●■』『――■■』『●●●●●!!』『■■■■●●■■』『●●■●■■●●』『■■!!』『●●●■■■』『■■■●■●●■■●』『●●■●■●●●■■●――』『●●……■』『●■●■●■●■』

過剰なほどの勢いと熱量で、それはセシルスへと降り注ぐ。

花形役者たるセシルスの語りかけに熱狂し、観客からの懸命なアンサー——否《いな》、違う。

これは今、セシルスの語りかけに用意された答えではない。

これらはセシルスの一挙一動、彼がするあらゆる行為に降り注いでくる声だった。

それはセシルスにとって、物心ついた頃から延々と聞こえ続けているものであり、セシルスの全《すべ》ての言動をああしろこうしろと強制しようとするものであり、そして——、

「ははは、今日も大はしゃぎで大変楽しそうですね！　わかりますわかります。なにせ僕は仕草の端々まで誰かを魅了してやみませんからね！　今後も僕の活躍から一秒たりとも目が離せない展開が続きますので乞うご期待！」

何を言われても欠片《かけら》も耳を貸さないセシルスにとって、ファンからの熱い声援だった。

——前述の通り、セシルス・セグムントは『星詠み』である。

そして『星詠み』とは、その大半——否、例外のような立ち位置にいるロウアン・セグムントですら、授かった天命の成就のために生き方を歪《ゆが》められた。

天命にはそれだけの強制力があり、『星詠み』の人生はそれに支配されるものなのだ。

唯一、埒外《らちがい》の『星詠み』であるセシルス・セグムントを除いては。

「どうもどうも声援ありがとうございます。相変わらず何を言っているのかは全然さっぱりわかりませんし聞く耳も持ちませんがご安心を！　予想は裏切る！　期待には応える！

それこそが花形役者たる僕の生き様ですからね！」

「──おう、クソ馬鹿。騒いでんじゃねえ、見つかったらクソ面倒だろうが」

いつも通りに観客の熱量だけ受け取ってあとは聞き流していたセシルスは、背後からやってくる髭犬人《はいえなびと》──グルービーの声かけに「おっとっと」と振り向く。

腰に手を当てたグルービーの警戒を宿した眼差《まなざ》し、それにセシルスは惚《ほ》れ惚《ぼ》れする。

まず、見た目に愛嬌《あいきょう》と華がある。実力もセシルスが孤島からこっち、しばらく見てきた色々なものたちの中でも五指に入るだろう腕前だ。きっとバトルが映えるだろう。

「惜しむらくは言葉遣いに少々難がある点でしょうか。あまり汚い言葉を連発していると品位が下がる！　下がるとせっかく腕の立つ御仁《ごじん》でも格というものが保てません。僕と斬《き》って斬られての道を往《ゆ》くなら相手にも相応の格を求めたいですね！」

「クソ馬鹿野郎がクソわけわかんねえこと言い出すな！　第一、誰がてめえと斬って斬られてなんてするかよ！　チシャの野郎がクソ余計な真似《まね》しやがって……」

「おやおや、ちらと聞こえた名前ですね。つれない返事も気掛かりですがここで話題に上がるその方が僕とどんな関わり合いが？」

「縮んで忘れてるてめえにも関係はあんだろ。──てめえを縮めたのが、クソ頭でっかちのチシャなんだからな」

グルービーの返答を聞いて、「んんん」とセシルスは喉を鳴らした。

たびたび言われる縮んだ宣言だが、相変わらずセシルス的にはピンときていない。縮むも縮まぬも、セシルスとしてはこうしてこの場にある自分が全部だ。

もちろん、ちょっと会わない間に老けたロウアンや、今後世界を震撼《しんかん》させるはずの『青き雷光』の異名がすでに知れ渡っている点に説得力を感じなくはないが。

「そのチシャって人が僕を小さくしたってのが何とも眉唾《まゆつば》なんですよねえ」

「あぁ？　人が縮むなんてありえねえとかクソみてえなこと言うのかよ、てめえが？」

「いえいえ違いますす違います。人の想像に限りはなく思い描いたことは実現できる。そうしたフェアなところが僕がこの世界という舞台を気に入っている理由の一個なので人が縮むなんて摩訶不思議《まかふしぎ》もまああるでしょう。僕が信じにくいなぁって思ってるのは至極単純明快なことですよ。——誰が僕のそんな隙を突けます？」

頭の後ろで手を組んだセシルスの問いに、グルービーが神妙な顔をした。

その鼻面に皺《しわ》を寄せた表情すらも愛くるしさがあり、一舞台に一人は欲しい賑《にぎ》やかしと思わされるグルービーだが、彼にも今のセシルスの問いは効いたらしい。

セシルスとて、自分が無敵とも不死身の存在とも思っていない。

心の臓を抉《えぐ》られれば、あるいはこの細い首を断たれれば、この体の内を流れる血が半分近くも流れ出せば、命を落とす。人は死ぬ。

だがそれはそれとして、誰がそんな所業に手をかけられるというのか。

その一点で、グルービーも自分の考えの矛盾に気付けることだろう。たとえ相手が何者だろうと、誰にもセシルスを縮めるようなことはできないのだと——。

「――チシャの野郎が頭ひねったか、てめえがクソ油断でもしたんじゃねえか？」

「あれえ⁉　僕を見てまだその意見が出ます⁉」

「出る。クソみてえに出る」

「当たり前ってことですか！　あはは、汚いけど一本取られた！」

グルービーの物言いに手を叩《たた》いて笑い、いやいや待てとセシルスは首を横に振った。

何たることかと顔を覆いたくなる評価。いやさ、セシルスの実力がわかっていて、グルービーほどの強者までもそんな疑念を捨て切れないとは。

「やっぱり大きい僕なんて大した僕ではありませんね！　そのような体たらくと周囲の評価をいただくような僕には決してなりません！　十年後を見ててください！」

「誰が十年もすくすく付き合えるか！　クソ言ってねえでとっとと元のでかさに戻れ！」

「とっとと戻れと言われましてもあんまり戻りたくありませんし……それにグルービーさんは戻り方がわかるんです？」

「俺は知らねえが、仕掛けたチシャの野郎が知ってんだろ。こういうシノビのやり口ってのは時間か条件付けのクソ制限がある。チシャなら条件付けだろうがよ」

「ほうほう、そのチシャという方はシノビだったわけですか。あの元気なご老人のお知り合いとかお友達とかご血縁ですかね？」

「知らねえし、チシャはシノビじゃねえよ。手口がシノビで……ああ、クソ面倒臭《くせ》え」

ガリガリと頭を掻《か》いて、物知り風な愚痴をこぼすグルービー。

なるほど、何やら様々なことに詳しそうだとセシルスは踏んだが、必要なのはチシャという人物の正体よりも、彼が用意した条件とやらのクリアの方か。

それを聞いたら、「わかるわけねぇだろ」とグルービーは怒りそうな気がする。

「それで僕が戻るための条件ってなんだと思います？」

「俺がわかるわけねぇだろ！」

「ほらぁ」

思った通りとはしゃぐセシルスに、グルービーが「あぁ？」と不機嫌そうに唸《うな》った。

と、そうして二人が話しているところへ――、

「友達同士で会話が弾んでるとこ悪《わり》ぃんだが、お楽しみタイムはいったんそこまでにしてくれねぇ？」

「おや、アルさん」

疲労感の滲《にじ》んだ呆《あき》れ声の主、それはセシルスたちの立つ屋上にやってきたアルだ。

最上階の階段から姿を見せた彼は、その足で階段をタンタンと叩くと、

「頼むぜ、本気で。ちょっと上から眺めてくるってピョンと屋上まで上がられると、こっちは階段使うしかねぇからしんどいんだよ。グルービー、あんたも」

「クソ悪かった。このクソ馬鹿の話に乗せられちまった」

下で待ちぼうけを喰《く》らったアルに、眉間《みけん》に皺《しわ》を寄せたグルービーが素直に謝る。

三人行動の最中《さなか》、通りの向こうが気になると言った彼のため、ちょっと物見と建物に上

がったセシルスだったが、ついつい余所見《よそみ》が過ぎてしまった。

ともあれ――、

「まあまあ、アルさん、そう怒らずに。グルービーさんもこうして耳を萎《しお》れさせて反省していることですし許したくなってきたでしょう？」

「お前がとことんゴーイングマイウェイなキャラなのは今さら引っかからねぇよ。それよりも、眺めてみて何かわかったか？」

「そうですねえ。――やっぱり三番と四番ついでに五番の守りが堅そうですね。ボスたちが撤退しただろう方向を考えれば自然な対策と思いますが」

「その三ヶ所か……」

隻腕の右手で兜《かぶと》の金具を触り、アルがセシルスの返事に考え込む。

セシルスが口にした番号は、帝都を取り囲む星型の城壁の頂点の呼び名だ。

キラキラした城を北端に置いたこの都の入口――最南の頂点を一番、南東が二番、南西が三番、次いで北東が四番と北西が五番という呼び方になっている。

北側と西側、いずれかに該当する三点の守りが鉄壁と言えるほど堅く、逆を言えばそれ以外の二ヶ所は狙い目とも言えるのだが――、

「あえてわかりやすい穴ってのが臭《くせ》ぇな」

「グルービーさんの鼻ってそういう悪巧みの臭いも感じられるんですか？」

「そこまでクソおかしな造りなわけねえだろ！　ただの『将』としての判断だ！　てめえ

も縮んだなんて言い訳しねえで……ああいや、意味ねえわ」

「なんだよ。途中で言わなくなると気になるじゃねぇか」

「元々、このクソ馬鹿は縮んでなくても『将』の仕事なんてしてなかったたって話だ」

苦い顔をしたグルービーの言葉に、セシルスとアルが「あー」と納得。

セシルス的には馬鹿にされた印象もない、単なる事実だ。仮にセシルスが本当に油断の結果縮んだとして、縮む前の自分が誰かを導いたり寄り添ったりしたとは思えない。

なので、グルービーの言い分にも特に異論はなかった。

「でもあからさまだって意見には僕も頷《うなず》けます。だけどそうなるとあれですね。意外というか存外にアルさんも策士じゃありませんか」

「……どういう意味だ？」

「だって一番と二番は落としやすそうに見えて誘いをかけてる罠《わな》……そこに父さんとそのお友達を二人で向かわせたんですから策士ですよ」

この場にいない二人、別行動中のロウアンとハインケルのことを話題にし、セシルスは班分けを提案したアルの方に笑いかける。

そのセシルスの笑顔を前に、アルは静かに息を詰めて黙り込んだ。

現在、セシルスたちは五人のメンバーを三人と二人のチームに分けて、それぞれが五つの頂点を攻略するための作戦行動中だ。

そして、ロウアンとハインケルの二人に南と南東、一番と二番の頂点の攻略を指示したたのがアルであり、彼の思惑は明白だった。

「別に損なっても痛くない間柄と戦力であれば敵の目を引くための捨て石に使う。アルさんはご謙遜されるかもしれませんがやはり策士！」

「……親父《おやじ》さんの使い方に文句があるのか？」

「いいえ？　五人で固まって見せ場が取っ散らかるより演者としてはありがたいですし用兵としては甚だまともな考え方では？　僕が言うのもなんですけど父さんに協調性とか期待しても無駄ですからね！」

「確かにお前が言ってくれるな案件だわ」

協調性に関してはセグムント親子の生まれつきの欠陥と思ってもらうしかない。

いずれにせよ、アルは限られた戦力を有効活用するために頭をひねった。物を考える頭か戦術的直感が働けば、求められる役割が何なのか想像がつきそうなものだが。

ロウアンもハインケルも視野狭窄《きょうさく》に陥っていて、そんな頭は働かなさそうだ。

「五人で一ヶ所ずつ落とすなんてクソ悠長な真似《まね》はできねえんだ。あの赤中年と青中年二人がそこに気付けねえなら、捨て石だろうとクソ仕事を全うしてもらうしかねえ」

「ああ。一ヶ所ででかい騒ぎにして、そこに物量を集められるわけにはいかねぇ」

「それ故《ゆえ》の分散攻撃……とはいえ少々意外でした。ほら、アルさんはハインケルさんとはお仲間みたいな話しぶりでしたから」

「オレは英雄じゃねぇんでな。ちゃんと優先順位はつけられるさ」

どこか自嘲するようなそれは、ハインケルの使い道ではなく、自分の使い方に関するもののようにセシルスは感じた。

その返答にこれといってアルへの印象が変わることはないが——、

「——なるほど。ボスとは違うわけですね」

何となく、思ったことを口にしたセシルスにアルが顔を向けてくる。

鉄兜《てつかぶと》で隠されたアルの表情、しかし、視線の鋭さや熱、込められたものは時に言葉や顔色よりも雄弁に相手の胸の内を語るものだ。

「まぁ、時にそうというだけで今がそうとは限らないわけですが」

「……何を言ってるやらだが、いいよ。確かにオレは兄弟とは違う」

「ん？　違うことそれ自体は当然ですし構わないのでは？　僕はボスよりアルさんの方が手強《てごわ》いと思いますけどね」

何故《なぜ》か自分が劣っている的なニュアンスだったので、セシルスはそう首を傾《かし》げる。

強いと弱い、綺麗《きれい》と汚い、好きと嫌い、それらは同じ月の満ち欠けのようなものだ。一喜一憂の価値はあっても、人生の天秤《てんびん》を傾けるまでの重みはない。

正しいか間違いかすらも、絶対ではない。

「ボスは死に物狂いで泥臭く足掻《あが》きますがそれでも綺麗で舞台映えする方法を選ぶ。翻《ひるがえ》ってアルさんは違う。死に物狂いで泥臭く足掻いた上で汚く誰もが顔を背けたくなる方法だって取れる。優劣ではありません。それがボスとあなたの違いという話です」

「――――」

「ああ、優劣とか違いの話は置いておいてどうありたいかという話ならまた別です。他者の目にどう映りたいかは個々人の突き詰め方次第……排便は汚いものですが僕は排便さえも美しく魅せたいと思っていますからね！」

「今、オレは少し見直そうとしてたぜ……！」

「すみません、グルービーさんの口癖がつい耳に残ってしまっていて」

もっとも、話題の飛び跳ね方はグルービーの影響でも、発言それ自体に嘘《うそ》はない。

汚い見られない顔を背けたいと思われる所業にすら、目を離せないだけの理由を付け加えてこその花形役者、というのがセシルスの持論である。

「で？　うだうだとクソ無駄話は終わったか？　人生相談なんざクソだ。これが片付いたあとで、てめえらの墓でクソ反省会だけしてやるぜ」

「……これだけ言われてりゃ耳にも残るか」

悪罵の絶えないグルービーにアルが肩を落とし、セシルスが「でしょ？」と笑う。

あれこれと不向きな理屈をこねた話をしてしまったが、セシルスとしてはアルの作戦に異論はなく、計画通りにロウアンとハインケルが大変な目に遭っても構わない。

ただ一点だけ、セシルスなりにアルの計画に問題があるかもしれないと思うのは。

「あの超絶自分勝手な父さんがアルさんの言う通りに動いてくれますかねえ？」

と、珍しくセシルスが思ったことを口走らなかったのは、これもまた珍しくセシルスが父であるロウアンの性分に関しては完全に見放しているからだ。

ロウアンはやりたくないことはやらないし、やりたいことは絶対にやる。

それはセシルスにも受け継がれた性分であるが、ロウアンとセシルスは違う。これは先ほどアルに、ボスであるシュバルツとの話をしたのと同じだ。

良《よ》し悪《あ》しの問題ではない。生き方と死に方の話だった。

「それでクソ兜《かぶと》、どっから攻める考えだ？」

「——。さっきの狙撃手がいる三番のエリアは避けたい。だから北側の四番か五番……ちょっとでも薄い可能性って条件なら、北東の四番だ」

「えー！　僕はリベンジしたいんですけど！」

「余裕のねえときにクソみてえなこと言うな！　相手が誰だと思って——」

「ちぇー、わかりましたよぅ」

グルービーに怒鳴られ、セシルスは唇を尖《とが》らせて意見を引っ込める。と、そのセシルスの反応に、拳《こぶし》を振り上げていたグルービーが目を丸くする。

その様子に「なんです？」とセシルスが聞くと、彼は上げた腕を下ろして、

「素直に言うこと聞くのな。てめえ、今より縮む前の方がクソだったぞ」

「ほほう、褒められてる気がしませんね？」

「うるせえ！　時間がクソねえんだ。とっととといくぞ」

顎《あご》をしゃくり、グルービーが件《くだん》の四番頂点の方へと顔を向ける。それに「はいはーい」

とセシルスが続こうとすると、発案者のアルが「いいのか？」と声を発した。

「聞かれたから答えたが、オレよりあんたの方が帝都についちゃ詳しいだろ」

「俺だってクソみてえな提案には頷《うなず》かねえ。てめえの方針に文句はねえよ。……俺もバルロイのクソ馬鹿とはやりたくねえ」

「……元々の仲間か」

「それもあるし、クソ強《つえ》ぇからだよ。野郎とやらせんならモグロだ。絶対負けねえから」

強い、とグルービーが断言する狙撃手の力量。

セシルスもこの帝都で幾度も遭遇しながらも、未《いま》だに姿さえもちゃんと目視できていない相手だ。強いのは間違いない。やはり、先ほど頷いたのは間違いだったか。今からでも駄々《だだ》をこねたら、方針転換に賛同してくれないものだろうか。してくれないか。

「ならせめてチャチャッとサクッと仕掛けましょう。開けた穴を維持するのが目的ではないわけですから時間を後回しにする意味もない」

「気を付けろ。このクソ馬鹿、さっさと片付けてバルロイ探すつもりでいやがるぞ」

「……真打登場が済んだら、ぜひそうしてくれや」

「僕を差し置いて真打とは何たる傲岸《ごうがん》！」

ゆるゆると首を横に振ったアルが諦めたようにこぼすのに、セシルスは憤懣《ふんまん》やる方無しとそう声を張った。

3

四番頂点への道のりは、拍子抜けするほどスムーズだった。

道中、生存者を探す屍人《しびと》を見かけなかったわけではない。だが、こちらの道を阻むなら排除一択の相手も、そうでないなら通りすがりのエキストラに過ぎない。

わざわざ、舞台の賑《にぎ》やかしのための端役に見せ場をくれてやる役者がいるだろうか。

「生憎《あいにく》と観客の興味は有限ですからね。舞台全体のクオリティを底上げする名演を繰り出す脇役がいないとは言いませんが求められているかはまた別の話……とはいえ」

穏当な道行きを堪能しながら、しかしとセシルスは眉《まゆ》を寄せた。

もちろん、余計な手間を省くのは大賛成だし、手間暇をかけて雑兵を処理する演目が望ましいとはセシルスも思わない。

ただ、今のセシルスたちの見え方は、何とも不格好ではあるまいか。

なにせ、セシルスはアルの背中におぶさって、その腹側にはグルービーがしがみついている状態——すなわち、セシルスとグルービーでアルをサンドウィッチだ。

何故《なぜ》、そんな状態になっているかというと、そうしなければアルが頭から被《かぶ》っているマントの範囲からセシルスたちがはみ出してしまうからである。

「でも格好悪い！　こんなの僕の売り出し方じゃありませんよ、グルービーさん！」

「黙ってろ！　気配は隠せてても音も臭いも消えてねえんだ！　周りのクソ共に気付かれ

て囲まれたらクソ面倒だろうが！」

「二人して声がでけぇよ……！　あと揺れるな、転《くる》ぶ……！」

不満不満とアルの肩を揺らすと、同じマントに包まる二人に叱りつけられる。

このグルービーの用意した皮衣はなかなか大した代物だ。聞けば、これを被《かぶ》ると周囲の注意を引かなくなるという優れものであるらしい。ロウアンとハインケル、それにグルービーの三人はこの皮衣を使い、敵の目を掻《か》い潜《くぐ》って帝都に入ったのだそうだ。

実際、人目につかない道を選んでいるとはいえ、三人が一度も屍人《しびと》たちに見つかっていないのには皮衣の効果が大きいのだろう。

「僕たちでこの暑苦しさだというのに父さんたちと三人でどんな風に帝都入りしたのか想像つきませんね。それにしてもこんな摩訶不思議《まかふしぎ》マントをどこで買ったんです？」

「買ってねえ。俺が作ったんだ。クソ馬鹿すぎててめえは忘れてやがるが、てめえの『邪剣』も俺が溶かして刀に打ち直したもんだぞ」

「ほうほう、『邪剣』！　カッコいい名前ですね！　ぜひ見たい知りたい拝みたい！」

「だからてめえのクソ刀なんだよ！」

小さい声で怒鳴るという離れ業を披露するグルービー。

縮んだ縮んでないの論争は置いておいて、彼の語る自分では知らないセシルスの話を聞くのはなかなか興味深い。特に、刀の話は大好物だ。

「しかし刀に打ち直したとは面白い。グルービーさんは刀鍛冶《かたなかじ》なんですか？　『将』もやって鍛冶師もやってとはお忙しい」

「刀専門ってわけじゃねえ。刀も打つし、衣も織るし、魔具もいじる」

「ってことは、この不思議マントも魔具の一種ってわけか」

「いや、こいつはただの人狼《じんろう》の皮だ」

そのグルービーの返答に、セシルスは「ほー」と感心し、アルはギョッとしたように肩を震わせた。セシルスはしげしげと、その皮衣の見てくれを検《あらた》め、

「人狼とは珍しいですね。いるのは知っていますがお目にかかれた例はありませんよ」

「そもそもクソ見つけづれえ奴《やつ》らだからな。地竜とか聖王国のウルハ人みてえに種族全体に加護がかかってる。生きたまま皮を剥《は》ぐと、皮に加護が宿ったままになんだよ。騙《だま》し討《う》ちが得意なクソ共の有効活用だ」

「『雲隠れの加護』か……」

「あぁ？　そりゃまたクソ古臭《ふるくせ》ぇ呼び方知ってやがるもんだ。『騙し討ちの加護』って方が一般的……クソ人狼の話がそもそも一般的じゃねえが」

ぼそっと呟《つぶや》いたアルのそれを聞きつけ、グルービーがそんな知識を披露する。

とかく、帝国では人狼が嫌われていて、それは古い古い物語に由来するものだ。もっとも、史実を元にした物語なので、現実とも深くリンクしている。

セシルス自身は特にこれといって、人狼や狼人《おおかみびと》らへの敵愾心《てきがいしん》はないが――、

「その人狼の皮衣に救われているとは帝国での人狼の扱いを考えると何ともいやはや皮肉

な話ですねえ。皮だけに」

「――――」

「あれえ？　無視？　無視ですか？　わりと上手《うま》いこと言ったと思ったんですが――」

と、皮衣の件に触れたセシルスに、アルとグルービーの二人がすげない反応を返したと思った直後――そうではないと、セシルスも察した。

いつもの如《ごと》く、外野が賑々《にぎにぎ》しかったからではない。

セシルスがべったりとくっついているアルの全身が緊張し、その緊張の理由がセシルスにも滑り込んでくるのを感じたからだ。

それは、縮んでいるか否《いな》かの議論はさておき、薄いセシルスの胸の内を捉えたモノ。

――灰色の茨《いばら》が、セシルスの胸でぐるりと渦を巻いていた。

「もしかしてこれ、お二人にも出てます？」

「……だな。おい、グルービーさんよ。このマントがありゃ見つからねぇはずじゃ……」

「クソが……ッ！　クソふざけた真似《まね》しやがって……！」

どうやらセシルスと同じ状況らしいアルとグルービー、とりわけグルービーの取り乱し方というか、怒りようはかなり大きいものだった。

自信作である皮衣の効果を見抜かれたからか。――否、それはおかしい。

相手がセシルスたちの居場所を特定しているなら、サンドウィッチ状態の三人を長々と放置はしないだろう。無論、茨で警告しているという向きもあるが。

「そうじゃなさそう。その心は？」

「——無差別の範囲攻撃だ。どこのクソ馬鹿だ⁉　こんな馬鹿げた呪術をクソぶちまいてやがるのは……！」

グルービーが激情に喉を震わせ、まだ見ぬ茨《いばら》の主の非常識さを罵った。

その刹那《せつな》、三人の胸元の茨がゆっくりと蠢《うごめ》いて、手をすり抜ける鋭い棘《とげ》が、その呪いの効果を遺憾なく発揮しようとする。

そして——、

「——やっぱり世界は僕がこそこそしているなんてことは認めないというわけですね。さあさ訪れた新たな苦難！　ジャジャンと派手に乗り越えましょう！」

それが心の臓を締め付ける激痛が走る寸前、笑う埒外《らちがい》がこぼした昂《たかぶ》りの一声だった。

4

——ハインケル・アストレアは『星詠み』ですらない。

知っての通り、『剣聖』でもなければ、己の剣力で功績を立てたものが与えられる『ヴァン』の剣名ももらっておらず、ルグニカ王国の近衛騎士団《このえきしだん》副団長の立場もお飾りだ。

およそ、選ばれなければ得られなかったモノに何一つ選ばれなかった男、それがハインケルという人物であり、それはヴォラキア帝国へきても変わらない。

流されるままに戦いに参加し、この世のものとは思えぬ光景に心が折れ、逃げ出した先で命を拾い、そこでまた流されて戻った場所で弱々しい希望に縋《すが》り付《つ》く。

その希望も、ハインケルに捨て石の役割を期待した相手がいいように提示した逃避の道しるべであり、その思惑にすら気付けない思考放棄の末の愚かさ。

——それが故《ゆえ》に、凶気的な理由で戦いの方針に逆らったロウアン・セグムントと違い、自分は真っ当に役割を果たそうとして最悪の貧乏くじを引かされる。

「クソったれ……」

帝都の防衛の要となる城壁の五つの頂点、ロウアンと分担するはずだった南と南東の二点、その両方を一人で担当することになったハインケルは、本来、都への出入りを行うための城門がある第一頂点、それを攻略すべしと南へ向かった。

それは平たく言えば順当な判断であり、奇抜さとは無縁の妥当な選択と言えた。

そして、その順当で妥当な選択の末にハインケルは遭遇する。

『——我、メゾレイア。我が愛《いと》し子《ご》の声に従い、天空よりの風とならん』

その、第一頂点を守護するように翼を広げる白い龍《りゅう》の威容と——。

第五章 『大いなる奴隷』

1

その部屋には、乱雑に宝飾品の類《たぐい》が積み上げられていた。

金や銀がふんだんに使われた細工品や、宝石をちりばめた衣装や髪飾り、様々な逸品が所狭しと並べられ、転がされ、目にやかましい煌《きら》びやかさが散らばった一室。

そんな眩《まばゆ》い部屋の真ん中で、マデリン・エッシャルトは目を覚ました。

「――――」

ボーッと、現実との重なり合いの甘い黄金の瞳《ひとみ》が何度か瞬《まばた》きし、空色の髪から伸びる二本の黒い角を揺すり、小柄な体が立ち上がる。途端、周りにあった宝飾品がぶつかったり転がったり、乱暴に床に散らばるがマデリンは意に介さない。

宝飾品や金銀財宝、そういった煌びやかなものはまあ好きだ。

ニンゲンは弱くて脆《もろ》いわりにやかましくて好きではないが、奴《やつ》らが宝石や黄金を使って作る細工には他に代えられない魅力がある。

ニンゲンに命じられた仕事を果たし、それらを褒賞としてもらうのは悪くない。

それを巣穴に積み上げ、詰め込んで、囲まれながら眠るのはマデリンの安眠に一役買ってくれた。――しかし、宝石も黄金も、心の穴までは埋められない。

「――――」

ふらと、立ち上がった首を巡らせ、マデリンは巣穴の扉を押し開けた。

ここは元々、マデリンが『九神将』になってからしばらく過ごした巣穴とは違い、今回のことがあってから急ごしらえした新しい巣穴だ。

自分の匂いが足りないし、財宝も城の中にあったのを掻《か》き集《あつ》めたものなので、満足感とは程遠いが、ないよりはマシだった。

何より、そうして住み慣れた巣穴を捨ててまで移る理由がここにはある。

それが――、

「――カリヨン」

巣穴から出て通路を渡り、ぬるい風の吹いているバルコニーへ出ると、そこで翼を休めている一頭の飛竜の姿があった。

『――――』

名を呼ばれ、こちらに頭を向ける飛竜――その全身の鱗《うろこ》には痛々しい亀裂が走り、どす黒い眼《め》は金色の瞳を浮かべ、命の抜け落ちた器の在り様をありありと示している。

続々と蘇《よみがえ》るニンゲンたちと同じで、彼方《かなた》から此方へと引き戻された飛竜は少なくない。

ただ、生前は野にあったモノたちとは意思疎通ができないが、目の前の飛竜――カリヨンのような、限られたモノとの間にはそれが成立する。

事実、マデリンの呼びかけに反応したカリヨンは、その場で静かに頭を低くした。

他の死したる飛竜——屍飛竜《しひりゅう》たちは、たとえ相手がマデリンだろうと、それが命あるモノとみなせば容赦なく攻撃を仕掛けてくる。

当然、そんな身の程知らずにかける慈悲はないと、それらを砕くのに躊躇《ちゅうちょ》はないが。

「竜は、お前を砕くのはごめんだっちゃ」

頭を下げたカリヨンの首を撫《な》でて、その冷たさにマデリンは口の端を硬くする。

元々、空を飛び回るために余分な贅肉《ぜいにく》のない飛竜の体は体温が低い。とはいえ、触れた指先に伝わってくる熱は、飾ってあった宝石に触れた冷たさだ。

違うのは宝石と違い、そこに煌《きら》びやかさも美しさも感じられないこと。

それでも、こうしてカリヨンが動いて目の前にいることの尊さには代えられない。

——マデリンにとって、カリヨンは初めて目にしたニンゲンに手懐《てなず》けられた飛竜だ。

現存する最後の竜人《りゅうびと》であるマデリンは、竜殻だったメゾレイアの性質《たち》もあって、生まれた雲海の外と全く触れ合わないで生きてきた。

それこそメゾレイアを除けば、マデリンと接する機会があったのは雲海の周囲を住処《すみか》としていた野生の飛竜たちだけであり、それらにしても竜人に従う存在でしかなかった。

竜人である自分と、飛竜たちとの間にある隔絶した生物の差。

それは本能に根差したものであり、何故《なぜ》とか何のためにとか考える余地のないモノ。あって当然の隔たりに、悲観も疑念も生まれる余地はない。

黄金の美しさを目にしたことのないモノは、黄金の冠を欲しはしないのだ。

しかし、マデリンの雲海の外を知らぬが故《ゆえ》の満たされた日々は、唐突に終わった。

その終わりをもたらしたのが、他ならぬこのカリヨンであり、『雲龍《うんりゆう》』たるメゾレイアの気配に上昇を嫌った愛竜をなだめすかし、雲海の中へ飛び込んだはぐれ者――。

「――竜の良人《おっと》は、バルロイはどこだっちゃ？」

首筋を指でくすぐりながら、マデリンがカリヨンにそう問いかける。

口にした名前はカリヨンにとっても馴染《なじ》み深《ぶか》いもので、音を舌の上に乗せたマデリンの胸にも遅効性の毒のようにじくじくと染み渡る。

この、魂さえも蝕《むしば》むような毒の痛みが、マデリンが雲海を飛び出し、ニンゲン共の生きる地上へまで降り立った理由でもあった。

だが、今はこの毒の痛みは、それまでとは違ったものになりかけていて。

『――――』

胸の内で毒の痛みを味わうマデリン。そのマデリンの傍《かたわ》ら、撫でられていたカリヨンがゆっくりと首を持ち上げ、小さく喉を鳴らした。

その仕草と鳴き声が背後を示していると気付き、マデリンが振り返る。

すると、バルコニーと繋《つな》がる通路の向こうから人影がやってきた。その人影はひらひらと手を振り、竜人相手に気安い態度を取ってくる。

「……そんな無礼、お前じゃなかったら竜の牙《きば》で噛《か》み砕《くだ》いてやるところっちゃ」

「そりゃ、あっしじゃなけりゃ尊かれし竜人《りゅうびと》相手にこんな態度は取らんでしょう。と言いたいところでやすが、存外、『将』には無礼者も多いでやしょうからね」

「そうだっちゃ。本当に、ニンゲン共にはうんざりする」

「たはは、返す言葉がありやせんで」

苦笑し、肩をすくめるその人物の仕草に、マデリンは呆《あき》れたように鼻から息を抜く。

だが、その息に隠し難《がた》い感情が混じってしまった気がして、彼女は自分の落ち着かない心を戒め、色づいた吐息を隠すように手を払った。

隠し難い感情――それは目の前の相手に対する、とめどなく溢《あふ》れる熱情だ。

その顔色も瞳《ひとみ》の造りもすっかり違ってしまったとしても、感情に嘘《うそ》はつけない。

屍飛竜《しひりゅう》となったカリヨンにも抱いた尊さを、より一層強く彼には感じてしまう。

「バルロイ、どこにいってたっちゃ？」

すぐ目の前にやってきた彼と半歩距離を詰め、マデリンはそう問《と》い質《ただ》す。

あの、宝物を集めた巣穴でマデリンが眠りについたときは傍《そば》にいたのだ。できれば、目覚めるまでずっと傍にいてほしかった。

そうとは言えないマデリンの問いに、言わなかった心情を察したようにバルロイが「すいやせん」と自分の頭に手をやり、

「どうも、帝都の中をちょろちょろと鼠《ねずみ》が走り回ってるようでして。目に引っかかったと

パラディオ閣下がうるさくされるんで、ちょいと偵察と報告に」

「鼠……ちゃんと殺したっちゃ？」

「いやあ、これがしぶとい鼠でやして。取り逃がしたと話したら、そりゃもうパラディオ閣下がカンカンもカンカンで、絞られてたとこでさぁ」

ゆるゆると首を横に振ったバルロイ、彼の言葉にマデリンの瞳の瞳孔が細まる。

彼が口にしたパラディオというのは、確か蘇《よみがえ》ったヴォラキア皇族の一人だったはずだ。兄弟姉妹で殺し合いをするヴォラキアの慣習、それに勝ち抜いて皇帝になったヴィンセントに負けて、その後に蘇った魔眼族の男――。

「竜の良人《おっと》を困らせるなら、竜がこの手で引き裂いてやってもいい」

「おっかねえこと言いなさんな。たとえ一度は死んだとてヴォラキアの皇族……蘇りの中にゃぁ無条件に従ってる連中も少なくありやせん。その連中も敵に回しやす」

「――ッ、竜とバルロイが死したモノ共に負けるというっちゃ⁉」

だとしたら、それは大いなる勘違いだ。

協力したマデリンとバルロイの前に、屍人《しびと》たちが勝てる道理などない。自分たちの邪魔をするというなら、そんな連中は根こそぎに打ち砕いてしまえばいいのだ。

そう声を荒らげるマデリン、しかし、その細い肩をバルロイがそっと押さえ、

「違いやすよ。あっしらが勝つとか負けるとか以前の問題じゃありやせんか」

「何が……」

「わかるでやしょう。あっしら骸《むくろ》の自由は、あの『魔女』に握られちまってんですから」

「――ッ」

　窘《たしな》めるようなバルロイの発言に、マデリンは強く奥歯を噛《か》んで押し黙った。

『魔女』とは、この帝都を屍人《しびと》だらけに変えた張本人であり、今、こうやってバルロイやカリヨンがマデリンの前に立っている理由を作った存在だ。

　不自然な、メゾレイアの竜殻と似たような体の造りをした『魔女』は、竜人《りゅうびと》であるマデリンでも知らないオド・ラグナの神秘に触れている。

　だからこそ、これだけ大勢の魂を呼び戻し、生前の状態で再現できている。

　ただ一方で、『魔女』が気紛《きまぐ》れにその奇跡を中断すれば――、

「マデリンの言う通り、戦えばあっしらは大抵の連中には勝てるでやしょう。けど、たった二人と一頭のあっしらと、数百数千を言いなりにできるパラディオ閣下。『魔女』がどっちを重宝するかはわかりませんで」

「竜たちより、ニンゲン共を選ぶ？」

「わかりやせん。なにせ、『魔女』の御大層《ごたいそう》な望みが何なのか誰もわかりやせんからね」

　歯痒《はがゆ》さしかないが、バルロイの答えには一理も二理もあった。

　いったい、何を考えているのかわからない『魔女』は、自分に協力するならばとマデリンを占拠した水晶宮に置いている。相手に顎《あご》で使われるのは腹立たしいが、そもそも地上へ降り立ち、ベルステツの提案を受けた時点でその屈辱は呑《の》み込《こ》んだ。

呑み込み難《がた》いのは、相手の思惑がわからぬこと、それ一点だ。

「――――」

バルロイの言う通り、『魔女』の目的がわからない間は、マデリンは延々と喉元に刃《やいば》の先を突き立てられた状態に等しい。

それがなければ、バルロイだってこんな状況に甘んじなどせず、マデリンと一緒に雲海の彼方《かなた》へ逃れ、約束の婚儀を誓ってくれるはずだ。

そう、果たされなかった約束を――。

「やっとまた、こうして会えたっちゃ」

「……マデリン」

込み上げる衝動のままに、マデリンはすぐ目の前のバルロイの体に抱き着いた。

小柄なマデリンよりもずっと身長の高いバルロイ、彼に体を預けると、マデリンの黒い角がちょうど彼の首に刺さりそうになる。それを器用に躱《かわ》し、マデリンの背中をポンポンと叩《たた》くバルロイ。

その仕草に、一度、感極まったマデリンの抱擁で思い切り角が突き刺さり、バルロイが大量出血する大惨事になったのが思い出され、瞳《ひとみ》が潤んだ。

抱き着いた彼の体は冷たく、触れ合った肌に柔らかみはない。

マデリンの髪と同じ色だった空色の瞳は、やはり熱を感じさせない黒い眼《め》に金色を浮かべたものとなっていて、その心情を見てくれからは容易にわからなくさせていた。

それでも、思い出を共有している。それでも、願いを知ってくれている。

落命し、死に別れ、今再び触れ合う体には血も熱も通っていない。だからどうした。

「バルロイがいる。……竜は、それ以上を望まないっちゃ」

生き死にには関係ない。

死者が必ずしも土の下にいなければならないわけではない。まかり間違って、土の上へと死者が溢《あふ》れたなら、その中に大切なものがいたのであれば、誰がこのおぞましき奇跡を否定し、過ちだと断ずる資格を持つというのか。

この竜人《りゅうびと》たるマデリン・エッシャルトの前で、如何《いか》なるモノがそう語るのか。

「──きた」

愛《いと》しい相手の胸に顔をうずめ、冷たい逢瀬《おうせ》を堪能していたマデリンが低く唸《うな》る。

その声音の示すところを察し、優しく背を叩《たた》いていたバルロイが手を止めて、その視線をバルコニーの外──はるか遠く、帝都の南へ向けた。

引っかかったのだ。マデリンの感覚──否《いな》、竜殻であるメゾレイアの感覚に。

何がこようと、マデリンはそこを守護するよう命じられている。

重ねて言う。業腹ではある。だが、マデリンは迷わない。欲しいものは、ここにある。

「いってくるっちゃ。バルロイ、今度は──」

「わかってやすよ。お呼びのかからない間は、傍《そば》にいやす」

「──それでこそ、竜の良人《おっと》だっちゃ」

絶対に離れないだとか、ずっと傍《そば》にいるだとか、できないことは言わない。

飄々《ひょうひょう》と、自分の手の届く範囲のことを弁《わきま》えているバルロイだから、マデリンは過剰な期待も失望もなく、ありのままの彼を愛せたのだ。

それを改めて確かめて——ふっと、マデリンの体から力が抜ける。

「——」

ぐったりと、四肢をだらんとさせてその場に崩れるマデリン。彼女の体をとっさに引き寄せて、バルロイはその小柄さからは想像できない体重をしっかり支える。

そうして、意識をなくした——否《いな》、意識を戻したマデリンを抱き上げた。

『——』

「わかってやすよ。ちゃんと、優しく運びやすって」

小さく唸《うな》る愛竜は、ぐったりとしたマデリンの身を案じている。

そのカリヨンの鳴き声に頷《うなず》いて、バルロイは今一度、帝都の様子に目を向けて、

「たとえ死んでても、また会える。それ以上は望まない。あっしもおんなじでさぁ、マデリン。——また、会えさえすれば」

2

——戦いは一方的に始まり、一方的に終わった。

そもそも戦いとは戦意のあるもの同士が、その戦意の尽きぬ限りの全霊でぶつかり合うことを『戦い』と呼ぶのだ。

その定義に倣えば、一瞬で片方の戦意が尽きたそれは『戦い』ではなかった。

『――――』

それは、脅威とは呼べないほどか弱いモノだった。

かといって、敵意や害意を抱いてやってくるモノを、他になんと呼べばいいのか適当な言葉が見当たらない。取るに足らない脅威、というのが最も適切な表現だ。

実際、取るに足らない脅威は、通りを箒《ほうき》で払うように尾を振るっただけで木の葉のように吹っ飛んで、周囲の建物を巻き添えに粉塵《ふんじん》の中に埋まった。

呆気《あっけ》ない結果ではあった。が、殊更《ことさら》に嘆くことでも憐《あわ》れむものでもない。

それが龍《りゅう》とニンゲンと、生き物として比べ物にならない存在としての隔たりなのだ。

文字通り、存在の質から違っている龍と相対すれば、ニンゲンは容易《たやす》く塵《ちり》と化す。

何故《なぜ》か極々稀《まれ》に、そうはならない突出したモノたちがいることは認めざるを得ないが、それはニンゲンという種の中に出現した突然変異であって、有体に言えばニンゲンではない別の何かであるのだ。

その別の何かであろうと、究極的には龍には生き物として遠く及ばない。

いずれ確かな形で証明しなければならない事実を、取るに足らない脅威を退けたところで改めて強く、こうあるべきだと認識し直す。

そうした意味では、この取るに足らない脅威にも存在した価値があった。『雲龍《うんりゅう》』メゾレイアの強大さを、改めて『魔女』に知らしめる結果を生んだことと、龍自体に己の存在価値を見つめ直す機会を与えたと——。

「……クソ、ったれ」

不意に、そうこの世を呪うような声が聞こえて、『雲龍』の動きが止まった。

龍は翼をはためかせ、薙《な》ぎ払《はら》った通りに背を向けて城壁へ戻ろうとしていた。如何《いか》なる害意が近付こうと、そこを突破することはできないと結果を示すために。

そうしようとする動きが止まった。してはいけない声がしたから。

『——』

ゆっくりと龍が元の方に向き直れば、ガラガラと音を立てて瓦礫《がれき》の山が崩れた。尾の一撃で崩壊した通りと、うず高く積まれた建物だった残骸の塔、その中からボロボロの状態で這《は》い出《で》てきたのは、赤毛に青い目をした薄汚いニンゲンだった。

取るに足らない脅威と判断し、実際にそうなったニンゲン。

『戦い』の定義に合わせれば、這い出たそれが今一度、腰の剣を引き抜いてこちらへ向けてくるなら、終わったと思われた『戦い』の幕切れがまだだったという話。

しかし、這い出てきたニンゲンの全身には、戦意や覇気など微塵《みじん》もなかった。

「いつも、こうだ……」

粉塵《ふんじん》を肺に入れたのか、咳《せ》き込《こ》みながらニンゲンがぼそぼそとこぼす。

改めて、それは呪うような声だった。それも、龍ではなく、世界を呪っていた。自分の立っている足場を、自分を包んでいる空気を、自分を取り巻く何もかもを、そして何よりもその中心にいる自分自身を、呪っている声だった。

「俺は、肝心のとこで、運に見放されて――」

その恨み節を聞いているのが心底疎ましく、今度は縦に尾をぶち込んだ。

先ほどは通りを一掃する形での巻き添えだったが、今回はよろよろと立ち上がった弱々しい人影へと、『雲龍』の尾をすくい上げるように叩《たた》き込《こ》んだ。

後ろに一回転する尾の打撃を浴びて、直撃されたニンゲンの体が蹴飛ばされた石ころのように吹っ飛び、壁を建物をぶち抜いて、通りを三本も四本も突き抜けていく。

上空から見下ろせば、胸がすくほど整然と並べられた帝都の街並み。

それを吹っ飛ぶ体一個で無秩序に打ち壊していくニンゲンは、その在り方も飛び方も死に方さえも醜く不格好で、龍の神経を満遍なく逆撫《さかな》でした。

こんなモノのために、美しいものが損なわれていくのは腹に据えかねる。

挙句に――、

「――ぅ」

遠く、いくつもの通りを突き抜けていった先で聞こえる呻《うめ》き声《ごえ》。

それがどれだけ甚大な被害を受けていようと、半死半生のかろうじての吐息だろうと、そもそも聞こえることがあってはならない。

龍《りゅう》の尾撃を浴びて、その命が爆《は》ぜない存在など、あってはならない。

「……俺、は」

あっては、ならない。

『お前たち全員、消えてなくなれっちゃぁ——ッッ‼』

膨れ上がり、抑え切れない衝動を息吹に乗せ、白い破滅が『雲龍《うんりゅう》』の、竜殻を纏《まと》ったマデリン・エッシャルトの口から放たれ、取るに足らない脅威であるはずのニンゲンへと降り注ぐ。

これは『戦い』ではない。

一方的な、一方的であるはずな、虐殺の始まりだった。

3

——グルービー・ガムレットは『星詠み』に興味がない。

それは嫌悪や敵愾心《てきがいしん》がもたらす拒絶感ではなく、正しい意味での無関心だった。

そもそも、普通に生きていれば『星詠み』のような世迷言《よまいごと》を並べる輩《やから》と接触する機会は稀《まれ》だ。『将』という立場上、城への出入りを許されたウビルクと出くわすことはあっても、彼は自分の用がある相手以外とは滅多《めった》に話そうとしなかった。

　グルービーも、会議に茶々を入れる彼を黙らせたぐらいしか話した覚えがないほどだ。

　そんな心証の相手であるから、皇帝であるヴィンセントと腹心のチシャが、やけに『星詠み』の動向に注意を向けていたのも理解に苦しむ。宰相のベルステッツが『星詠み』をどう思っていたかは不明だが、グルービーの嗅いだ限り、彼の帝国への忠誠心は本物で、ヴィンセントに抱いている複雑な怒りは判断に影響を与えるものではなかった。

　なので、帝国の首脳陣が各々の態度を決めている以上、関わる機会もないグルービーが『星詠み』に関心を持つ理由自体がなかったのだ。

　それだけに、この帝国の存亡をかけた『大災』との衝突が、事前に『星詠み』の知るところだったとわかれば、その口からは口癖の悪罵が山のように溢《あふ》れただろう。

　だが、少なくともこの場において、グルービーの口から馴染《なじ》み深《ぶか》い悪罵が飛び出した理由は、『星詠み』何某《なにがし》への怒りが理由ではなかった。


「――クソがぁッ！」


　左胸の上に浮かび上がった灰色の茨《いばら》、それを毟《むし》ろうとした指がすり抜けた瞬間、鋭い棘《とげ》に心の臓を貫かれる激痛がグルービーの獣毛を逆立てた。

　体の内側、それも命と直結する急所に鋭利なものを突き立てられる感覚は、歴戦の戦士であろうと表情を歪《ゆが》めずにはおれない痛みだ。

　憎たらしいことに、茨には実像がない。振り払うことができない。

一方的に浴びせられる痛みにギリギリと奥歯を噛《か》み、グルービーはすぐ傍《かたわ》ら――自分が腰にしがみついている鉄兜《てつかぶと》の男を見る。

当然、グルービーと同じ呪縛を受け、彼もまた痛みに身悶《みもだ》えしていたが――、

「クソが、下がんだよ！　状況がもっとクソ悪くなる！」

「下がれって……ぐおっ！」

反応の悪い相手、アルの土手っ腹をぶん殴り、強引にその体を後ろへ下がらせた。

呻《うめ》く彼が後ろ向きに通りに倒れると、グルービーはその体を引っ掴《つか》み、すぐ脇にある建物の陰へと素早く引っ込む。

無差別の範囲攻撃だ。こうして通りに潜む意味は気休めでしかないが。

「それでもぎゃあぎゃあ騒いでいるところを見られてわらわらと屍人《しびと》が集まってくるのは避けたいところですからね」

「……てめえはクソ茨喰《いばらく》らってねえのか？」

「いいえ？　もらっていますよ。どうせならツタだけでなく花まで付けてくれれば贈り物としては文字通り華があったと思いますが」

グルービーたちと同じ通りに舞い降り、セシルスが左胸を叩《たた》いてそう述べる。

その彼の胸にはグルービーと同じ茨が透けていて、痛みも同じだけあったはず。それでも、彼がグルービーでも眉《まゆ》を顰《ひそ》める痛みにへらへらしているのは――、

「花形役者の振る舞いというのは常に観衆の注目の的なんですよ。これが愛する誰かや大

切な友人を失った上での痛苦に歪《ゆが》めた表情であれば感動も誘いましょう。でもただ自分自身が痛いからと顔を歪めては役者の格が落ちるのみ」

「だから、クソ痛かろうがクソ苦しかろうが顔は負けねえ。それがてめえのクソ馬鹿な心構えってんだろ」

「あれ？　僕この話前にもしましたっけ？」

「してんだよ、クソッ」

首をひねったセシルス、彼の哲学なら聞きたくもないのに嫌というほど聞かされた。

セシルスの戯言《たわごと》に聞く耳を持たないものが多い中、気持ちが引っかかると突っかかってしまうグルービーはたびたび彼に絡まれていた。

彼の哲学を馴染《なじ》み深《ぶか》く覚えているのはそれのせいだ。

もっとも、それを話したことを忘れた今、手足の伸び切る以前からその理論を実践していたとは恐れ入るのを通り越して普通に馬鹿なのが発覚した。

と、そんなグルービーとセシルスがやり取りしていると、

「げほっ……なんだ、茨の痛《いて》ぇのが収まった？」

引きずられた路地で体を起こし、アルが胸の茨を見下ろしながらそう呟《つぶや》く。代わりに彼は殴られた腹の方をさすり、恨めしげな空気をグルービーに向けて、

「殴られた腹の方がよっぽど痛ぇ……どうなってやがる？」

「てめえがとっとと下がらねえのがクソ悪《わり》ぃ！　……茨の方は、たぶん距離だ」

「ほうほう、それはつまりこの茨《いばら》の術者と僕たちとの距離ということですね？　確かに下がった途端に痛みが消えたならそれが道理！　僕たちは引っ付いていたからなおさらわかりやすいですね。最初にお腹側《なか》のグルービーさん、次に挟まれていたアルさん、最後に背中の僕と一秒に満たない時間でも差はありました」

「……でも、茨は消えてねぇ」

スカスカと、不可触の茨に指をすかしながら、アルが苦々しく呟《つぶや》いた。

彼の言う通り、痛みは薄れても肝心の茨は消えていない。痛みというわかりやすい難点が消えても、茨との接点が消えないのは気掛かりだ。大抵の場合、この手の残り続ける呪縛には標的の居所を感知する効果がある。

この茨がある限り、こちらの居所は相手に筒抜けの可能性が高い。

「そうなるとせっかく隠れてもわっと手勢が差し向けられるかもしれませんね。――あまり敵を倒しすぎるのもよくないというのが僕の考えなんですけども」

「さっきも言ってたな。理由は」

「さっきも言いましたが勘です」

「……てめえのクソ勘か」

躊躇《ちゅうちょ》なく閃《ひらめ》きを理由にするセシルスを、グルービーは馬鹿な戯言《たわごと》と笑えない。笑える状況ではないのと、戯言と切り捨てられない実績がある。セシルスとアラキアは一将の中でも完全な直感型だが、それぞれ違った理由で勘所がいい。

グルービーも、この規模の災害を引き起こした相手が、ただの力押しという単調な手を打ってくるとは考えていなかった。

むしろ、相手が力押しだけなら、ヴィンセントやチシャの相手にはならない——。

「——————」

一瞬、ちらとセシルスの横顔を見やり、グルービーは押し黙る。

色々と頭の中を過《よぎ》る考えはあったが、そもそも相手が力押し一辺倒を選択したなら、セシルスやアラキアがいる帝国とぶつかり合うのが誤った考え方だ。

その前提を間違えるような相手など、ヴォラキア帝国の敵にはならない。

無論、こうしてセシルスが縮むところまで相手の狙い通りなら大したものだが、それに関してはグルービー自身の嗅覚が否定する。

セシルスを縮めたのはチシャだ。それはマナの残り香から間違いない。

そして、チシャが帝国を滅ぼす側に加担することはありえない。とはいえ、結局、チシャの思惑を図りかねるのがグルービーとしては据わりが悪くて仕方がないが。

「居場所がバレるってんなら、長々と考えてる暇はねぇ。どうする。全員でつっかけてって、呪ってきてる張本人をとっちめるか？」

「ええ。それが最速の解決策！　と言いたいところですが先ほどのグルービーさんの見立てだと呪いの効力は距離と関係しているということでした。ということは離れて痛みが遠のいたわけですから相手にギュギュっと近付くと……」

「今度はあの程度の痛みじゃ済まねぇか」

「かもですです」

頷《うなず》くセシルスの推測に、アルが悔しげに胸の茨《いばら》を睨《にら》みつける。

そのセシルスの考えにグルービーも同意見だ。この、範囲内の対象に無作為に茨の呪いを振りまく敵の恐ろしさはそこにある。

術者に近付けば近付くほど、茨の呪いは強く働く。おそらく大抵の人間は、術者に手が届くより前に痛みで行動不能に陥るだろう。

「そうなりゃ、どんなクソ馬鹿だろうと動けなくなるだろうよ」

「そこで僕の方を見るということは僕が考えなしに突っ込んでいきかねないうつけ者と思ってのことですね？　でもさすがに僕もここで無策で突っ込んだりはしませんよ。苦痛に耐えながら相手を斬《き》ることで問題を収められるならそれも一興ではありますが――」

と、一拍区切ったセシルスが胸の前で強く手と手を合わせ、音を鳴らす。そのまま彼は両手の指を合わせ、その隙間からグルービーとアルを交互に眺めると、

「そうではない、でしょう？　相手の首を刎《は》ねて済む問題ならとっくにグルービーさんが僕を送り出してそうさせているはずですし」

「……それが呪いってクソのクソ厄介なとこなんだよ」

妖しく笑うセシルスの前で、グルービーは嘆息を禁じ得ない。

これが魔法なら、術者を殺せば大抵の場合は効力を失う。魔法は術者がマナを用い、世

界に干渉する形で発動するものだから、術者が消えればそこまでなのだ。

　しかし、呪術は対象を死に至らしめる被害に特化した代物である。

　そのために対象のオドと結び付けて発動するものが多く、術者が死んだとしても、標的が生き続けている限り効力を失わないものがほとんどだ。この茨など、明らかに術者よりも標的のオドに依存したもので、まさにその代表格と言える。

　この手の呪いの解呪は術者に解かせるか、裏技を使うしかない。

「クソ刀のムラサメがいる。そいつを取ってこい」

　顎《あご》をしゃくったグルービーの指示に、セシルスとアルが揃《そろ》ってきょとんとする。

　知らないアルはともかく、知っているのに忘れたセシルスが憎たらしい。その憎たらしいセシルスの胸倉を掴《つか》み、グルービーはぐわっと歯を剥《む》いた。

「『邪剣』ムラサメだ！　呪いだの契約だの、ああいう形のねえもんをぶった斬るのはあのクソ刀が一番手っ取り早《ばえ》ぇ！　探してこい！」

「ええ!?　そうは言われましても知らない剣ですよ!?　どこにあるのかわからないと探してこようにも……それともグルービーさんなら臭いで場所がわかります？」

「無駄だ。あのクソ刀は俺が鼻で追えねえように、臭いを斬っちまった。年中血の池に沈めてようと二度と臭いじゃ追えねえんだよ、クソッ」

　そうでなくても、ムラサメは剣の状態から鋳溶かし、刀に打ち直したグルービーのことを嫌っていて、手に取ることさえも許そうとしない。

扱いづらいという意味では所有者のセシルスとどっこいな『邪剣』、その在処《ありか》はグルービーの鼻では探すことができないのだ。

「──けど、それがあればこの茨《いばら》はどうにかできるんだな？」

詰め寄るグルービーととぼけた顔のセシルス、その二人のやり取りの傍《かたわ》らで、立ち上がったアルが低い声でそう確認してくる。

その真剣な声色に、グルービーはセシルスを解放して頷《うなず》いた。

「そうだ。あるとすりゃ、クソ馬鹿の家か秘密の保管庫だが、クソ馬鹿が秘密を秘密のままにしとけるとは思えねえからそんなもんはたぶんねえ」

「同感だ。家ってどこにあるんだ？」

「水晶宮の庭だ。クソ馬鹿小屋でアラキアと暮らしてる」

「待ってください待ってください！　グルービーさんの散々言ってるクソ馬鹿って僕のことだと思いますけど知らない名前が飛び出してきましたよ誰ですか！」

「アラキア……あの嬢ちゃんとできてて、城の庭で？　世間が狭すぎるだろ……」

「いや、できてはねえんだ、たぶん」

アルのこぼしたもっともな呟《つぶや》きに、グルービーは鼻面に皺《しわ》を寄せて答える。

セシルスとアラキアの関係は、傍《はた》で見ているグルービーにもよくわからない。互いに十年近い付き合いらしいが、セシルスが他人をどう思っているか謎だし、アラキアがセシルスを嫌っているのは確かなのだが、一緒に暮らしているし、食事も共にしている。

番《つが》っていたらグルービーは臭いでわかるが、その様子もない。たまに本気で殺し合っては帝国の地形を変えたりするので、傍迷惑な二人だ。

「だが、『夢剣』も『邪剣』もクソ馬鹿が縮んだあとも放っとかれてるとは思えねえ。だからありえるのは……」

「──。城に入れるんなら、そもそも最初からそうしてんだぜ」

もしも回収されて城の中にあるとしたら、という不安の懸念はアルの言う通りだ。

水晶宮へ乗り込めるなら、援軍を当てにした頂点攻略という手段は取らない。だが、援軍を迎え入れるためにも、この術者を封じるのは必須条件で──。

「うーん、どうでしょうね。そんなすごい武器を城に置きっ放しなんてもったいないことをするでしょうかね。意味ありげに出てきた武器は使われなくては」

そこに、頭の後ろで手を組んだセシルスがそう口を挟む。

話し合うグルービーとアルに背を向けたセシルスは、これ見よがしにちらちらとこちらを見ながら「うーんうーん」と唸《うな》っている。

「あんだよ。言いてえことがあんならクソってねえで言え」

「いえいえ。お二人はお二人で話されたらいいんでは？　どうせ僕が何を言ったところでお二人の耳には入らないようなので別に別に」

「アラキアのことで拗《す》ねてんのか、クソが！　てめえとよく殺し合ってる女だ！　その辺にいやがんだろ！　以上だ、クソ馬鹿、とっとと話せ！」

「ええ～、そこまで欲しがられては仕方ありませんね。――ズバリ、相手の立場からしたら城に置いておくより誰かに持たせてしまった方が良いのではというお話です」

拗《す》ねた顔から一転し、破顔したセシルスの発言にグルービーは眉《まゆ》を寄せ、それから思った以上に真っ当でありえる意見を出されたことが悔しくなった。

つまり、セシルスの推測が正しければ、『夢剣』と『邪剣』という強力な武器は、屍人《しびと》のいずれかが持たされている可能性が高い。

それも――、

「それだけ強力な武器というなら大事な場所を任せる相手に持たせるのでは？」

「クソッ」

セシルスの言う通り、その可能性が最も高いとグルービーも悪罵で賛同した。

となれば、削れる可能性を削って、適切な場所へ向かうのが得策だ。

「三番にバルロイがいやがるなら、野郎は違《ちげ》ぇ。あいつの得物は槍《やり》だ。わざわざ持ち替えるクソ判断はしねぇ」

「それなら他のどこかですね。せっかくアルさんが父さんたちを囮《おとり》に使ったのが無駄になってしまいかねませんが」

「いや、オレもこいつが一番どけなきゃならねぇってのは同意見だ。……兄弟たちがきたとき、こいつ一人に足止めされるなんて冗談じゃねぇ」

アルが握りしめた拳《こぶし》を震わせ、それに片目をつむったセシルスがグルービーを見る。

方針は定まった。『邪剣』を手に入れるため、持っていそうな相手を他の頂点に探しにいくという行き当たりばったり感の否《いな》めない手ではあるが――、

「クソ馬鹿、せめて最初に引き当てろ。どこの可能性が高い」

「うーん……何となく二番ですかね？」

「南東なら、まだこっからは近いとこだな。なら、また皮衣使って三人で……」

「いや」

向かう頂点を決めたところで、アルの言葉をグルービーが遮った。

首を横に振り、グルービーは手にしていた人狼《じんろう》の皮衣をアルへ放ると、二人に背を向けて路地の入口へ向かう。

そして――、

「こっからは別行動だ。このクソ敵が動かねえように頭を押さえる必要がある。――クソったれな役目だが、俺しかできねえ」

「――っ、話はわかるが、茨《いばら》があんだぞ！　条件はオレもあんたも一緒だろ⁉」

引き止めようとするアルの声に、グルービーは足を止めない。

こちらを追おうとするアル、その胸をトンとセシルスの小さな手が止めた。そうしてアルを押さえたまま、セシルスは歩くグルービーに問う。

「勝算があるんですよね？」

「少なくとも、クソ馬鹿が仕事する時間は作ってやる。俺を誰だと思ってんだ。『九神将』

の『陸《ろく》』、グルービー・ガムレット様だぞ」

ぐっと腕を掲げて、グルービーは背中越しにセシルスへと自信の根拠を告げる。

それがセシルスには殊の外響いたらしい。彼は見なくてもわかる上機嫌な鼻息をフンフンとこぼすと、

「ではどうぞ存分に。次は『邪剣』と共にお目にかかりましょう！」

そう、聞き慣れた花形役者らしい口上で以《もっ》て、石畳を蹴るグルービーを戦場へと送り出したのだった。

4

――セシルスとアルと別れ、一人になったグルービーが帝都を跳躍する。

人目も憚《はばか》らずに街路を飛び越え、建物の壁を屋上を蹴り、豪快に跳ねた。

ここから先は人狼《じんろう》の皮衣を被《かぶ》ってするような隠密《おんみつ》行動と違い、あえて派手に動いて相手の注意を惹《ひ》き付《つ》けなくてはならない。

ようやく、ようやっと、グルービーらしい本領発揮の機会が訪れた。

「クソ窮屈な真似《まね》させやがって……ッ」

溜《た》まりに溜まった鬱憤を舌に乗せ、グルービーが憎々しげに悪罵を口にする。

元より、グルービーは逃げ惑うであるとか、他人の目から隠れ潜んで行動するとか、そ

うしたちまちました行動が好きではないのだ。得意不得意の話ではなく、嫌いなのだ。

にも拘《かかわ》らず、屍人《しびと》の出現で西方戦線を離脱してからこっち、帝都へ至るまで延々とそれを強制され続け、いい加減、我慢の限界だ。

無論、その鬱憤が理由で単独行動を提案したわけではないが、こうして自由に暴れる機会を得たからには、それを満喫させてもらう。

「──きやがったな、クソが」

膝《ひざ》を抱えてくるくると縦回転するグルービー、その獣毛に覆われた胸に浮かんだ茨《いばら》の蔦《つた》が蠢《うごめ》いて、術者との距離が縮まったのを理由に縛《いまし》めが再発動する。

心の臓へと直接突き刺さる激痛は、たとえ痛みに慣れている戦士であっても容易に耐えられるものではない。それは先述した通り、嘘《うそ》偽りない事実だ。

ただし──、

「相手を痛めつけるクソ呪いってんなら、抜け道はあんだよッ」

そう吠《ほ》え、グルービーが体に巻いた胴締めの帯から短剣を引き抜く。

複数の似て非なる短剣の中から選ばれた一本、その刃先をグルービーは躊躇《ちゅうちょ》なく自分の首筋へ押し込む。──途端、短剣に仕込まれた毒が、体内へ流れ込んだ。

「が、あ、うぁぐッ」

髭犬人《はいえなびと》の矮躯《わいく》を急速に蝕《むしば》む猛毒、生き物を殺す本分に快哉《かいさい》を叫ぶ毒が血流を侵し、生命活動を致命的に絶ち切ろうと──する寸前で、毒の注入を止めた。

胃の中身が逆流する感覚を堪《こら》え、グルービーの見開かれた目が血走る。

眼球の毛細血管が千切れ、その双眸《そうぼう》を赤く染めながら、しかしグルービーの肉体は猛毒に殺される手前で踏みとどまり、代わりの変調をもたらした。

体の感覚の一部が猛毒で沈黙した。――痛覚を、殺したのだ。

瞬間、グルービーの足を止めかねなかった茨《いばら》の痛みが消え、心の臓を締め付ける拘束感を陥った生命の危機を強引に乗り越えた興奮が超克する。

本来なら、この毒は捕らえた敵に投与し、痛みを感じなくなった相手に意識がはっきりした状態で、自分の体が壊されていく過程を見せる拷問に用いるものだ。

だが、投与量を調整すればこの通り、体の自由を残したまま、痛覚だけを壊した状態で活動することができるのではと思っていたのだ。試したいとは思いつつも試す機会はなかったが、ぶっつけ本番でうまくいった。

「セシルスのクソ馬鹿で試したら、ヘマしたとき取り返しがつかねえからな」

自分の体のことなら、獣毛の数から牙《きば》の一本までブレもなく把握している。そのおかげで微調整もできるが、セシルスやアルに試そうとすれば命懸けの目分量だ。

あるいはセシルスですら毒では死ぬのか、それを試したい気持ちがないではないが――

むくむくと込み上げる好奇心を抑え、グルービーは四番頂点を目指す。

状況が状況だ。この場は、ヴォラキア帝国を滅亡の危機から救うのが最優先。

本当なら、この屍人《しびと》が蘇《よみがえ》るという状況を最大限に利用し、すでに滅びた種族や、数の限られた稀少《きしょう》人種の素材を片っ端から集めたいが、涙を呑《の》んで見送るしかない。

そうするだけの理由が、グルービーの中には沸々と煮え滾《たぎ》っていた。

「クソが」

短く吐かれた悪罵、それは消えることのない苛立《いらだ》ちからくるものだ。

──こうして屍人に支配された帝都を目にしたときから、グルービーはヴィンセントかチシャのどちらかが死んでいる可能性を予想していた。そして、どちらかが死んでいるとしたら、死んだのはチシャの方だろうとも。

ヴィンセントの歩みに、どこか淡々とした死の香りが付きまとっていた兆しはあった。だがあるとき、それがぷつりと立ち消えたかと思いきや、この事態だ。

「クソ白い面したクソ馬鹿野郎が」

淡々と感情を窺《うかが》わせない男だったが、彼はついに臭いにさえも心中を隠し切った。

帝都決戦を目前に、グルービーを戦場から西方へ遠ざけたのはヴィンセントの指示だったが、あのヴィンセントがチシャだったのだろう。

その間、ヴィンセントがどうなっていたのかグルービーは知る由もないし、セシルスが縮んだ経緯も想像すると、チシャの独り勝ちだ。

だがその勝利も、帝国が負けてしまえばなかったことになる。

「クソが」

そんな、馬鹿げた話があってたまるものか。

グルービーは帝国に生まれ、帝国で育ち、帝国で生きている髭犬人《はいえなびと》だ。グルービーの働きには種族の地位向上がかかっており、勇ましく戦って死ぬのが務めと言われ続けた。

グルービーは自分が帝国史に名を刻む存在として生まれた自覚があったし、事実として皇帝に見出《みいだ》され、帝国一将へととんとん拍子に出世した。

そのグルービー・ガムレットが、自分と対等かそれ以上と認めたのが『九神将』だ。

グルービーは帝国の戦士であり、『帝国人は精強たれ』という哲学を奉じる一人だ。

だからこそ、勝敗とは神聖なものだ。――勝者は、称《たた》えられなければならない。

「クソがクソがクソがクソがクソがクソが……ッ」

戦いの絶えないヴォラキアで、その不文律さえも歪《ゆが》められればこの世は地獄だ。そして地獄とは、ヴォラキアの敵が味わうものだ。

――地獄の在処《ありか》がどこなのか、この身の程知らず共に教えてやる。

「――クソ発見」

くるくると、回転する視界に動く複数の人影を見つけ、グルービーが呟《つぶや》く。

眼下の屍人《しびと》の群れも、飛んでいるグルービーを見つけて何事か叫んでいる。が、反応が悪すぎる。放置しておいても害ではないが、放置しておいてやる理由がなかった。

何よりも、血の臭いの中でグルービーが獲物を見逃す選択肢はない。

音を立てて牙《きば》を合わせ、グルービーが背中に背負った鎖鎌を抜いた。

片手で扱う幅広の鎌と、鎖で分銅とを繋《つな》いだ扱いに癖のある武器だ。通常、鎖の長さはせいぜい数メートルで、近距離と中距離とで戦うことを想定されているのが鎖鎌だが、グルービーのそれは特殊な素材でできている。

それ故《ゆえ》に、三十メートル近く離れた屍人の集団にも、鎖分銅は悠々と届いた。

鎌を持った手を大きく振り回し、遅れてついてくる鎖分銅が鎖の音を奏でながら地上へと豪快に飛んでいく。分銅の大きさは拳《こぶし》一個分だが、加速のついた威力は純粋な拳骨《げんこつ》一発分で換算できるものではない。

当然、屍人たちはそれを受けまいと飛びのき、分銅から逃れるが――甘い。

「クソ馬鹿共があッ!!」

グルービーの咆哮《ほうこう》、それが向けられた先、投げつけられた分銅が地面と接触する。

刹那《せつな》、分銅が内側から一気に赤化し、周囲の建物を巻き込んだ大爆発が発生、凄《すさ》まじい衝撃波が逃れた屍人たちを呑《の》み込《こ》み、帝都の通りが一本壊滅する。

――カララギ都市国家の北西、大瀑布《だいばくふ》近くにあるギラル赤丘。

赤い砂漠地帯に見えるその場所は、砂粒のように細かな火の魔石の粒子でできた世界で最も危険な土地。風が吹くだけでも尋常でない連鎖爆発が起こるその土地は、四大に入り損ねた大精霊の血涙でできていると語られる大地だ。

グルービーの鎖鎌の分銅、その内側にはギラル赤丘で回収された火の魔晶石が内蔵されており、周囲のマナを吸収したそれはこうして凄まじい破壊力を発揮する。

通り一本を丸々吹き飛ばす爆熱の余波を浴び、グルービーは火の手と黒煙を上げる焼け

野原に着地し、そこでぐっと背筋を伸ばすと、

「おおおおお——ッ!!」

と、己の内側から膨れ上がる破壊衝動のままに雄叫《おたけ》びを上げた。

ドクドクと脈打つ心の臓が、茨《いばら》の締め付けを訴えるも痛みはない。ただ、灼熱《しゃくねつ》が自分の体内を焼き尽くしていく感覚を味わいながら、グルービーは血の香りのする息を吐く。

そして、牙《きば》を強く噛《か》み鳴らして鎖鎌を持ち直すと、

「そのクソ呪いじゃあ、奇襲なんざクソ不可能だなぁ!!」

上空から、赤い外套《がいとう》の裾をなびかせて落ちてくる人影へ、鎖分銅を打ち上げる。

その分銅の威力は証明された通り、それを真正面から相手は手にした剣で受け、直後、爆炎が相手を呑《の》み込《こ》み——、

「ちぃッ!」

瞬間、炎が真っ二つに断たれるのを目にし、グルービーが後ろへ飛ぶ。

不自然な炎の変化は、飛んできた人影がそれを叩《たた》き斬《き》った証拠だ。そして、この相手がグルービーや周囲に茨の呪いを振りまいている張本人であることも、主人の到来に歓声を上げるように躍動する茨が教えてくれる。

もしも、毒で痛覚を黙らせていなければ、今頃は血を吐いてのたうち回っていた。

これで相手が茨に頼るだけの存在なら、グルービーが完全に上手《うわて》と言いたいところだが、生憎《あいにく》とそう容易《たやす》い敵ではないらしい。

「奇襲とは異なことを。何故《なにゆえ》、余が姑息《こそく》な真似《まね》をしなければならない」

言いながら、焼け野原に着地した人影がゆっくりとこちらを見る。

ひび割れた青白い肌に、黒い眼《め》に浮かべた金色の瞳《ひとみ》。屍人《しびと》の条件を満たしたその姿は予想通りだが、予想を一段も二段も塗り替えるものがそこにある。

まず、ヴォラキア皇族にしか許されない意匠の装束に、どことなくヴィンセント・ヴォラキアの面影を感じさせる顔立ち、何より相手が手にしているそれだ。

それは、ヴォラキア皇帝にしか持つことの許されない、赤々と輝く『陽剣』の光――。

「クソが」

屍人が蘇《よみがえ》るなら、当然、そこにヴォラキア皇族が入ってくることもありえる。

だから、相手が『陽剣』を手にしている事実は、驚きはしても納得ができた。納得がいかなかったのは、それだけではなかったことだ。

右手に『陽剣』を下げた屍人の皇帝は、左手にも異なる武器を携えている。

そしてそれは、ここでこの屍人が持っていることを想定していなかった得物――、

「――このクソ刀が、どこまで俺にクソ逆らいやがるッ!!」

怒りのままに吠《ほ》えるグルービー、その視界で屍人の皇帝が手にしていたのは『邪剣』ムラサメ――『陽剣』と『邪剣』、ありえぬ魔剣の二振りが『呪具師』グルービー・ガムレットの敵として立ちはだかっていた。

5

――プリシラ・バーリエルは『星詠み』を蔑《さげす》まない。

ヴォラキア帝国にしか現れない、心の病を抱えた哀れな存在。

それが『星詠み』を身近にしたものの一般的な認識であり、そもそもそうして世界との対話を発症したものと頻繁に出くわすものでもない。

それでも、『星詠み』を発症したものと関わり合いになりやすい立場はある。

それがヴォラキア皇族と近しい人間だ。

皇族自身か、あるいは皇族の身の回りの世話をするもの。家令や護衛役、そうした立場に置かれたものは、『星詠み』の発症者と遭遇する可能性がある。

なにせ、『星詠み』という連中は帝国の歴史に関わりたくて仕方がないらしく、帝国史に記録されるような大きな事柄があると、こぞってそれを告げ口しに現れるのだ。

もっとも、虚言者《きょげんもの》の類《たぐい》と蔑まれる『星詠み』の発言が重要視された例はない。

無論、中には『星詠み』の言葉に耳を貸した物好きもいないではないだろうが、少なくとも公に、その告げ口が役に立ったと記録された歴史書は皆無。

今代の皇帝であるヴィンセント・ヴォラキアが、ウビルクに役職と城へ出入りする許可を与えるまで、それこそが帝国と『星詠み』の関係の常識だった。

まるで、『星詠み』は帝国に報われぬ熱を上げ続ける求愛者のようではないか。

天命を授けられ、その成就のために盲目的に全《すべ》てをなげうつ求愛者。彼らを知る帝国民の多くはそれを蔑《さげす》むが、しかしプリシラは彼らを蔑まない。憐《あわ》れみもしない。

『星詠み』など、蔑みや憐れみの対象になるほど特別なものではない。

元より、生きとし生けるものの多くは自分より大きな何かの奴隷だ。

その対象が王か家族か伴侶なのか、愛か憎しみか運命なのか、その違いがあるだけで。

そしてそれは――、

「――妾《わらわ》ですら例外ではない」

ジャラと、嵌《は》められた手枷《てかせ》の鎖を鳴らし、暗がりの中でそう呟《つぶや》く。

言の葉を紡ぐとき、聴衆の有無はさして気にかけないが、少なくともその呟きは独り言《ひとりご》ちたわけではなく、相手に聞かせるために発したものだ。

もっとも、相手はそれを望んでいなかったらしく、応答はなかった。

ただ、自分の存在を隠そうとしているのなら、その卑小な望みは叶《かな》わない。

「息を潜めようと、貴様の如《ごと》き存在の気配は隠しようがないぞ。それとも、妾の方から直々に足を運んでやらねば顔も見せられぬか？」

「――。その手枷がある以上、それは不可能な行いです」

「で、あろうな。ならば、やはり貴様の方からこちらへ足を進める他ないぞ。妾は顔も見せぬものと言葉を交わすつもりはない」

「――――」

一拍、逡巡《しゅんじゅん》というほどの戸惑いはないが、靴音の前に思案が挟まれた。が、やがてゆっくりと冷たい床を叩《たた》く靴音と共に、暗がりに小さな人影がやってくる。

地下牢《ちかろう》の光源は乏しく、その相手の姿かたちをぼんやりとしか把握できない。

暗がりに夜目を慣らすにも限度はある。ましてや、夜闇に目を慣らすために瞼《まぶた》を閉じておくような真似《まね》などしていない。

「無灯の闇に紛れるような無様はせぬ。出るときは光の中、堂々と出てゆく」

「実にあなたらしい傲慢《ごうまん》な物言い。要・注意です」

と、無感情な声が聞こえた直後、踵《かかと》とは異なる硬さが鋭く石材の床を打った。冷たい空気を切り裂く高い音が響き、次いで青白い光が地下の暗闇を淡く強引に押しのける。

「――――」

途端、その光の中に浮かび上がるのは白く美しい顔《かんばせ》――橙色《だいだいいろ》の髪に紅の瞳《ひとみ》、血のように赤いドレスを纏《まと》った美貌の持ち主、プリシラ・バーリエルだ。

地下に繋《つな》がれたプリシラ、その眼前で青白く光る杖《つえ》を手にするのは、桃色の髪を長く伸ばした少女――ひび割れた肌とおぞましい双眸《そうぼう》の特徴通り、屍人《しびと》だ。

違いがあるとすれば、初めてプリシラの目にするこの幼子の姿をした屍人こそが――、

「――此度《こたび》の『大災』の仕掛け人か」

「否定はしませんが、どこでその言葉を？　耳にする機会はなかったのでは？」

「妾《わらわ》に食事を差し入れたのは貴様の手の者であろう。よほど会話に飢えさせたか？　妾が聞かずともあれこれと退屈しのぎに話していったぞ」

「テメグリフ一将には、要・警告です。ですが――」

そこで幼い屍人《しびと》は言葉を区切り、一歩、プリシラとの距離を詰めた。

それでもまだ遠い。如何《いか》にプリシラの足がすらりと芸術的に長かろうと、足を上げても相手の前髪を直してやることもできまい。

「しのげましたか？　退屈は」

「――――」

そうしてプリシラとの距離を保ったまま、幼い屍人は区切った言葉の先を続けた。

問いかけであったそれを受け、プリシラはわずかに目を細める。こちらの顔を覗《のぞ》き込《こ》んでくるような幼子の発言、そこには奇妙な距離の近さがあった。

物理的な距離ではなく、精神的な距離の話だ。

「まるで、妾を以前から知っていたかのような物言いじゃな」

「どうでしょうか。あなたは私を覚えておいでですか？　心当たりがおありだと？」

「生憎《あいにく》、つまらぬものを覚えておくほど妾は酔狂ではない。貴様がそれに値せぬ輩《やから》か、妾にその顔を見せるのは初めてかのどちらかであろう」

「正解です。あなたが私の顔を見るのはこれが初めてです」

頷《うなず》く幼子の答えは、しかしプリシラの疑念への完全な回答ではない。

だが、またしても引っかかる部分を残した発言だけに、相手の真意は明確だ。――彼女はプリシラを試している。繋《つな》いだ獣が餌に食いつくかどうか、観察するように。

その思惑を察し、プリシラは小さく鼻を鳴らした。

「この妾に対し、恐れを知らぬ不敬さと言えような」

「確かに、恐怖という感情を私は知りません。知らないのは恐怖に限りませんが、知識欲の僕《しもべ》たる母の代用品としては由々《ゆゆ》しき――」

「一方的に妾を見知っているか。――あの村落、カッフルトンの魍魎《もうりょう》は貴様じゃな」

「――。要・解説、です」

淡々と始まりかけた自分語りを遮り、心当たりを告げたプリシラに幼子が息を詰めた。

その後ろの呟《つぶや》きは、プリシラの心当たりが幼子と関係していた証《あかし》だが、それをプリシラがどう結び付けたのかがわからないらしい。

「さして難しい話でもあるまい？　以前、王国の妾の領地で、今の帝都……いや、帝国全土じゃな。それと似通った事変が起こった。かような珍事が身辺で二度もあれば、おのずと両者を結び付けよう」

その、ルグニカ王国のバーリエル領で発生した事変、その中心地となったのがカッフルトンという村であり、その内容が村の住民が屍人となるというものだった。

もっとも、そのときは死者を蘇《よみがえ》らせるなどとても言えたものではなく、死体を意のままに動かしていたという方が適切な有様だ。元凶というべき女王は討伐され、以降、同様の異変の報告はなく、沈静化したものと見られていたが。

「巣の場所を変えて、『てすと』を続けておったようじゃな。骸《むくろ》に虫を忍ばせるおぞましい人形遊びも、少しは上達したと見える」

「以前の方針では目標達成のための障害が多すぎました。要・改良です」

「カッフルトンとの関与を否定はせぬか」

「意味を感じません。無意味な問答では？」

感情を窺《うかが》わせない幼子の応答は、非効率的な行いを嫌うというより、厭《いと》う態度だ。

悪びれもしない点はともかく、否定がないのは得たい情報を得る上では有益ではある。

だが一方で、そうした相手との問答は——、

「退屈極まりないな、貴様」

「それは重要なことですか？」

「益のあるなしを度外視すれば、会話に価値を見出《みいだ》せる唯一の点はそこであろう」

「では、益のあるなしを度外視しなければよいのでは？」

「だから貴様との会話は退屈じゃと言っておる。まるで死者との会話よ。墓標と話している方が、煩わしい応答がない分マシとすら感じるな」

「——」

プリシラの話に黒い眼《め》を細め、幼子がまた一歩、こちらとの距離を詰めた。そのまま彼

女は杖《つえ》を持たぬ方の手を胸に当て、

「まるでではなく、まさしく死者との対話です。私の姿を目にして、これが生者とはあなたも思われないでしょう」

「生きたとも満足に言えぬものを生と死に当《あ》て嵌《は》めるのも無粋であろうよ。ただ、確かに貴様が屍人《しびと》であった点はいささか意外ではあった」

「──。それは何故《なぜ》？」

「儀の仕掛け人たる貴様自身が屍人と化すなど、不用意な賭けであるとしか言えぬ。あるいは死した瞬間、紡いだ術式が途切れ、全《すべ》ての目論見《もくろみ》が無に帰す恐れすらある」

無論、プリシラの知らない情報や根拠を理由に、それが杞憂《きゆう》とされる可能性はあろう。

しかし、この幼子の性質を考えれば、甚だ疑問の余地があった。

この娘は非効率を厭い、確証を低く見積もったものには手を伸ばさない性質だ。

にも拘《かかわ》らず、自身の命さえも『大災』を引き起こす手札の一枚と扱った。

「避け難《がた》い『死』と直面し、それ故《ゆえ》に仕方なく死後に望みを委ねたか。あるいはこの事変を引き起こす以前から屍人であったか。そうでなければ──」

「そうでなければ？」

「──命の尽きた先が続かなければ、そこで終わるのを良しと受け入れたか」

屍人と化した幼子、その不可解な真意を推測し、プリシラは三つの可能性を口にした。

順番に、ここまで分析してきた幼子の性質からして、真意として遠いだろう可能性を後回しにする形で。

しかし――、

「要・称賛です」

プリシラの推測に対し、幼子がそう反応したのは、本来なら最も低いはずの可能性を口にしたときだった。

それはすなわち、カッフルトンでの事変の前後から端を発した幼子の目論見《もくろみ》、それが自らの生の終幕と同時に潰《つい》えても、諦められたということに他ならない。

その事実も、プリシラの美しい眉《まゆ》を顰《ひそ》めさせるには十分だったが、それを十二分にさせた理由は、その真意を言い当てられた幼子の反応だ。

幼子は、その生気の抜け落ちた青白い顔で、我が意を得たりと微笑《ほほえ》んだのだ。

杖《つえ》の放つ光の中、その微笑を目の当たりにし、プリシラは確かに眉を顰めながら、

「ようやく、益を度外視して話すだけの価値を示したか」

「――。何か変わりましたか？」

「己で気付けぬならば、妾《わらわ》が言祝《ことほ》いでやろう。死後に生の芽生えとはいささか皮肉が利きすぎているが……」

と、そこでプリシラは言葉を止めて、紅の双眸《そうぼう》の片方を閉じた。そうして一拍、美しく尊い思案の時間があり、プリシラは閉じた瞼《まぶた》を開ける。

そして、その紅の双眸に、微笑を消してしまった幼子の顔をしかと映し、

「そうではないな。死後に芽生えたわけではない。貴様は、それを明かすために自らの命をなげうったか」

「愚かしい、と思いますか？」

「愚かしさと懸命さは両立する。させられるかは、貴様次第ではあるがな」

「自裁はしていませんよ。機会は自《おの》ずから巡ってきました。ですから、避け難《がた》い『死』と直面したという推測も誤りではありません。要・訂正です」

そう応じながら、幼子の唇がまたしても先ほどと同じように微笑を描いた。

その反応にはっきりと、プリシラは幼子の生の律動——情動の存在を感じ取る。それはおそらく、以前までの幼子には備わっていなかったものなのだ。

そして、それなくして死者は屍人《しびと》として蘇《よみがえ》ることができない。

故《ゆえ》に幼子は、自分の命を以《もっ》て証明した。

自分に屍人となる資格が、土の器に魂を入れ直し、今生に縋《すが》り付《つ》く理由があるのだと。

それは確証が低く、およそ効率的などとは言えない方策だった。

「ですが、そうした選択を取らせるのが感情というものでは？」

「然《しか》りじゃな」

胸に手を当てたままの幼子には、どこか不敵さのようなものさえ感じる。

それまでの、中身の入っていない人形と対話していたような手応えのなさが失われ、代わりにあるのは無機質と決定的に在り様を違《たが》えた存在と対峙《たいじ》する緊迫だ。

「以前の私は、これを軽視したことが理由で王国での計画を挫《くじ》かれました。しかし、私は王国の『魔女』にはなり損ねましたが……帝国の『大災』には選ばれたようです」

「選ばれた、とはな。それが貴様が災いを呼ぶ理由とでも？」

「要・訂正です。それは動機ではありません。根拠です」

プリシラの問いに、迷いのない答え。

幼子の返答を聞きながら、プリシラは曖昧模糊《あいまいもこ》としてあった疑念に形を付けていく。

地下牢《ちかろう》の闇よりなお暗い影に沈み込んでいたそれは、幼子が地下に杖《つえ》の光を持ち込んだように、その言葉と表情によって徐々に明確となっていた。

そして――、

「――私の名前はスピンクス、ルグニカ王国では『魔女』とも呼ばれていました」

「――――」

そう、プリシラを真っ直《ます》ぐに見据え、自らの名前を名乗った幼子――スピンクスの発言と態度、その意味するところがようやくプリシラに伝わった。

わざわざ、ルグニカ王国で『魔女』と呼ばれていたとそう注釈を入れたのは、他の国でも『魔女』と呼ばれているものたちとはっきり区別するためだろう。

かつて存在した、『嫉妬の魔女』以外の六人の『魔女』たちは歴史からもほとんど消えかけているが、それでも世界中で共通して『魔女』と知られたものたちだ。

だが、あえてルグニカ王国の『魔女』と限定するなら、該当するのは一人だけ。

それが『亜人戦争』へと加担した存在であることは、歴史を紐解《ひもと》けば容易に知れる。

しかし、この『魔女』を自称したスピンクスがプリシラに伝えたかったのは、自分の正体なんてつまらない情報ではない。

『魔女』がプリシラに伝えたかったこと、それは――、

「――貴様が無為の死を超克し、屍人《しびと》となる生の芽生えを得たのは、妾《わらわ》が理由じゃな」

それは、スピンクスが『大災』となった理由がプリシラにあるという宣戦布告だった。

6

そもそも、考えるまでもなくあからさますぎる状況であったのだ。

帝国軍と反乱軍とが正面からぶつかり合った帝都決戦、スピンクスは屍人を引き連れ、そこへ『大災』として介入し、内乱の決着を有耶無耶《うやむや》にした。

その戦いの最中《さなか》、アラキアとの衝突に集中するプリシラとヨルナの二人は、他の戦場よりも事態の推移の把握が遅れ、結果、屍人たちの思惑に後れを取った。

今、プリシラは地下牢に繋《つな》がれ、アラキアとヨルナの安否もわからぬ状況だ。

アラキアとの戦いの中で、ヨルナがプリシラに宿した『魂婚術《こんこんじゅつ》』の影響は残っているため、ヨルナの生存は間違いあるまい。そうでなくとも、プリシラが虜囚の身に甘んじたのは意識のないアラキアと、現れた屍人に動揺したヨルナの無事と引き換えだ。

その取引は、相手にプリシラを捕らえる意図がなければ成立しない。

すなわち、プリシラがこうして生きて牢《ろう》に繋《つな》がれている時点で、相手方がプリシラに用があったのは当然のことなのだ。


「てっきり、妾《わらわ》の命に拘《こだわ》ったのはラミアとばかり思っておったが」

「ラミア・ゴドウィン皇女も、あなたの助命には賛成でしたね。彼女はあなたに強く執着していました。最期のひと時は――」

「――妾とラミアの間の時を、誰ぞと分かち合うつもりはない」

それは下世話な好奇だと、プリシラははっきりとそう切り捨てる。

そのプリシラの断言に、スピンクスは「そうですか」とあっさりと手を引いた。話題にこそしたが、そこに彼女の興味はないのだろう。

それは二度目のラミアの死後も、プリシラが生かされていることからも明らかだ。

「執着とは不可思議なものですね。合理性とは相反する要素に左右されすぎる。にも拘《かかわ》らず、時に非合理が合理を上回る結果は理解に苦しみました」

「こうして妾と話すのは、合理と非合理のどちらを重視した結果じゃ？」

「どちらでしょうね。要・熟考……と、そうすること自体が新鮮ではあります」

そう答えるスピンクスには自覚があるだろうか。

自覚と無自覚の是非に拘らず、スピンクスはこの場でプリシラと話しながら、その発言に急速に人間味を増している。

芽生えた人間性にプリシラとの対話という水が注がれ、著しい成長があるのだ。

「たとえ、咲くのが毒花であろうと、種蒔《ま》きと水やりには面白みがある」

プリシラの気付いたスピンクスの真意、口にしたそれは否定されなかった。

あえて掘り下げようともしてこない姿勢からも、それがスピンクスの動機の中核にあることははっきり肯定されたも同然と言える。

唯一、プリシラがスピンクスに口惜しくも後れを取っている点――それは、そのスピンクスの強烈な執着の心当たりが、プリシラに一切ないことだ。

無論、プリシラほどの立場になれば、面識のない相手やこちらの名前を知るだけのものに一方的な執着を抱かれることはある。

だが、スピンクスの執着は明らかに独りよがりの度を越している。

理由がある。『大災』の発端となった、理由が。

「先ほど、興味深いことを仰《おつしや》っていましたね」

「――」

「生きとし生ける全《すべ》ては、何らかの大きなものの奴隷であると。以前は理解できませんでしたが、今の私はそれを理解できる兆しを感じます」

興味深い、と話し始めたスピンクス、彼女の言葉にプリシラは沈黙で応じる。

無視でも軽蔑でもなく、言うなればそれは危険な好奇だ。興味深いと切り出したスピンクスの発言、それこそがプリシラにとっても興味深かった。

かつては理解しなかったものに理解を示し、その上でプリシラの言に賛意さえ見せたこの『魔女』が、如何《いか》なる話を始めるのかと。

果たして、沈黙を以《もっ》て促すプリシラの前で、スピンクスは続けた。

「であるからこそ、非合理の中に新たな合理を見出《みいだ》せる。要・注目です」

そう言って、スピンクスが今一度、光る杖《つえ》の先で床を強く打った。ひと際、宝珠の嵌《は》まったその杖の瞬きが大きくなり、刹那《せつな》、その宝珠の表面に変化が生じる。

――淡く透明な宝珠に、地下牢《ちかろう》の外、帝都の光景が映し出されたのだ。

対話鏡が、鏡面越しに向こう側を映し出すのと同じような原理か。遠見のためだけには大仰な術式の気配を感じながら、プリシラはその光に目を細める。

注目しろと、そうスピンクスは語ったが。

「妾《わらわ》に何を見せたい？」

「あなたの言の正しさと、私の新しい方程式の結果です」

プリシラの言の正しさ、それが直前にスピンクスが口にしたことと関連付けられているなら、いったい何が映し出されるものかと思案し、気付く。

そして、プリシラのその気付きと、宝珠の映像が明瞭になったのは同時だった。

そこに映し出された光景、それは――、

「感情と執着、理解して初めてその利用の仕方がわかりました。彼女は健気《けなげ》ですね。あなたのためならと、自分を惜しみません。──要・熟考です」

7

──同刻、宝珠に映し出された光景の、そのリアルな現場にて。

「やれやれグルービーさんに悪いことしてしまいましたね。ここぞというところで僕の勘は外れないという定評が僕の中であったんですが……まんまと外してしまいました」

軽妙な語り口が紡ぐのは、その威勢のいい言葉の調子とは裏腹な自分の失態。

しかし、それを物語る声色にも表情にも一切の気後れは感じられない。それは自分の失態をまるで意に介していないからであり、謝罪の念も大して本気でないからであり──自分の直感は半分当たりで、半分間違いだったという結論のためだ。

派手な陽動役を味方に任せ、屍人《しびと》だらけの帝都を駆け抜けて向かった先は城壁の頂点、二番と順番付けられて呼ばれたその地点には、目当てのモノがあるはずだった。

無論、そう当てを付けたのは直感であり、それを確信と呼べば多くのものから叱咤《しった》されることは間違いない。

だが、少なくとも、自分には確信があった。──ここが見せ場だと。

ここにくれば、この世界の花形役者たるセシルス・セグムントの華々しい活躍が、うるさくやかましく見守る観衆の方々にもご覧に入れられると。

それが――、

「……で、何か言い訳あるかよ」

「いやはやそうですねえ、こういうのはどうです？　僕の直感は間違ってはいない。何故《なぜ》ならここにこそ僕の真に欲するモノがあるからだ！　と」

傍《かたわ》らで、もはや隠《かく》れ蓑《みの》の用を為《な》さなくなった皮衣の燃えカスを手に、恨めしげなアルの言葉にセシルスは意気揚々とそう答えた。

実際、それが事実か否《いな》かはセシルスにはわからぬ次元のことではあったが、自分を疑うよりも、自分を信じる方がずっとずっとポジティブではないか。

「あなたもそう思いませんか、半裸のお姉さん。暗い顔には暗い展開が付きまとう。となれば光を浴びる花形役者がするべき顔は言わずもがな」

「――――」

頭上、辿《たど》り着《つ》いた城壁の、そのさらに上の空に浮かんでいる人影に向け、セシルスが声を大にするも、相手からの返事はない。

ただし、相手からの最初のご挨拶はあった。それが辺り一帯を火の海にして、皮衣で身を隠したセシルスとアルの二人を焼き尽くそうとしたものだ。

そしてそれだけのことをしながら、相手にはセシルスやアルへの敵意や殺意のようなものが微塵《みじん》も感じられない。

あるのはただただ、その褐色の肌を多く晒《さら》した細い体に、はち切れそうなほどの大いなるモノを取り込んでしまった少女の、泣きじゃくるような訴えだけ。

それが、如何《いか》なる経緯で彼女の内へと入り込んだかはわからないが――、

「察するに何か悪いモノを口にしましたか。――本当にあなたは手のかかる」

「――」

「あれ？　今の妙な感覚は……」

なんだろうか、とそれを手繰り寄せるより早く、頭上で動きがあった。

光が瞬き、セシルスとアルを滅ぼさんと、凄《すさ》まじい力が頭上から降ってくる。それを前にセシルスは舌なめずりし、傍らのアルは皮衣を捨てて――、

「ああ、チクショウ！　――領域再展開!!」

――そのヤケクソな叫び声が衝撃の中に呑《の》まれ、屍都《しと》最大の激突が始まった。

第六章『その涙に用がある』

1

——アルデバランは『星詠み』が何なのか知っている。

かつて、アルデバランにそれを伝え聞かせた相手は、およそこの世のあらゆることを知り尽くし、それでもなお貪欲に未知を貪る存在だった。

複雑な関係の相手だ。

好きとか嫌いとか、そうした言葉で言い表せる相手でもない。

感謝しているかいないかで言えば、感謝してはいるのだろう。でも、その感謝と同じぐらいの相容《あいい》れないことへのわだかまりはある。そんな相手だ。

いずれにせよ、誰から教わった知識であれ、『星詠み』の事情は知っている。

そしてそれは、アルデバランの悲願の成否には何ら寄与しない。『星詠み』への関心や彼らの関与の有無よりも、アレを巻き込めたことの方が重要だ。

最初、プリシラがヴォラキアへ向かうと言い出したときは、それを止められないか色々と試行錯誤したが、一度こうと決めた彼女の意見は何が何でも曲がらない。

ならばせめてと同行し、可能な限りの保険となるべく努めたが――この帝国で、アレと出くわせたのはアルデバランにとって、まさしく運命の悪戯《いたずら》だった。

いつも、運命はアルデバランの人生に不愉快極まりない介入をする。

それ故《ゆえ》に運命に対していい印象など微塵《みじん》もなかったが、今回ばかりは感謝した。

アレがいるなら、話は別だ。アレが巻き込めたなら、状況は劇的に変わる。

アレが見捨てられない枠に入れれば、アレが見捨てられない枠をもっともっと大きく、手に収まらないほど広げれば、アルデバランの悲願は果たされる。

一度、アルデバランはあらゆる全《すべ》てを投げ出した。

暗闇の中を、乏しい星明かりだけを頼りに歩き続けて、やるだけ無駄だと諦めた。

だからこそ、太陽は眩《まぶ》しかった。暗闇などないかのように、諦めは焼き尽くされた。

その眩《まばゆ》い太陽を守るためなら、運命の靴を舐《な》めてもいい。身を引き裂くような痛みに耐えて、アレを正視することだって躊躇《ためら》わない。

『魔女』でも『星詠み』でも『大災』でも、何が立ち塞がろうと構わない。

構わないから――、

――ただ、お願いですから、オレの邪魔をしないでください。

2

——都合二十二回。

それが、アルが自分の身に何が起こったのかを把握するのに必要とした試行回数だ。一瞬にして、自分の体が蒸発したことにすら気付けないほど突然のホワイトアウト——。

「——んや、原因は雲でも雪でもなくて火なんだからレッドアウトか。クリムゾンアウトって言い換えてもよし、かっけぇから」

深々と息を吐いて、益体のない戯言《たわごと》を口にする。

自分の精神が正常かどうかは明言できないが、少なくとも、自分の精神が正常ではないかと根拠の薄い納得には持ち込むことができた。

ひとまずはそれでいい。問題があるとすれば——、

「このレベルの戦いになると、オレが介入できる余地がねぇ！」

そう吠《ほ》えたアルの眼前で、帝都で果たさなければならなかった役割の一個——星型の城壁、その五つある頂点の攻略が一ヶ所完了する。

それはもう、絶大な防御力を誇った堅固な城壁が跡形もなく消し飛んだのだから、これを目的達成と言わずしてなんと言えばいい。

もっとも、高い高い城壁と周辺の建物が一掃された第二頂点には、その消えた城壁よりも大いなる障害が次なる関門として立ちはだかっていた。

――曇天を赤く染め、如何《いか》なる法則の働きでか空に身を委ねている一人の少女。

短い銀髪に赤い瞳《ひとみ》、褐色の肌を多く晒《さら》した少女は、しかしその見目の麗しさに見惚《みと》れさせないほどに、見るものの本能的な危機感を揺すぶる様相を呈している。

茨《いばら》の主をグルービーに任せ、人狼《じんろう》の皮衣を使い、アルとセシルスは危なげなく二番頂点へ辿《たど》り着《つ》いた――否《いな》、辿り着こうとした。

厳密には二番頂点は消滅し、その消滅に巻き込まれる形でアルは認識不能な被害を幾度も被《こうむ》って、ようやく先へ進む方法と状況を把握したところだ。

かといって、もう一度同じことをやれと言われても、この結果に至るまでに何度の延長戦が必要になるのか、考えたくもない。

だから――、

「――思考実験再動、領域再定義」

十数秒か、あるいは数秒単位でマトリクスを更新し、アルは逃げる隙を全力で窺《うかが》う。

先ほど叫んだ通り、アルが介入できる余地がない。にも拘《かかわ》らず、アルが致命的な被害を受けるたびに規定した地点から再開では世界が進展しない。

あの狙撃手のときのように、セシルスがアルを拾い、致命的なゾーンから一緒に逃がしてくれるなら話は別だが――、

「すみませんね、アルさん。ですが僕の直感が訴えかけてきてるんですよ。ここは僕の見せ場でありアルさんに構っていては在り様を損なうと」

そう述べて、セシルスは早々にアルの保護を放棄し、空の少女——アラキアへ挑む。

アルが彼女を見るのはこれで何度目か。振り返れば、剣奴《けんど》孤島の剣奴時代にまだ幼い彼女と共闘し、次いで城郭都市《じょうかくとし》グァラルでは敵対し、今回の帝都では蒸発させられてと順調に関係性は悪化している。

だが、複数回顔を合わせたオッサンとしての目線以外にも、セシルスの言う通り、アラキアが尋常な状況でないのは一目でわかった。

「——」

中空で身悶《みもだ》えするアラキア、その様子は明らかに平常ではない。

『精霊喰《ぐ》らい』、その特質はちらとプリシラから聞いている。実際にこの目で火や水に化けるところも見てきたが、それらの前例とはっきり食い違っているのだ。

肉体を水と同化させたり、体の一部を炎として飛んでいたときと違い、今のアラキアの姿は内側から巨大な白い光に食い破られる寸前のように見えた。

褐色の細い体、その内側から次々と突き出すか、直接生えているように見えるのは薄く黄色がかった透明質の結晶だ。

純度の高い魔石は魔晶石と呼ばれるが、それがアラキアの全身を取り巻いている。

それで平然としていれば、その姿もアラキアが『精霊喰らい』としての力を発揮した一環なのだろうと思えるが——、

「——っ」

世界のどこもまともに映せていないアラキアの赤い瞳《ひとみ》、その濁った左目から涙が流れ、唇は苦しげに救いを求める喘《あえ》ぎをこぼしている。

これを平常と、アラキア自身が望んだ状況などと誰も思わないだろう。

子どもが大口を開けて喚《わめ》き、滂沱《ぼうだ》と涙を流しながらこちらを何度も叩《たた》いてくれば、たとえ目と耳と肌のいずれかを閉じられても、泣いているとわかるのと同じだ。

アラキアが今しているのは、まさしくそれだった。

「まさか、泣いてる子を放っておけねぇとか言わねぇよな⁉」

頭を抱えて懸命に滅びから逃げ惑い、アルは逆に滅びへと突き進もうとするセシルスの背中にヤケクソ気味に叫んだ。

それを聞いて、セシルスは振り返りもせず、笑ったとだけわかるように肩を震わせ、

「子どもと女性の涙は物語を動かす切っ掛けになりえます。ですから僕がそれを見過ごせないというのもいたく自然ではありますが今回はそうではありません」

「なら！」

「でも――その涙に用がある」

言い切った直後、溶けた瓦礫《がれき》の一部を足場に、セシルスの体が雷速で跳ねた。

周囲、二番頂点を守るために築かれたバリケードは溶解し、まるでマグマを流し込んだ地獄の顕現となっている。うっかりマグマに足を突っ込めば、スリップダメージどころか突っ込んだ部分が即座に炭化し、二目と見られぬ傷となる。ソースは自分。

だが、そんなマグマの庭園と化した区画へ飛び込み、セシルスは限られた足場を駆使して空に浮かんだアラキアを目指していく。

その速度と果敢さは筆舌に尽くし難《がた》い——否《いな》、本気で筆舌に尽くし難い所業は、その直後に鼻歌交じりに実現された。

「嘘《うそ》だろ⁉」

空中、アラキアの全身が白く発光し、刹那《せつな》、セシルスの走る地点を閃光《せんこう》が焼いた。

放たれた光の槍《やり》がマグマへと突き刺さり、一拍ののち、周囲数メートルを丸く空間が圧縮され、すぐさま爆《は》ぜる。爆縮されたマグマとそれをした破壊力が周囲へ広がり、圧縮された空間の十倍近い範囲にそれがまき散らされた。

アルが絶句し、届かぬ距離とわかっていながら思わず腕で頭を庇《かば》った視界、その一発だけでも恐るべき威力なのに、それが止まらずに放たれ続ける。

一発、二発、三発四発と連射され、そのたびに帝都の姿が作り変えられていった。

街路が街路でなくなり、大地が大地でなくなる。

それが地上を走るセシルスを追い、次々と放たれ、さしものセシルスも——、

「たたたたたたたたたたたたた——っ‼」

マグマという灼熱《しゃくねつ》の唾液が飛び散り、閃光という滅びの瞬《まばた》きの視線を躱《かわ》し、白い粉塵《ふんじん》を突き破ってセシルスが死の降り注ぐ空間を猛然とひた走る。

すでに足場すらなくなり、マグマが大地の代わりに足下を浸している空間を、セシルス

は耐火能力などまるでないだろうゾーリで突っ走っていく。

その光景に、アルの脳裏を過《よぎ》ったのはシノビの馬鹿げた水上走行——右足が沈む前に左足を踏み出し、左足が沈む前に右足を踏み出すというあれだ。

それをまさしく、セシルスは水ではなく、マグマの上でやっている。

「できねぇだろ⁉」

「そう思ってしまう方々には永遠に！」

アルの絶叫に晴れ晴れしく応じ、物理法則なんて鼻で笑う暴挙を体現しながら、直進するセシルスが被害を免れた家屋へ突っ込み、次の瞬間、その家屋が倒壊し、崩れる建物の中から蹴り出された柱が中空へ矢のように飛んでいく。

サイズ比を間違えた太い矢が、巨獣の胴体すら穿《うが》ちそうな速度でアラキアへ迫る。が、それはアラキアへ的中する前に発火し、そのまま空中で燃え尽きる。

発光するアラキアの周囲、どれほどの熱量が発生しているのか、彼女の姿どころか空さえも歪《ゆが》んで見えて、生中な攻撃など近付くこともできない。

それは、セシルスにもわかったはずだ。だのに——、

「てい！　ていてい！　ていていていてい‼」

轟音《ごうおん》を立てながら、次々と建物をぶち壊すセシルスが、壊れる建物の柱を、屋根を、家財を目にも留まらぬ速さで蹴り飛ばし、空中のアラキアを攻め立てた。

無論、どれならば届くという話ではなく、どれも届かずに空中で消える。

しかも、その届かぬ攻撃の返礼は、掠《かす》めるだけで致命傷確実の光の矢なのだ。

「馬鹿、やめろ、わからねぇのか⁉　無闇に気を引いてちゃ……」

「何を仰《おっしゃ》います、アルさん！　逆逆逆逆全部逆！　むしろこちらへ僕の方へ全身全霊を引き付けなくてはいけないんですよ！」

「この目立ちたがり……いや」

自発的に建造物を、誘発的に周辺一帯を、帝都の景観破壊に貢献し続けるセシルス。彼のいつも通りの花形役者発言を笑えない一笑に付そうとし、アルは気付く。

セシルスの位置取りは、いずれも帝都の内側にアラキアを置いて、自分が外側へと回り込んで攻撃を誘引する形——すなわち、帝都の内へ攻撃を向けない戦いだ。

それがわかってようやく、アルもセシルスの言いたいことがなんだかわかる。

「今あの女性には意識も理性もありませんよ。あるのは自分が爆《は》ぜないためと殺されないための本能的な防衛行動だけです。放っておくとふらふらと街の真ん中の方に向かいそうですけど真ん中で暴れさせたらどうなります？」

「向こう百年、誰も住めねぇ穴が開く……」

「大勢死にますしね。それが敵ならいざ知らずそうでもない人間が大勢死ぬのはあまり望ましくありません。世界が寂しくなりますから」

そう静かな声色で告げて、セシルスが自らを掠めんとする死の光を避け、自分の発言を実行するための雷速へと身を委ねる。

思いがけず、真っ当なセシルスの真意に驚きを隠せないが、アルは熱を帯びる鉄兜《てつかぶと》に指を引っかけ、その角度を直しながら踏みとどまった。

——セシルスの言う通り、現状、アラキアには意識を外に向ける余裕はない。

アルの想像を絶する何かを取り込んだアラキアは、それが溢《あふ》れ出《だ》すのを必死に堪《こら》え、その障害となりえる脅威に対して反射的に反撃しているだけだ。

そして、セシルスはそれが帝都を滅ぼさないために必要だと、あえて危機的距離感に身を置いてちょっかいを出し続け、アラキアをここに引き止め続けている。

「——————」

セシルスの狙いと、アラキアの置かれた奇妙な状況。

自分にできることはないと、背を向けて走り去るという選択肢は常に頭の端をちらつい ているが、セシルスとて片足を飛ばされることはある。

それを、アルの存在がなかったことにできるなら、いる価値はある。

「——やるか」

ゆるゆると首を横に振り、アルは長く息を吐いた。

すでに、初《しょ》っ端《ぱな》に二十二回もババを引いたあとで、ここから先、いったいどれだけババを引く羽目になるかわからない。その結果、自分の正気がどうなるかも。

しかし、正気あっても正気でなくても、見間違うことなく太陽は眩《まぶ》しい。

「なら、オレは、それでいい」

兜《かぶと》の金具を指で弾《はじ》いて音を鳴らし、アルは前へ一歩進み出た。

そして――、

「――――」

セシルスを狙って放たれた白い光が十数メートル先で炸裂《さくれつ》し、余波で吹き飛んでくるマグマ弾が真正面から躱《かわ》せないアルを捉え――、

「――次だ」

再定義した領域で、凡人なりの大舞台へと踏み出す覚悟を決めた。

3

――かつて、セシルス・セグムントはアラキアに語ったことがある。

帝都では茶飯事とみなされていた『壱《いち》』と『弐《に》』の殺し合い。

焼け野原となった大地で、負けたアラキアと負かしたセシルスが歓談していた最中《さなか》、セシルスは刀で以《もっ》て雲を斬《き》り、その技を大道芸と称した。

実際、驚かせる以外の使い道はないとセシルスは考え、直接目にしたアラキアも、使い物になるような技ではないと評した剣技。

それは、ロウアン・セグムントが生涯を費やして編み出した無空の神業であり――超越者たる怪物たちにとっては、見てくれの派手な芸事でしかたり得なかった。
すなわち――、

――長い足が空を切り、遅れる豪風が粉塵《ふんじん》を吹き飛ばす。

とっさに身を屈《かが》めて回避した豪脚、大振りに隙を見せた相手の細い腰へ刃《やいば》を抜き放ち、それを二つに断たんとして――衝撃が胸部を打ち据える。

肺の中の空気を絞り出され、目を見張る眼下、胸骨を軋《きし》ませたのは蹴りを放った女の臀《でん》部《ぶ》から生えた複数の尾だ。

「――っ」

柔らかい獣毛の生えた狐《きつね》の尾、それが信じられないほどの衝撃を伴い、受けた体を背後へ吹き飛ばし、地面を跳ねさせた。

一度、二度と天地がひっくり返るのを視界に見て、三度目の天に別れを告げたところで刀を地に突き立て、その勢いを制動する。踵《かかと》で地面を踏み砕いて、奥歯を噛《か》みしめながら刀を即座に鞘《さや》に納め、抜刀術の姿勢へと――、

「もう、わかったでありんしょう？」

「――!?」

剣光一閃《けんこういっせん》、鞘走りと共に放つはずだった剣技の初動が、鞘に納まる刀の柄《つか》に手を添えた

女の手によって止められる。瞬間、絶句したこちらの正面で、女がその切れ長な瞳《ひとみ》の眦《まなじり》を哀れむように下げて、

「主さんでは、わっちの相手は務まりんせん」

「おおおお――!!」

その哀れみを両断するように、押さえられた刀を引き抜くのではなく、柄《つか》の位置を固定したまま鞘《さや》を抜き、半回転しながら魔獣の骨で拵《こしら》えた鞘を横っ面に叩《たた》き込《こ》む。

勢い、角度、振り切った手応え、いずれも人間の頭蓋を砕くには十分なものだった。

しかし――、

「――――」

バラバラと、衝撃で砕けたのは鞘の方で、女――アイリスと名乗った狐人《きつねびと》は、その表情に何ら痛痒《つうよう》を浮かべていない。

ただ、哀れみを残した唇を震わせ、柄を押さえていた手を持ち上げると、

「死なせはせんでありんすが、死ぬほど痛いでありんす」

掌底が額に打ち込まれ、後ろに縦回転しながら体が吹っ飛んだ。

今度こそ、受け身や耐えるといった姿勢は揺れる脳ごと粉々にされて、水晶宮の前の長い長い大通りを真っ直《ます》ぐに、何にも引っかからずに数十メートルも跳ねていく。

跳ねて、跳ねて、跳ねて転がって、転がり転がり、大の字に転がり込んだ。

そして――、

「──ぁ」

ほんのわずかな戦いで半殺しにされ、ロウアン・セグムントは瞠目《どうもく》する。

あまりにも、あまりにも強すぎる。

信じ難《がた》いほどの強者。無論、強い相手であることは重々承知していた。それでも、なんだかんだで最後に勝つのは自分だと、そう確信していた。

これまでがそうだったように、今回もそうなるだろうと、そう──。

──ここで一つ、ロウアン・セグムントという男の不幸を語ろう。

彼に同行したハインケル・アストレアは、選ばれなければ得られなかったモノに何一つ選ばれなかった不幸な男だった。

一方、ロウアン・セグムントは、選ばれなければ得られなかったモノに選ばれ続け、その結果として不幸になった男だった。

ロウアンには悲願があった。求め続けたものがあった。渇望し続けた祈りがあった。

『天剣』へ至るため、あらゆる苦難に耐え、ありとあらゆる必要事をこなし、どんな悪魔や怪物と罵られようと、それを成し遂げるのだという餓《う》えがあった。

その願いに一切の嘘《うそ》も、偽りもない。妥協や諦念とも無縁だった。

自らの究めんとする剣や技に不誠実に、鍛錬を欠かしたことも一度だってない。

ただ、ロウアン・セグムントは出会わなかった。

お互いを高め合う好敵手に、越えなければならないと己を奮い立たせる強敵に、一人では辿《たど》り着《つ》けない境地に押し上げてくれる愛する人に、出会わなかった。

出会う相手を片端から斬《き》り、何の因果か自分の剣力の通用する相手としかぶつからず、世に存在した数多《あまた》の超越者と衝突する機会を逸し続け、ついには至れぬと絶望して死を望もうとしたところに天命を授かって『星詠み』となる。

機会があれば、ロウアン・セグムントはその剣力を世界に轟《とどろ》かせたかもしれない。

だが、ロウアンは好敵手も強敵も愛する人もおらず、独りきりであり続けた。

剣の道を究めるには情など不要と、そんな風に割り切っていたわけでも、絆《きずな》を結んだ相手から手痛い裏切りに遭ったわけでも、ない。

ただただロウアンは、自分の現在地を教えてくれる相手とも、自分を現在地から押し上げてくれる相手とも、出会うことができなかっただけだった。

水晶宮から直下したアイリスの初撃を回避できたのは、他者の死を厭《いと》う彼女に攻撃を当てるつもりがなかったからだ。

屍人《しびと》となったバルロイ・テメグリフが『雲切』から逃走したのは、セシルス・セグムントの思わぬ反撃を恐れ、深追いを避けたからだ。

屍人の軍勢が引き起こす『大災』の中でこれまで無事だったのは、彼の剣力の通じる相手しか目の前に現れてこなかったからだ。

かつて皇帝暗殺を教唆し、それを拒否したセシルス・セグムントがロウアンの命を取らなかったのは、「無理でしょうけど父さんが本当に強くなって戻ってきて僕と一戦交える展開って熱い気がしますね！」と彼が気紛《きまぐ》れに思ったからだ。

今日までロウアン・セグムントが命を拾い続けてきたのは、幸か不幸かの天秤《てんびん》が傾く状況で、天秤を必ず幸運の方へ傾けてきたからに他ならない。

そして今、屍都《しと》と化した帝都でロウアンが遭遇した相手もまた、唯一、ロウアンの命を奪う気がない敵であった。

——世界はロウアンの願いを叶《かな》えないが、彼が生き残る道だけは常に照らし続ける。


「——————」

「——続けるでありんすか」

ゆっくりと、大の字になった体を起こしたロウアンに、アイリスが眉《まゆ》を顰《ひそ》める。

遠く、彼我の距離は数十メートル開いたが、その意識の逸《そ》らしようがない存在感がそうさせるのか、アイリスの言葉がロウアンにはちゃんと聞き取れた。

——否《いな》、あるいはこれは、初めて強大な敵と遭遇したことで起こった変化か。

自分の外側に常にあった、一枚の決して壊れぬ殻が破られたような、そんな感覚が理由かもしれない。それにより、はっきりと理解する。

正面、こちらを見据えるアイリスの全身を巡る強力なマナ——その膨大さと、先ほど相見《あいまみ》えた一戦ではっきりとわかった。

屍都《しと》と化したルプガナで、おそらくは敵の首謀者がいるだろう水晶宮の番人として立ちはだかったアイリス――この女こそが、ヴォラキア帝国最強の存在。

『九神将』の『壱《いち》』と謳《うた》われたセシルスすらも及ばぬ、この災いのための最終存在――。

「かはは、僥倖《ぎょうこう》僥倖、何たる好日でござんしょう……！」

その事実を肌で感じ取り、ロウアンは頭蓋の中で息子が大声で歌っているような耳鳴りを聞きながら歯を剝《む》いて笑った。

『天剣』へ至るために、いずれ『天剣』へ至った息子を斬《き》る以外の手段はないと思った。

だがしかし、こうしてセシルスさえも超える存在と遭遇したなら話は早い。

いずれではなく、今だ。

今この瞬間に、ロウアン・セグムントは剣の頂へ至り、『天剣』の座に就く。

そのために――、

「――剣客、ロウアン・セグムント」

今一度、手放さずに済んだ刀を鞘《さや》に納め、足を開いて腰溜《こしだ》めに構える。

はるか視界の先に立つアイリス、彼我の距離が開いたのが運の尽き――否《いな》、頂へ届かんと血と汗を流した己の日々の賜物《たまもの》だ。

あとは、それに見合った対価を、アイリスの細い首からもらう。

「――『雲切』」

鞘走りと共に剣閃《けんせん》が放たれ、それが立ち尽くすアイリスへと真《ま》っ直《す》ぐに向かう。

途上の空気を斬り捨て、間に割り込んだ木の葉を斬り捨て、音や風さえも置き去りにしていく一閃《いっせん》は、ロウアンのこれまでの人生で最高に研ぎ澄まされた一刀だ。

それが、美しいドレスの女、アイリスの首を斬首し――、

「――ここまででありんす」

首を傾けて、それだけでロウアンの人生最高の一閃を躱《かわ》し、吐息のようにこぼしたアイリスが強く地面を踏み、前進する。

ロウアンに、二太刀目を放つ時間を、『大災』の最終存在は与えてくれなかった。

4

真上から叩《たた》き付《つ》けられた衝撃に、ロウアンは為《な》す術《すべ》なく街路に深々埋められた。

「――――」

前のめりに地中にめり込んだ剣客の姿を見下ろし、アイリスはそれをしたドレスの裾を翻《ひるがえ》して、相見《あいまみ》えた男に背を向ける。

もはや、戦う力を残していないだろう相手だ。背を向けても何の脅威もない。

悲しいかな、たとえ力を残し、不意打ちを仕掛けたとしてもアイリスには届かないが。

「命のあるうちに、帝都を離れておくんなんし」

弱者であれば指先一つで、強者とあれば死闘の果てに告げるだろう言葉。

これを言い渡す相手として、ロウアンはひどく厄介な人物だった。――弱者ではない。

だが強者でもない。強いて言うなら、常人の頂点だ。

そして、今の帝都でその現実は、居合わせることが罪とさえ言ってもよかった。

「罪、でありんすか。いったい、わっちはどの口で……」

そっと自分の胸を押さえ、アイリスは自らを呪うようにそうこぼす。

それでも、決めた。決めてしまった。そして、それを言い訳できない形で実行した。たとえ誰が何人押し寄せようと、その全員を押し返せさえすれば。

そうすれば、アイリスとユーガルドの物語は――、

「――何ゆえ、立ちなんす」

足を止めて、アイリスは振り返らずに背後の気配に問うた。

それは、今しがたの一撃で昏倒《こんとう》させたはずの剣客、ロウアンが立ち上がる気配だ。意識を刈り取ったと思ったが、まだ甘かったかと己を悔やむ。しかし、あれ以上の力を込めれば頭蓋を砕きかねなかった。命を奪うつもりはないのだから。

力の差は十分に伝わったと、その認識が甘かったのか。たとえ力に差があっても引き下がれないこともあろうが、これもそうなのか。

「相手に見逃すつもりがないと、そう背水を負うこともありんす。でも、わっちは」

「……その、つもりはねえと。それが、問題でござんす」

「――――」

弱々しく掠《かす》れた声の応答は、アイリスの理解を越えていた。

それが戦士の誇りや男の意地というものであるなら、アイリスにはわからぬものだ。

アイリスは思ってしまう。それらよりも、己が大事にしたいものを。

だから――、

「まだ、諦める気になれないなら――」

その心が折れるまで、自分の心がひび割れる音を聞いても続けよう。

そう、アイリスがロウアンの志に向かい合おうとした、そのときだった。

「……え」

振り向いて、アイリスは愕然《がくぜん》と目を見張った。

それは、ほんの瞬《まばた》きの間にロウアンが自分との力の差を詰めたなんて異常事態でも、誰かがこの場に参じ、ロウアンの代わりにアイリスへ武器を向けたのでもない。

いるのはロウアンだけで、しかし、アイリスを驚かせたのは確かにロウアンだ。

――その手にした刀で、自らの首を致命的に切り裂いて。

「な」

一拍、次の瞬間に血管を断たれた首から凄《すさ》まじい勢いで血が噴出した。

見る見るうちに街路が噴き出した血で染まり、ロウアン・セグムントの体から命の源が流れ出して、地面に吸われていく。

「どうして……？」

理解を飛び越した光景に、喘《あえ》ぐようにアイリスの唇から息が漏れた。

そのアイリスの様子に、首から血を噴くロウアンが凶気的な光を宿した目を見開いて、逆流する血を口の端から流しながら笑った。

笑い、言った。

「たとえ死すとも、某《それがし》は――」

その言葉の途中で、ロウアンの青い瞳《ひとみ》がぐるりと回り、白目を剥《む》いて倒れ込む。

それが意識の喪失ではなく、命の喪失であることを感じ取りながらも、アイリスはとっさに駆け寄り、命だけは救おうとした男の命へ手を伸ばそうとした。

しかし、その手は男の亡骸《なきがら》に届かなかった。

何故《なぜ》なら――、

「――某は『天剣』へ至る」

走り出したアイリスへと、死したばかりのロウアン・セグムントの屍人《しびと》が、四方から複数人で一斉に襲いかかったからだ。

5

――放たれた龍《りゅう》の息吹が帝都の街並みを貫いて迫ったとき、ハインケルにできたことはほとんどなかった。

ただ、生存本能の訴えるままに剣を振るい、地面に気休め程度の穴を掘った。そしてそこに身を滑り込ませるのが間に合っただけだった。

もっとも、気休めは気休めで、龍《りゅう》の息吹は射線上の地面をも深々と抉《えぐ》りながら迫ったから、それは気休めにすらならなかったかもしれない。

かくして親竜王国を長年守り続けた『剣聖』の家系、その現当主であるハインケル・アストレアという男の人生は、皮肉にも『龍』の息吹に跡形もなく掻《か》き消され――、

「――オイオイ、簡単ッにゃァ死ねねェぜ、オッサン」

首根っこを掴《つか》まれ、無理やりに開けた穴から引きずり出されたハインケル。その体が猛烈な勢いに引き上げられ、直後、龍の息吹が世界を焼く焦げ臭い香りを嗅いだ。

「うお、おおおぉぁぁ!?」

ぐるぐると視界が回り、割れた額からの流血と、口の端から溢《あふ》れた胃液、とにかく体の中身を遠慮なくばら撒《ま》きながら、浮遊感を味わった体が地べたに落ちる。

受け身も満足に取れない状態で投げ出され、地面に腕をついて体を起こし、周りを見た。

「――う」

思わず呻《うめ》き声《ごえ》が漏れたのは、直前まで自分がいた位置の惨状を目の当たりにしたからだ。

そこは龍の息吹に撫《な》でられて、白い蒸気を噴きながら完全に消滅してしまっている。もしも逃げるのが遅れれば、自分もあの蒸気の一部になっていただろう。

「大将たちが入りッやすいよォに、南で暴れて人目を惹《ひ》くってのが俺様の役目ッだったん

だが……ハッ！　目ェ疑ったぜ」

「あぁ……？」

「てっきり逃げたと思ってたが、根性あったじゃァねェか、オッサン」

そう荒々しさの中に確かな称賛を込めた声、傍《かたわ》らからのそれにハインケルが振り向けば、そこに立っていたのは自分を引っ張り出した人影だ。

ちょうど逆光が当たり、はっきりと顔の見えない相手。直前の龍の尾撃の衝撃もあって耳鳴りもして、それが知っている声なのかも判然としない。

ただ、相手はそんなことは関係ないとばかりに牙《きば》を鳴らし、前に進み出た。

地べたに膝《ひざ》をつくハインケルを背後に、こちらを睥睨《へいげい》する巨大な『雲龍《うんりゅう》』と対峙《たいじ》する。

そして、己の胸の前で力強く両の拳《こぶし》を打ち合わせて、

「――俺様が手ェ貸してやるぜ、オッサン！　『クウェインの石は一人じゃ上がらない』ってなァ!!」

――獣が咆哮《ほうこう》するように、『ヴォラキア帝国を滅亡から救い隊』の最先鋒《さいせんぽう》、ガーフィール・ティンゼルが『雲龍』との開戦に雄叫《おたけ》びを上げた。

幕間《まくあい》『ウビルク』

1

——知っての通り、ウビルクは『星詠み』である。


彼が授かった天命は、ヴォラキア帝国を降りかかる『大災』の滅びから救うことだ。

そのために、一介の男娼《だんしょう》であった彼は慮外の知性を獲得し、ついにはヴィンセント・ヴォラキアから一定の価値を認められるに至った。

無論、それを自分の功績だと自惚《うぬぼ》れるほどウビルクはおめでたくはない。

それでも、『星詠み』の役割を与えられたものの多くが悲惨な道を歩むと思われている中で、自分は幸運な立場だったとは考えていた。

『星詠み』の多くは、天命を授かることでそれまでの人間性を捻《ね》じ曲《ま》げられ、新しい生き方を強制されることになる。それを不遇や不憫《ふびん》と評されることもあるが、ウビルクからすれば前提条件が贅沢《ぜいたく》で、恵まれたものの見方としか思えない。

曲がる人間性と、変わったと感じてくれる周りの人間——そうしたものを持ち得ていなければ、そもそもそんな認識は抱かれようもない。

ウビルクはまさにそんな一人であり、何者でもないまま消費されるはずだった生き方を変えてくれて、天命を授かったことには深く感謝しているのだ。

それは、『星詠み』としての天命を果たし終えてしまった今も、変わらない。


「まーだ、ヴォラキアを救えたわけじゃないんですけどねえ……」

軍備の増強と人員の配置、夜を徹した戦争の準備が行われている要塞の中で、持ち場のないウビルクは頬杖《ほおづえ》をつき、慌ただしい人々を見下ろして呟《つぶや》いた。

頭の中、その一角を常に占めていた霧が晴れた感覚があり、スーッと思考が霧の影響を受けなくなると、ウビルクは自分が『星詠み』でなくなったと自覚した。

前述の通り、ウビルクの授かった天命はヴォラキアを『大災』から救うことだった。にも拘《かかわ》らず、この時点でウビルクが天命から解放されたのは、もはや『大災』に対してウビルクができることは何もないと、そう暗に示されたも同然だった。

途端、自分を突き動かしていた熱狂から覚め、ウビルクは裸にされた気分でいる。

「感謝はしてますよ？　感謝はしてるんでーすーがー」

鉄火場を目前に手を放されれば、話が違うと不満を言いたくもなるだろう。

今日まで休みなくくべられていた薪《まき》が消えて、ウビルクの信念は燻《くすぶ》った煙だけを立ち上らせている。ゆらゆらと、揺れる煙はどこへなり、身の置き所は見つからなかった。

これまで、天命の指し示す方に進み続け、『星詠み』としての役割を全うしてきた。

それがウビルクの戦い方だったものだから、剣を振るなり弓を引くなり、そうした戦士の戦い方など身につけていない。剣奴《けんど》孤島で過ごした日々も、天命を果たすために死なないよう立ち回り、実戦に挑むことをしてこなかった。

だから、誰もが戦う気概を決めたこの要塞で、ウビルクは一人きりだった。

「馬鹿正直に閣下にお伝えすべきでーはなかったですかね」

城塞都市ガークラを離れ、決戦のために帝都ルプガナへ向かったヴィンセント。

その出発前、ウビルクは彼から直接問われたのだ。――『星詠み』として、『大災』の回避のためにまだ役立てることはあるのかと。

そこで、まだ天命は残されていると嘘《うそ》が言えれば、要塞に残されることもなかったか。

「でーも、ぼかぁ帝国を滅ぼしたいんじゃないんですよ」

居所がないからと嘘をついて、ヴィンセントに余計な気を揉《も》ませるのは利敵行為だ。

ヴィンセントとチシャ、どちらが残るのが帝国のためかと天秤《てんびん》にかけて、ウビルクはチシャの計画に乗り、ヴィンセントが生き残るのを手助けした。

自分は天命を授かったが、天命を授からずに自分の生き方を定めたチシャは立派だ。

その選択を汚したくはない。一方で――、

「――――」

忙《せわ》しない要塞の中、行く当てもないウビルクは幾人もの人とすれ違う。

皆が皆、置かれた苦境をわかっていながら、自分のやるべきに立ち向かう人々だ。その能力の優劣に拘《かかわ》らず、自分の本分を尽くせるものたちを尊敬する。同時に、羨ましくもあった。少し前まで、ウビルクも彼らと同じ側だったのにと。

それ故《ゆえ》に、ウビルクは思う。

「もしも、帝国が危なくなったら……また、ぼかぁ天命を授かれますかーね？」

これ以上は不要と役目を取り上げられたなら、再び、手が必要となったらどうか。

今さら、帝都へ出立したヴィンセントたちにウビルクができることはない。だが、例えばヴィンセントたちが『大災』の元凶を取り除けても、王国の重大な立場にあるものが命を落としたり、帝国の要職に就くものが死んでしまえばどうなる。

それもまた、『大災』とは異なる形の、帝国の滅亡の危機ではないだろうか。

「一度、天命を授かり、その役目を果たした『星詠み』が新しい天命を授かる可能性なんて、ゼロに近い。——でーも、ゼロじゃない」

危機が生まれたなら、危機を回避するための天命が下るかもしれない。

そんな可能性への切望が、ウビルクの足を要塞の裏手へと向けた。

無論、ウビルクたちがいるのはガークラで一番堅牢《けんろう》な大要塞であり、ここまで屍人《しびと》たちが到達するには、都市を囲った防壁や途中の要塞を陥落させる必要がある。

そこまでされた時点で、防衛の観点的には敗戦扱いだ。しかし、城塞都市にはこれ以上の退路はなく、兵たちは最後の一兵まで戦わなくてはならない。

文字通り、最後の砦《とりで》となるのがこの大要塞だ。――そこに、綻びがあれば。

「――――」

ほんの些細《ささい》な綻びで構わない。

門の閂《かんぬき》を外すまでしなくても、軽く傷付けておくだけで壊れやすくなる。要塞の外壁に時限式で魔石を仕掛けてもいい。一歩、屍人《しびと》の背を押すための仕組みだ。

それが用意できたら、火の気の絶えたウビルクの心に次の薪《まき》が――、

「――あんた、そんなとこで何してんのよ」

不意に、頭上から降ってきた声に足を止めて、ウビルクは目を白黒させた。

振り向けば、要塞の二階の通路からこちらを見下ろしている視線――車椅子に乗った、焦げ茶色の髪の目つきの悪い女性と目が合った。

彼女は胡乱《うろん》げな顔つきで、人気《ひとけ》のない要塞の裏手にいるウビルクを睨《にら》み、

「ま、まさか、サボり？　あのね、私みたいな足の悪い女だって働いてるのに、いい度胸じゃない、あんた」

「……いーえ、サボってるわけじゃ」

「じゃあ、なんでそんなとこにいんのよ。へ、下手な言い訳しないでくれる？　私みたいな世間知らず、簡単に騙《だま》せると思ってるんでしょ。そういうの、わかるんだから」

異様に自罰的な意見を交えながら、女性がウビルクの態度をそう糾弾してくる。

何を言い返しても無駄になりそうで、ウビルクはどうすべきか真剣に悩んだ。悩んで、ふと女性に聞いてみたいことが浮かぶ。

「ちょーっとお聞きしたいんですが……足が不自由で、おそらくは戦うこともできないだろうお嬢さん、どうして生きていられるんです？」

「あんた、ケンカ売ってんの⁉」

「あー、違う、今のは間違いました。ぼかぁ、お嬢さんを悪く言いたいわけじゃーなくてですね……」

目を剝《む》いて前のめりになる女性に、ウビルクは両手を上げて謝った。謝りながら、本当に言いたかったことを頭の中で組み立てる。

この帝国の窮地で、戦士たちが行き交う大要塞の中、役立てもしない体の不自由な女。

「そんなお嬢さんはどうして、そーやってやれることを探せるんです？」

「そんなの、何もしないでいたら居心地悪いからに決まってんでしょ！」

身も蓋もない怒声が投げ返されて、ウビルクはビックリした。そのビックリしたウビルクの反応に、彼女は「ああもうっ」と苛立《いらだ》たしげに指の爪を嚙《か》む。

嚙みながら、ウビルクを親の仇《かたき》のように見据え、

「私ね、この戦いで婚約者が死んだのよ。わざわざ私を助けにきて、死んだの」

「……そーれは、辛《つら》かったでしょうね」

「知ったようなこと言わないで。っていうか、あんただけじゃないけど。知ったようなこ

と、みんな言うけど、余計なお世話よ。でもね」

「でも？」

「車椅子の女がうじうじめそめそと、役立たずのままでいたらどう思われる？　ああ、あんなのに構ったから婚約者は死んだんだって、トッドが馬鹿にされるのよ」

わなわなと声と唇を震わせ、怒りの眼差《まなざ》しに涙を浮かべながら女性が言う。

その、説明もなしに飛び出したのが婚約者の名前だろう。彼女が口にしたのは紛《まが》うことなき被害妄想だ。だが、脚色はひどいが、現実を言い当ててもいた。

事情を知らず、彼女と婚約者の関係を知らず、他人事《ひとごと》として一時だけ彼女と人生がすれ違えば、そうした哀れみを女性に抱くものが大半だろう。

「哀れみなんかいらない。わ、私が少しでも堂々としてれば、ちょっとでもできる仕事があれば、あのバカが、あのバカを知らない連中に見下されないで済むの」

「――――」

「私は、堂々と生きてやる」

歯を食い縛り、目に涙を浮かべて、弱々しく声を震わせながら、彼女はそう言った。そう言って、彼女は改めて、その潤んだ瞳《ひとみ》でウビルクを睨《にら》み、

「わ、わかったら、仕事探して働きなさいよ。あんた、車椅子の女以下？」

それは発破をかけるためなのか、それとも純粋に口が悪いだけなのか。女性の名前すら知らないウビルクには、彼女の真意はわからなかった。

わからなかったが、彼女が自分にどんな生き方を定めたかは十分に伝わった。

そしてそれは――、

「立派でーすね、お嬢さん。あなたは、帝国が滅びる理由を一個、殺したんですから」

『星詠み』でなくなったウビルクを、本当の意味で天命から解放する切っ掛けになった。

2

「そんなわけわかんないこと言って、こっちを煙《けむ》に巻こうとしたのよ、その男。まぁ、そのあとでちゃんと砦《とりで》の兵士に仕事もらいにいったみたいだけど……」

憤懣《ふんまん》やる方無しと、そう鼻息を荒くしているカチュアの隣を歩きながら、レムは彼女が注意したというその男の話に深々と嘆息した。

こうした、誰もが一丸とならなくてはならないような状況でも、やはり一定数の問題児は現れる。周りの士気を挫《くじ》き、和を乱すような輩《やから》が。

「でも、気を付けてください。相手が逆上して、カチュアさんに暴力を振るわないとも限りませんから」

「うぐ、それは……」

「今回は相手が素直に耳を傾けてくれたからよかったです。次からは、私が傍《そば》にいないときに無茶《むちゃ》はしないでくださいね」

苦い顔で唇を尖《とが》らせたカチュアは、レムの心配に何も言い返せない。

素直に感謝は言いたくないし、かといって無意味に感じの悪いことも言いたくない。そんなカチュアらしい苦悩が垣間《かいま》見《み》えて、レムは唇を綻ばせた。

スバルたちが帝都へ出立し、都市に残ったレムたちは防衛戦の準備に追われている。

戦えるものたちは各々の配置につき、戦えないものたちはそれらの支援に当たる。治癒魔法の使えるレムは重宝されており、文字通りの総力戦だ。

不真面目な人員を一人改心させたカチュアも、そのために力を尽くす一人だ。――もちろん、婚約者である彼女が立ち直れたわけではないとレムもわかっている。

奮戦するトッドを亡くし、さらには兄のジャマルにさえ堂々と死地に向かうと宣言されたカチュア。その内心を想像すると、レムも胸が張り裂けそうだ。

それをレムに気遣わせまいとする、カチュアの強がる姿勢がそれを助長する。

だから――、

「カチュアさん、清潔な布を集める手伝いをお願いできますか？　きっと、戦いが始まったらたくさん必要になります」

「いいわよ。ほら、膝《ひざ》の上とか、意外と物載せられるんだから」

そのカチュアの強がりを指摘せず、レムは彼女に仕事の手伝いを頼み込んだ。それが今のカチュアに、そして一人でも多くが明日に辿《たど》り着《つ》くのに必要だと信じて。

と、そこへ――、

「――あ、レム姉様っ」

そう名前を呼ばれ、レムが顔を上げると、通路の先に手を振る少女の姿があった。

頭に大きなリボンを付けた可愛《かわい》らしい少女――ペトラだ。その傍《そば》には長身のフレデリカの姿もあり、さらにもう一人――、

「姉様も。三人揃《そろ》ってどうしたんですか？」

壁に背を預けたラムを目に留めて、レムがそう首を傾《かし》げる。

彼女たち三人は、スバルが言うところの『記憶』があった頃のレムの同僚だ。ひとまずラムとの関係性は納得したが、他の二人とは完全に打ち解けられていない。

そうわずかに緊張するレムに気付いたのか、フレデリカが微《かす》かに目尻を下げ、

「わたくしたちの方の仕事は一段落つきましたので、一息つきましょうと誘いにきたんですのよ。最低限、緊張感は必要ですけれど……」

「緊張し通しではもたないわ。適度に休憩は入れるべきね」

「わたしも、ラム姉様に賛成だったので。それに……」

微笑《ほほえ》みながら身を傾け、言葉の途中でペトラが意味深な目をレムに向けてくる。

その、自分との距離感を測るような彼女の眼差《まなざ》しに、レムはその真意を悟る。彼女たちはレムにとって未知の相手だが、同じことは彼女たちからも言えるのだ。

「気持ちはわかります。でも、今はそんな場合では」

「いいえ、レム、それは逆よ」

「状況が状況だもの。こんなことをしてる場合じゃないと思うかもしれないけど、今しか機会がないとも言えるわ。ラムは問答無用でレムを信じられる。でも――」

そこで薄紅の瞳《ひとみ》を細めて、ラムが傍《かたわ》らの二人を視線で示す。

レムは、切迫した状況だからこそ親睦は後回しにすべきだと考えた。しかし、ラムたちはむしろ、こんな状況だからこそ信頼が大事だと考えている。

「姉様……」

「……カチュアさんはどう思いますか？」

「え⁉　わ、私に聞かないでよ、そんなこと。大体、私は誘われてないでしょ……」

「何言ってるの、レムのお友達でしょう？　あなたもきなさい」

「な……か、顔は似てるくせに、レムとは大違いに強引な……ううん、落ち着いて考えたらこっちも十分強引な女だけど……っ」

レムとラム、姉妹から同時に話しかけられ、カチュアが戸惑い気味にそうこぼす。

ともあれ、意見を求められたカチュアはしばし視線を彷徨《さまよ》わせてから、

「……仲良くしとけば？　ちゃんと、仕事に関わる話もしてれば怠けたことにはなんないでしょうし、あんたと会いたかったんだろうし」

「カチュアさんっ」「カチュア様」

「な、馴《な》れ馴《な》れしい！　私、あんたたちの名前も知らないからっ」

悩んだ末に、ラムたちに助け舟を出したカチュアにペトラとフレデリカが喜んだ。その

二人の勢いに声を荒げるカチュアに、レムも吐息し、観念する。

何も、レムも悪い気はしないのだ。ただ、どうしても気が急《せ》くだけで——。

「——そんなにバルスが心配？」

胸に手を当てて、カチュアたちを見ていたレムの横顔にラムが問いかけてくる。

その一言に、自分の全部が見透かされた気がして、姉には敵《かな》わないと改めて思った。

そのときだ。——大要塞の空で、大きな大きな破裂音が鳴り響いたのは。

「——」

瞬間、弾《はじ》かれたようにレムは窓の外を振り向き、朝焼けの空を切り裂く閃光《せんこう》を見た。

それは事前に取り決めと通達のあった、都市の物見からの報告——、

「——フレデリカ！」

「わかっていますわ！」

直後、レムが行動を起こすより早く、鋭いラムの呼び声にフレデリカが反応する。彼女は素早くカチュアの背後に回ると、車椅子を手押しするための持ち手を掴《つか》み、

「カチュア様、舌を噛《か》まれないようご注意を！」

「ちょ、ま、待ちなさ……ぎゃうっ」

「フレデリカ姉様、こっちですっ！」

悲鳴を上げるカチュア、彼女の車椅子をフレデリカが猛然と押し始め、それを先導するようにペトラが小さな体でタッと走り出した。

それに一手遅れて、次々と一斉に要塞の——否《いな》、都市中の人々が動き始める気配。まるで街が揺れるような錯覚を味わいながら、レムが息を呑《の》む。

「レム、心の準備はいい？」

そのレムの隣に並んで、瞳《ひとみ》を覗《のぞ》き込《こ》んでくるラムが覚悟を聞いてくれる。

もしも、ここで準備ができていないと、そう答えたら姉はなんと言ってくれるのか。

「そのときは、ラムがレムの心の分まで準備を済ませておいたから安心なさい」

「——。姉様はさすがです」

「当然ね。ラムはそう胸を張りたくなる姉様だもの」

言うまでもなく、勇気を分けてくれるラムに頷《うなず》いて、レムは前をゆくカチュアたちを追い、姉と一緒に騒がしくなる要塞の中を走り出した。

戦いが始まる。——この帝国の命運を左右する、最後の戦いが。

「お願いします。——あなたが、頼りなんですから」

この場にいない少年のことを思い浮かべ、レムは忸怩《じくじ》たる思いを堪《こら》えて祈った。

それが少年を頼ることへのものなのか、それとも少年を傍《そば》で手伝えないことへのものなのか、悔しさの源泉はわからぬままに。

——今、帝都と城塞都市、ヴォラキア帝国最後の戦いが幕を開けた。

《了》

あとがき

年の瀬にどうも！　長月達平かつ鼠色猫、２０２３年最後のご挨拶です！　本を手に取った方が２０２４年以降のケースを考えない暴挙とも言えます！

毎巻の如く、慌ただしい忙しいと口走っておりますが、２０２３年もなかなか怒涛の勢いで過ぎていきました。年の瀬になると毎年、「今年も何もやってない」と口癖のように言っていますが、年が明けると今度は「一月から三月ぐらいまで記憶がない」とか言い出し始めることになるので、結局のところ、過ぎゆく時の大切さを忘れずにというお話。

実際、作中でもしっかりと時間の経過と展開の進行はあり、『Re：ゼロから始める異世界生活』も物語全体の針を進めていくところ。間もなく佳境を迎える帝国編、七章から続いてきた物語の決着も近付いて、ずっと作者が思い描いていたシーンがやってくる。それを思い描いた通りか、それ以上に描けるかが、目下、心の底からの願いです。

どうぞ、慌ただしい日々の中でも忘れずに、その場面へ辿り着いてもらえれば！

さて、真面目か不真面目かわからぬ流れから、恒例の謝辞へ移らせていただければ。

担当のI様、今巻も大変お力添えいただきありがとうございました！　度重なる体調不良の報告を聞くたび、「俺の代わりに攻撃喰らってるのかな」と思うほどで、実際、原稿終わるまで一度も体調崩さず済みました！　怪我に病魔の防波堤、勝手に感謝します！

イラストの大塚先生、今回もカバーイラストに始まり、口絵に挿絵と素晴らしいお仕事をありがとうございました！　前回、キャラの数に触れましたが、それだけいるということはそれだけ描いてもらっているということ。リゼロという作品は大塚先生の引き出しに支えられていると、改めてまじまじ実感です！

デザインの草野先生、一風変わった今巻のカバーイラストも、きっちりと『一冊』の良さにまとめる職人の腕、お見事です！　いつも惚れ惚れと、感謝に堪えません！

花鶏先生＆相川先生の四章コミカライズも、月刊コミックアライブ様にて今、一番いいところに突入中！　毎回、あの大変な四章をどう漫画に落とし込んでくれるのかと、作者というより読者として楽しんでおります！　いつもありがとうございます！

そして、MF文庫J編集部の皆様、校閲様や各書店の担当者様、営業様とこのたびもたくさんの皆様に感謝を。本を出し、読んでもらえる喜びは何にも代えられません。

最後に、毎回お付き合いいただいている読者の皆様に最大限の感謝を！

ではまた、次の37巻でお会いできれば！　前述の通り、八章もいよいよ佳境！　ここまでお付き合いしてくれている皆様に、弩級の感動が届けられるよう、惜しみなく頑張る所存です！　今後とも、どうぞよろしくお願いしまーす！

２０２３年11月《いよいよ終わる23年、間近に迫る24年に構えて》

Character Design
茨の王
ユーガルド・ヴォラキア

「ちゃちゃちゃちゃっ、ちゃちゃちゃちゃちゃっ、ちゃーちゃーちゃーちゃー！」

「なんだクソ馬鹿、クソうるせえぞ！　何してやがる！」

「いえいえせっかくいただいた見せ場ですからここは勢いよく颯爽と華々しく登場しようと思いまして。グルービーさんも一緒にどうです？」

「てめえのクソ舞台に付き合うつもりはさらさらねえよ。そもそも、俺もてめえも遊んでる暇なんざクソねえだろうが。とっととやること片付けちまうぞ」

「荒々しい口調のくせに真面目でつれないお人ですねえ。でも！　グルービーさんの見た目は唯一無二の愛嬌があるので舞台映えを理由に見逃しましょう！」

「クソうるせえ！」

「まあまあまあ落ち着いてください。それでそれで？　ここは告知の場だそうで毎回のお約束である次巻はいつになりますか？」

「てめえの思った通りに進めるのはクソ腹立つが……次の37巻の発売は24年の三月の予定だとよ。一緒に短編集の10巻も発売するって話だ」

「ほうほう、二冊刊行ですか！　それはそれは楽しみが満載で大変いいですね！　本編が激戦続きで目が躍るところがあるでしょうから短編集は骨休みにちょうどいい……それとも短編集の方でも激戦！　激闘！　大熱戦！　みたいな状況なんですかね？」

「クソせっかちだな、てめえは！　詳しい内容はもうしばらく待ってろ！　それよりも、まだ別の話が残ってんだ

よ！」

「え〜、いいじゃないですか付き合ってくださいよ、内容予測！　思うんですが丸々一冊僕に密着して僕を味わい尽くす番外編なんかも面白くありませんか？　おっと、僕はこの世界の花形役者ですから僕がいるところが本編という意見もわかりますが！」

「――。別の告知だが、毎年恒例の『ラムとレムの誕生日生活』、その2024年の開催も決定してるとよ。わかってるだろうが、二月からの開催だ」

「あ〜！　無視だ無視！　よくされます！　誕生日イベントはどちらの方で？」

「渋谷モディって場所だとよ。クソみたいに迷わねえように道はしっかり調べろ」

「でっかいとこみたいですねえ。誕生でこの大賑わいとはなかなかの役者を揃えていると見ます。こちらの鬼の姉妹でしたか。彼女たちにも要・注目ですね！」

「他人の誕生日でもそんだけ騒げやがるのかよ……」

「おや、呆れたご様子ですね。――急いても事はうまく回りません。心配せずとも見せ場は必ずきますよ。そのために日々鍛え、備えてきているはずでしょう？」

「……てめえ」

「さあさ、奇跡の大舞台！　決して見逃さず過たず、世界を謳歌しようじゃありませんか！」

「このクソ馬鹿の流儀に乗るのかよ……てめえがちゃんと見てねえせいだぞ、チシャのクソひょろ馬鹿野郎が」

MF文庫J

Re:ゼロから始める異世界生活36

2023年12月25日　初版発行

著者　長月達平

発行者　山下直久

発行　株式会社KADOKAWA
〒102-8177 東京都千代田区富士見2-13-3
0570-002-301（ナビダイヤル）

印刷　株式会社広済堂ネクスト

製本　株式会社広済堂ネクスト

Printed in Japan　ISBN 978-4-04-683156-9 C0193

◇◇◇

【ファンレター、作品のご感想をお待ちしています】
〒102-0071 東京都千代田区富士見2-13-12
株式会社KADOKAWA　MF文庫J編集部気付「長月達平先生」係　「大塚真一郎先生」係